편지 가게 글월

Letter Shop Geulwoll

편지 가게 글월

백승연 장편소설

TXTY

등장인물 소개

글월 Staff

우효영(여, 28세)

영화감독을 꿈꾸던 영화과 졸업생. 현재는 연희동 '글월'에서 일하는 중이다. 야무진 성격의 완벽주의자. 남의 말을 진심을 다해 들어주는, 글월 직원의 덕목까지 갖춘 인재다.

강선호(남, 35세)

효영과 대학 동문. 배우를 꿈꿨다가 재능의 한계를 느끼고 대학을 중퇴한 뒤, 편지 가게 '글월'을 열었다. 현재는 둘째를 낳은 아내가 회사 일에 집중할 수 있도록 육아를 전담하고 있다.

손님들

차영광(남, 29세)

웹툰 작가. 화려하게 데뷔했지만, 현재는 차기작이 잘 풀리지 않아 불면증에 시달리는 중이다. '글월' 맞은편, 작업실 겸 자취방으로 얻은 연화아파트 5층에 산다.

성민재(남, 39세)

대기업 회계사. 소설가를 꿈꿨지만 현실을 선택했다. 편지에는 자기 글을 쓸 수 있어서 '글월'에 자주 찾아온다. 말끔한 정장 차림에 늘 나비넥타이를 하는 패셔니스타.

권은아(여, 46세)

연희동 호박부동산 사장. 효영에게 자취방을 소개해 주고 인연이 생겼다. '글월' 1층에 있는 빵집 사장의 아내이기도 하다. 무뚝뚝한 남편과 해외여행 한 번 가 보는 게 소원이다.

금원철(남, 58세)

연희초등학교 교장. 아내를 병으로 떠나보내고, 펜팔을 통해 익명에게 아내를 소개하는 편지를 쓰러 종종 '글월'에 온다. '글월'의 로맨티스트. 베레모가 잘 어울린다.

정주혜(여, 25세)

연희동 우체국 직원. 우체국에 일하면서도 편지 쓰기는 어렵기만 하다. 일과 집만 다니다 보니 '노잼 시기'까지 찾아온 것 같고. 자기만의 취향을 고민하다가 효영을 만난다.

문영은(여, 26세)

싱어송라이터. 자기의 이름을 건 라디오 프로그램을 운영 중이다. 본가인 연희동에 왔다가 우연히 '글월'에서 청취자와 함께 나누고픈 감동적인 편지를 만난다.

송은채(여, 28세)

효영의 대학 동기. 선호처럼 배우를 꿈꾸며 고군분투 중이다. 효영과는 다르게 직설적이고 시원시원한 성격이지만, 내면에 불안과 우울을 안고 있다.

그 밖의 사람들

강하준(남, 7세 / 선호 아들)

은소희(여, 35세 / 선호 아내)

서연우(남, 19세 / 글월 알바생)

박상현(남, 20세 / 영광의 동생)

우효민(여, 33세 / 효영의 언니)

효영의 부모

목차

햇빛에도 향이 있다 …………………………………………… 11

인생을 반송하고 싶다면 ……………………………………… 53

편지지 위를 걷는 손들 ……………………………………… 93

로맨티스트 금원철 …………………………………………… 151

과거의 영광 …………………………………………………… 197

글월의 크리스마스 …………………………………………… 253

누구에게나 부치지 못한 편지가 있다 ……………………… 303

에필로그: 우리는 항상 서로에게 감동을 주려 노력했다 …… 365

추신:

차원을 넘어온 손님들 ………………………………………… 395

부치지 못한 편지 …………………………………………… 403

about. 편지 가게 글월 ……………………………………… 408

to. 효영에게

효영아.

어느새 너한테 보내는 다섯 번째 편지네.

전화도 문자도 못 하면서 편지지에는 늘 쓸 말이 있다는 게 신기하다.

난 잘 지내고 있어.

답장도 없는 편지를 보내다 보면

내가 보낸 편지가 입김처럼 허공 속에 사라지는 걸 보는 기분이 들어.

그치만, 이렇게라도 숨을 뱉지 않으면 마음이 답답해서 또 편지를 써.

효영아.

아무것도 안 해도 시간이 가더라. 무탈하게.

아니 허탈하게인가.

난 항상 시간에 쫓기듯 공부하고 뒤처질까 봐 무서워 전력으로 질주

하고 살았는데. 안 그래도 사람이 죽지는 않더라.

별일 없는 인생이 신기하고 편안해. 서른세 살 먹도록, 내가 이걸 모르

고 살았어.

엄마 아빠는 잘 지내셔? 두 분한테는 여태껏 편지 한 장 안 썼다.

이 편지를 혹시 부모님이 먼저 보게 되지 않을까 걱정이야.

엄마나 아빠는 단번에 답장을 보낼 사람이니까. 그래서 더 못 보내겠

는 거 있지.

봉투에 대문짝만하게 네 이름을 적은 게 이런 이유였어. 너만 보라고.

넌 나한테 절대 답장을 하지 않을 테니까.

지금 어무는 곳은 울산이야. 울산에 초등학교 동창이 있거든.

딱 일주일만 신세 지기로 해서, 누가 이 주소로 답장을 보내도 받지 못

할 거야.

혹시나 엄마나 아빠가 답장을 보내겠다고 하면 네가 잘 설명해 줘.

효영아.

불을 끄고 침대에 혼자 누워 있으면 내가 바다에 떠다니는 플랑크톤

이 된 것 같아.

아님 세포 속에 들어간 이름 모를 박테리아이거나.

눈도 귀도 입도 없이 태어났다면 아무에게도 상처 주지 않는 생명체로

살 수 있었을 텐데.

괜히 또 우울한 말을 했다.

다시 쓸까 해서 새 편지지를 꺼내려다,

남은 편지지가 없어 그대로 두었어.

볼펜으로 지우면 더 못난 언니처럼 보일까 봐 이대로 보낸다.

날이 추워지니까 감기 조심하고.

집에 있는 내 겨울옷 꺼내 입어.

잘 지내고 있어, 효영아.

                                                      from. 언니

햇빛에도 향이 있다

1

"어떡하니. 네 언니가 사기를 당했다."

작년 10월, 현관 앞에 주저앉은 효영의 엄마는 마침 집으로 돌아온 효영을 보며 말했다. 엄마가 쥐고 있던 장바구니에 장난처럼 단풍잎 하나가 붙어 있었다. 울음을 터뜨릴 새도 없이 엄마는 다음 말을 뱉었다. 둘 다 신발도 벗지 못한 채였다.

"네 언니가 왜."

그러게나 말이다. 유치원 때부터 언니 효민의 영리함은 가족의 자랑이었다. 효민은 줄넘기 넘듯이 쉽게 영재반에 들어갔고, 수학 경시대회에서 심심치 않게 상을 받았다. 중고등학교 때도 전 과목이 전교권에 드는 게 당연한 학생이었다. 그런 사람이 함께 학원을 차리자는 동료의 말에 온 가족의 돈을 맡기고 사기를 당하다니.

뒤이어 세탁소 문을 닫고 달려온 아빠의 표정은 더 가관이었다. 서울대를 나온 딸이, 그것도 무려 서울대 대학원까지 다닌 딸이 이렇게 쉽게 무너질 거라곤 상상도 못 해 본 사람의 얼굴이었다. 그랬기에 딸아이가 잘 다니던 대학원 졸업을 포기하고 학원을 차리겠다는 말에 추호도 의심을 안 했던 거다. 똑똑한 효민이는 분명 무슨 생각이 있겠지, 하고.

"효민이가 연락이 안 된다."

주머니에서 휴대폰을 꺼낸 아빠가 가쁜 숨을 내쉬었다. 세 식구가 신발도 벗지 못한 채 좁은 현관문 앞에 옹기종기 모였다. 이틀째 촬영하고 돌아온 효영은 눈 밑이 퀭한 채 멍한 기분이었다. 언니가 사라졌다는 말이 반쯤 꿈처럼 들렸다.

언니는 사흘 뒤 엄마에게 전화해 잘 있다는 말만 남기고 휴대폰을 꺼 놓았다. 변변치 못한 살림에도 언니를 위해 대출까지 받았던 아빠는 주 6일을 운영하던 세탁소 일을 일요일까지로 늘렸다. 외삼촌에게 손을 벌렸던 엄마는 그 빚을 갚기 위해 반찬 배달 아르바이트를 시작했고.

그리고 효영은 아무것도 하지 않았다. 대학 졸업 영화를 찍느라 바쁜 시기였다. 가족 단톡방에 이따금 언니의 연락이 없었냐는 메시지가 왔지만 무시했다. 초조하고 걱정스럽다는 가족들의 반응이 조금은 미련하게 보였다. 외삼촌은 효민이가 사실 서울대 대학원을 제 발로 관둔 게 아니라, 실력이 없어 졸업을 못 한 거 아니냐고 했다. 효민이 석사를 딴 날 집으로 과일바구니를 보냈던 외삼촌이었는데. 그날 효영의 엄마는 아파트에 반찬을 배달하다가 계단에서 발을 헛디뎌 고관절을 다쳤다.

"집안의 기둥이다 뭐다 하고 키웠으면서. 지금 봐! 엄마는 이렇게 다쳤는데, 언니는 똥만 싸지르고 도망갔잖아!"

고관절 수술을 마친 엄마가 병상에 누운 모습을 보고 효영은 참았던 분노를 터뜨렸다. 늘 누구보다 앞서 있었고, 뛰어났던 언니였기에 실패에 관한 면역이 없었던 걸까. 그렇다고 해도 서른 살이 넘은 어른이 이렇게 가족들을 두고 무책임하게 사라지는 게 말이나 되는 일인가.

효영은 엄마의 병간호를 위해 영화 촬영을 포기했다. 지원금은 다음 순위에 있던 작품으로 넘어갔고 효영의 촬영팀도 그쪽으로 자연스럽게 합류했다. 억울하냐고 물으면 선뜻 대답할 수 없었다. 실은 언니가 사라지고 나니 효영에게서 자기 작품에 대한 확신이 휘발되었다. 자매가 쌍으로 자신감이라는 자원을 공유하기라도 하는 것인지, 한순간에 다 고갈된 기분이 들었다. 언니도 효영의 영화도 방향을 잃었다. 그때, 언니의 편지가 집으로 오기 시작했다. 봉투에는 언제나 '효영에게'라는 글씨가 적힌 채였다.

2

——

효영이 편지 가게 '글월'에서 일한 지 일주일이 지났
다. 글월 근처에 자취방을 구해서 출근길까지 딱 10분
이 걸렸다. 좋아하는 음악 4곡을 들을 수 있는 시간이
었다. 글월로 향하는 연희동의 풍경은 아기자기하고
조용했다. 오래된 주택과, 오래된 주택을 개조해 만든
카페와, 부지런히 다니는 연두색 버스. 아침 햇살을 여
유롭게 만끽하며 산책을 나온 강아지들도 자주 보였
다. 효영은 딱 4번째 곡이 끝나는 순간 연궁빌딩 앞에
섰다. 그러면 1층 베이커리에서 고소한 버터 향이 났
다. 저절로 숨이 크게 들이마셔지는 향기였다.

"또 왔다."

효영은 갑자기 변한 자신의 환경에 적응하는 중이었
다. 주문처럼 이렇게 말을 내뱉고 나면 4층에 있는 글

월까지 단번에 계단을 밟고 올라갈 힘이 생겼다. 오래된 건물이라 계단 높이가 조금 높았고, 시멘트를 칠한 벽에선 살짝 한기도 느껴졌다. 하지만 역시 1층에서부터 올라오는 갓 구운 빵 냄새 덕분인지 건물에 스민 차가움이 많이 중화되었다.

은빛 철제 난간을 따라 부지런히 걸어 오르면, 오른편에 연청색 철문이 보였다. 동글동글 조약돌 같은 하얀 원 안에 'geulwoll'이라는 글자가 붙어 있었다. 효영은 에어팟을 빼고 철문을 열었다. 그럼 다른 세계가 펼쳐졌다.

"일찍 왔네?"

"편지지 포장할 거 남아서."

선호의 인사에 효영이 짧게 답하며 카운터 아래에 검정 메신저 가방을 내려놓았다. 글월의 사장인 선호는 최근 태어난 딸의 육아를 위해 새 종업원이 절실했고, 마침 서울로 피신 온 학교 후배인 효영과 연락이 닿았다.

"편지는 꼴 보기도 싫다더니, 하여튼 우효영 적응력은 최고야."

다섯 달 전부터 효영의 집으로 언니의 편지가 왔다.

짧게는 2주에 한 번, 길게는 한 달에 한 번. 효영은 신발장 위에 올려 둔 언니의 편지봉투를 한 번도 열어 보지 않았다. 그렇게 세 통의 편지가 쌓이자 아빠는 아예 효영의 책상 위에 그것을 올려 두었고, 효영은 봉투를 반으로 접어 휴지통에 버리는 것으로 대답을 대신했다. 하지만 언니는 답장도 받지 못할 편지를 계속해서 보냈다. 언니의 다섯 번째 편지가 우편함에 있는 것을 발견했을 때, 효영은 가출을 결심했다. 스물여덟 살의 첫 가출이었다.

"어떡하겠어. 도망친 곳에 낙원은 없다잖아요."

선호가 어깨를 으쓱하며 카운터 위에 둔 편지를 착착 포갰다. 봉투마다 뭔가를 쓰고 있던 참이었다. 효영이 뭐냐고 눈짓했다.

"우리 하율이 곧 있으면 백일이잖아. 초대장 보내는 겸, 안부 인사 좀 써 봤어."

눈대중으로만 봐도 50장이 넘었다. 역시나 대학에서도 유명했던 '인싸'답게 초대할 사람도 꽤 되었다. 노트에 적어 둔 초대장 발송 목록을 보니 효영이 아는 이름이 반이었다.

"많기도 해라. 이 사람들한테 다 편지를 썼어?"

"명색이 편지 가게 사장인데, 이 정도야 뭐."

효영이 마른 수건으로 편지지와 펜, 봉투 등을 전시

한 나무 서랍장 위를 닦고 있을 때였다. 선호의 휴대폰으로 전화가 왔다. 휴대폰 너머로 선호 장모님의 다급한 목소리가 효영에게까지 들렸다. 하율이를 봐주던 중에 장모님에게 급한 일이 생겨서 당장 집으로 가야 하는 모양이었다. 선호가 알겠다며 통화를 끝내고 곧바로 효영에게 말했다.

"미안, 효영아. 오늘이 수습 도와주는 마지막 날인데 먼저 가봐야겠다."

"됐어. 이제 대충 할 일이 뭔지도 알고."

신뢰 가득한 눈빛으로 효영을 보던 선호가 문을 나서려다 멈춰 섰다.

"효영아, 편지 좀 발송해 줄 수 있을까? 아직 봉투에 주소를 다 못 썼는데, 내일 출근 전까지만 보내 주면 되거든?"

"주소 써서 내일 오전에 우체국 다녀오기, 접수!"

"땡큐!"

선호가 글월을 나서자 효영은 잠시 적막을 즐기다 왼편에 있는 창문으로 시선을 옮겼다. 3월의 하늘은 맑고 청명한 기운을 뿜냈다. 산릉선이 창의 한가운데를 가로질렀고, 그 아래로는 다닥다닥 붙은 갖가지 모양의 주택이 있었다. 회색, 주황색, 붉은색 지붕이 포개어진 모습이 한 점의 회화처럼 보이기도 했다.

이 풍경 때문에 글월에서 일하기로 결심한 것이었다. 창에 담긴 아늑함을 보고 있으면 아무것도 하지 않는 시간이 더 이상 불안하거나 초조하지 않았다. 그 자리에 그대로 있는 것만으로도 잘하고 있다는 위로를 받는 것 같았다. 지금 효영에게 가장 필요한 힘이었다.

카운터 앞에 선 효영이 회색 톤의 바닥을 내려다보았다. 창을 타고 들어온 사다리꼴 모양의 햇빛이 효영의 컨버스화 앞코에 올라앉았다. 햇살을 눈으로 보고 있는 것만으로도 엄지발가락이 따뜻해지는 기분이 들었다. 효영은 괜히 신발 속의 발가락을 꼼질꼼질 움직였다.

창밖 풍경만큼이나 효영의 마음에 들어온 것이 또 하나 있었다. 바로 잘 익은 살구색 같은 글월 내부의 페인트 색이었다. 요철이 자연스럽게 드러난 시멘트벽을 가득 채운 살구색을 보고 있으면, 어릴 적 장난감 반지나 머리끈 따위를 모아 둔 작은 종이 상자 속에 들어온 기분이 들었다. 소중한 것들이 한자리에 모인 것을 보듯, 안락하고 편안한 느낌에 덜컥 이곳에 친밀감이 생긴 것이다. 그렇게 눈 깜짝할 사이에 글월에 온 지 일주일이 지나 있었고.

디피된 상품의 재고를 확인한 효영은 새로 도착한 편지지를 포장하기 위해 본 폴더를 집었다. 가죽공예 때

가죽을 접거나 이렇게 종이를 접을 때 쓰는 도구였다. 길쭉한 자 모양의 본 폴더는 선호의 손때가 묻어서인지 겉면이 매끈했다. 살짝 접힌 종이 위를 본 폴더가 스윽― 지날 때, 그 스치는 소리가 재미있었다. 조금쯤 단순한 일을 반복하며 효영은 마음 한쪽에 생긴 생채기를 자기도 모르게 어루만지고 있는 중이었다.

그때 20대 초반의 남녀가 글월로 들어왔다.

"우와, 밖에서 볼 때랑은 다르네?"

"내가 말했잖아. 여기 되게 감각적이지?"

평일 한낮에 방문한 걸 보니 아직 학생이거나 프리랜서로 일하는 중이겠거니 싶었다. 여자의 한쪽 어깨엔 실버 가죽 슬링백이 걸려 있었다. 상의는 검정 크롭티 위에 노란 카디건, 하의는 청색 카고 치마를 입고 있었다. 남자는 뒷머리가 길었고, 통이 큰 코듀로이 바지 차림이었다. 둘 다 옷 좀 입는 요즘 젊은이들 같았다.

"지은이가 미안하다고 편지 써 줬는데, 엉뚱하게 편지지가 너무 예쁜 거야. 그래서 어디서 샀냐고 물어서 여기 찾아냈어."

"넌 걔랑 일주일에 한 번씩 싸우면서 아직도 친하게 지내냐."

"싸우면 어때, 또 화해하면 되지. 그리고 요즘 같은 시대에 직접 편지 써서 사과하는 게 얼마나 귀엽냐?"

종알종알 참새처럼 말을 주고받는 커플의 대화를 들으며 효영은 조용히 카운터 앞에서 편지지를 포장했다. 작은 카드들을 투명한 비닐봉지에 넣는 작업이었다.

"근데 여긴 무슨 디퓨저 써요? 꼭 숲속에 들어온 것 같아요."

여자 손님이 카운터 쪽으로 몸을 돌리곤 물었다. 효영은 얼음땡 놀이에서 얼음이 된 사람처럼 굳었다. 손님들이 글월의 제품에 집중할 수 있도록, 효영은 최대한 자신의 존재를 지우려고 했다. 카운터 한쪽에 걸어 둔 반투명 커튼 뒤에서 포장 일을 하거나 손님 쪽에 굳이 시선을 던지지 않는 식으로. 그러다 보니 이렇게 정면으로 사람을 마주하는 게 오랜만이라는 생각이 들었다.

"디퓨저는 아니고, 향수예요. 여기 아래쪽에 진열해 둔 제품입니다."

'잉크 우드'라는 이름의 향수였다. 손님의 말대로 숲의 기운이 물씬 풍기는 상쾌한 향이 났다. 선호의 아내가 다른 건 몰라도 글월의 향은 자기가 정하고 싶다며 발품을 팔아 찾은 향수라고 했다. 유칼립투스의 시원한 향기와 무게감 있는 먹 향이 글월의 차분함을 만들어 줬다.

"아, 이거구나."

여자 손님이 무릎에 손을 얹고 허리를 낮췄다. 남자

손님도 따라서 허리를 낮추고 아래에 진열된 잉크 우드 향수에 시선을 보냈다. 여자 손님이 향수 병을 코끝에 댔다. 효영은 고양이처럼 나른한 시간을 즐기는 커플의 행동이 재미있게 느껴졌다.

"여기에 테이블은 왜 둔 거예요?"

남자 손님이 원목 책상과 디자인 체어를 가리켰다. 넓지 않은 가게에 테이블을 둔 건 펜팔 손님을 위해서였다. 기왕이면 이곳에서 편지를 쓰고 가길 바랐던 선호는, 테이블 때문에 글월의 제품을 디피할 공간이 줄어드는 것도 개의치 않았다.

"펜팔 서비스를 신청한 손님들이 편지를 쓰는 자리예요. 꼭 펜팔 손님이 아니어도 편지지만 사서 여기서 쓰고 갈 수도 있어요."

"펜팔이요?"

눈을 동그랗게 뜬 손님에게 효영은 테이블 옆에 마련된 펜팔함을 가리켰다. 글월의 펜팔은 이렇게 이루어진다. 가까운 이에게도 하지 못했던 이야기나 모르는 사람에게 격려와 응원을 보내고 싶을 때, 펜팔 서비스를 신청한 사람은 글월에서 마련한 펜팔용 편지지에 자기만의 문장을 담는다. 동봉한 편지봉투에는 자기를 표현하는 형용사를 골라 동그라미를 치고, 네모난 스티커 위에 자기만의 표식을 그려 우표처럼 붙인다. 오직 한 사람을 위한 편지를 쓰고 나면, 서로의 정체를 모르는 채로, 하지만 누군가의 마음이 담긴 답장을 주고받을 수 있다. 글월은 편지를 전달하는 집배원 역할을 하며 서비스를 운영한다.

"한번 써 보시겠어요?"

효영이 은은한 미소를 보내자 여자 손님이 직사각형으로 구획이 나눠진 펜팔함을 내려다보았다. 편지 한 통마다 익명의 발신자가 그린 표식이 스티커 우표 안에 그려져 있었다. 왼쪽 아래에는 '명랑한, 느긋한, 똑똑한, 번뇌하는, 책 읽기를 좋아하는, 아름다움을 좇는, 사교적인, 따분한, 하루에 커피 세 잔이 거뜬한, 한량인, 그리움이 많은, 유쾌한, 시간을 잘 쓰는, 염세적인……' 단어 중 몇 개에 동그라미가 쳐져 있었다.

흥미롭다는 듯 펜팔 봉투를 보던 여자 손님이 이내 펜팔함에 편지를 내려놓았다. 남자 손님이 한번 해 보라고 부추겼지만, 여자 손님은 어색하게 웃으며 고개를 저었다.

"초등학생 때 이후로 편지를 안 써서, 잘 쓸 자신이 없어. 친구도 아니고 모르는 사람한테 보내는 거잖아."

"뭘 어렵게 생각해."

"그럼 네가 써 보든가."

여자 손님의 말에 진지한 표정을 짓던 남자 손님이

피식 웃으며 대답했다.

"나도 못 쓸 거 같아."

그럴 줄 알았다며 웃던 여자 손님이 아이리스와 델피늄이 그려진 꽃 카드를 골라서 계산했다. 둘은 글월의 창밖을 잠깐 감상하다가 짧은 인사를 남기고 문을 나섰다. 말소리가 사라지자 다시 글월에 적막이 찼다. 효영은 펜팔함으로 가서 편지봉투를 한 방향으로 다시 정리했다. 문득 효영 자신도 누군가에게 편지를 보내 본 지 한참 되었다는 생각이 들었다.

그래도 효영이 똑똑한 언니와 견주어 엇비슷한 능력치를 보였던 게 글쓰기였다. 다섯 살 위였던 언니는 이미 초등학교 5학년 때 중학교 문제집을 풀고 있었고, 일곱 살인 효영이 알 만한 내용은 하나도 없었다. 언니가 6학년 때 교내 백일장에서 은상을 받던 날, 같은 학교에 다니던 효영은 아빠의 세탁소를 주제로 한 편지글을 써서 금상을 받았다. 아빠는 효영과 효민의 상장을 세탁소 벽면에 나란히 걸며 두 딸아이를 번갈아 안아 주었다. 언니의 상장 옆에 효영의 상장이 올라간 건 처음이어서 효영은 그날 느낀 뿌듯함을 오래도록 간직했다.

그 뒤로 효영은 다른 건 몰라도 글을 쓰는 숙제에는 늘 열심이었다. 글쓰기 대회도 꼬박꼬박 나갔고. 공부로 상을 받을 일은 없었어도, 효영의 방 벽은 글쓰기 대회에서 받은 상장으로 뒤덮였다. 그중에는 편지 쓰기 대회에서 받은 상도 많았다. 어린이답지 않은 단어 선택과 기교는 똑똑하고 바른말 하기 좋아하는 언니를 둔 덕이 컸다. 편지 쓰는 일이 수학 문제 푸는 일과는 비교도 할 수 없을 만큼 쉬웠던 효영인데, 어찌어찌 시간이 지나니 더 이상 누군가에게 진심을 담아 편지를 쓴 기억이 나지 않았다. 아쉽다는 마음이 들지도 않을 만큼 자연스러운 이별이었다.

1초면 서로의 안부를 물을 수 있는 시대에 편지엔 어떤 힘이 남아 있는 걸까. 사장인 선호도 편지지와 펜팔 서비스로 가게를 유지할 수 있을 거라고 자신하진 못했다. 편지로 마음을 전달하는 사람은커녕, 요즘 젊은이들은 따뜻하고 위로되는 말을 주고받는 걸 어색하게 느끼는 것 같다고. 그래서인지 선호는 전략을 세워 글월만의 감성이 담긴 향수나 노트, 만년필 등을 함께 판매하고 있었다. 편지의 가치를 지키겠다는 신념에는 변화가 없었지만, 이번처럼 편지에 익숙하지 않은 젊은 손님을 끌어모으기 위해서는 여러 방면의 전략이 필요했다.

"쓰고 싶은 마음이 들게."

혼잣말을 뱉은 효영이 글월의 업무 일지를 열었다.

— 일자: 3월 26일_주말

— 날씨: 맑음

— 근무자: 우효영

— 방문 인원: 23명

— 카드 매출: 220,800원

— 현금 매출: 10,500원

— 총 매출: 231,300원

— 품절 제품 리스트

: Fruit Set-Olive (편지지와 봉투 소량 남아 있습니다)

: 수미타니 돌고래 문진 (디피 수량만 남아 있습니다)

— 필요한 비품

: 포장용 비닐봉지

— 특이 사항: 오전에 자기가 편지 쓰는 모습을 찍어 달라고 하던 20대 초반의 남자 손님이 있었어요. 테이블에 앉아서 편지 쓰는 흉내만 냈는데 진짜 쓰는 건 부담스럽다고 하더라고요. 인스타 보고 왔다고 하니까, 사장님이 오랫동안 인스타 관리한 게 꽤 효과를 보긴 하나 봐요. 조용한 동네에 그래도 힙하게 꾸민 젊은 손님이 꽤 오는 걸 보면?

요즘 제 나이대 손님들은 편지 쓰는 게 그다지 익숙하진 않은 것 같아요. 카카오톡과 인스타 디엠 말고 진심을 꾹꾹 눌러 담은 손편지를 전하고 싶은 사람도 분명 있을 텐데요. 아무튼 이런 잠재적 고객을 끌고 와야 글월이 번창할 수 있는 거 아니겠습니까? 좀 더 고민해 보시라고요, 사장님.^^

  업무 일지 작성을 마치고 나니 6시 25분. 전면으로 보이는 큰 창에 노을이 지고 있었다. 산릉선이 중심을 잡은 왼쪽 창의 풍경과 달리, 전면에 놓인 창밖 풍경 대부분은 70년대에 지어진 5층짜리 연화아파트가 차지했다. '연화'라는 글자 왼편으로 세로로 된 감청색 띠를 두른 아파트 벽은, 선호 말에 따르면 작년까지만 해도 연보라색으로 칠해져 있어 부드러운 인상을 줬다고 했다. 지금은 시원시원한 감청색에 적응하는 중이라고.

  4층 커튼 안쪽으로 언뜻언뜻 가벼운 아령을 들고 운동하는 아주머니가 보였다. 연화아파트의 풍경을 보고 있자면 편지 가게에 일하는 효영 자신이 이들의 이웃이라도 되는 기분이 들었다. 물리적인 거리가 가까워지면 자기도 모르게 이유 없는 친밀감이 생겨나는 법.

  하나둘, 하나둘. 열심히 운동하는 아주머니의 리듬을 따라 효영도 대걸레로 바닥을 밀었다. 원체 운동을 멀리하는 효영이라 글월에서 더 의식적으로 부지런히 움직였다. 신이 나서 빠른 속도로 바닥을 청소하던 그녀 앞에 언제 나타났는지 키가 큰 남자가 효영을 내려다보았다. 효영 또래의 남자였다. 많아 봐야 30대 초반?

  "선호 형 없나요? 오늘 근무한다고 했는데."

  "사장님이요? 아기 때문에 먼저 가셨어요. 무슨 일이세요?"

선호에게 딸이 있다는 건 알고 있나? 둘은 얼마나 아는 사이지? 효영이 어디서부터 설명해 줘야 할지 고민하던 그때, 남자는 효영의 말을 못 믿기라도 하듯 넓지도 않은 글월 안을 둘러보았다. 선호가 아무리 장난을 좋아한다지만 카운터 밑이나 문 뒤에 숨어 있을 정도로 유치한 사람은 아니었다.

"전해 줄 게 있어서요. 좀 늦을 거라고 메시지를 보냈는데 답이 없네요."

남자는 옆구리에 끼고 있던 캔버스를 들어 보였다. 신문지로 겉면을 싸 무슨 그림인지 알 수 없었다. 효영은 남자가 내민 캔버스를 들어 카운터 한쪽에 기대어 두었다. 효영의 허벅지 높이에 올라올 만큼 캔버스의 크기가 컸다.

"아무튼 다른 분이라도 자리에 계셔서 다행이네요."

남자는 머리를 긁적이더니 잘 전해 달라며 효영에게 꾸벅 인사를 했다. 그 틈에 남자와 눈이 마주치자, 효영은 어색하게 웃었다. 갈 줄 알았는데 이 남자는 왜 안 가고 서 있는 건가. 뭔가 더 물어 두어야 하나?

"그거, 선호 형이 보낼 편지죠?"

"네? 네."

남자가 카운터 위에 널브러진 편지봉투를 가리켰다. 이 남자의 정체도 알기 전에 너무 사적인 대화를 나눈다는 느낌이 들어 효영은 자기도 모르게 방어적인 태도를 보였다. 짧은 대답과 함께 남자에게서 한 걸음 뒤로 물러서는 식으로.

"수신인 주소가 너무 앞에 적혀 있어요. 한, 5밀리미터 정도?"

"어, 그게…… 문제가 될까요?"

효영은 악의 없이 대답했다가 입을 꼭 다물었다. 혹시나 오해를 살 말투였나 곱씹어 보기도 했다. 남자는 살짝 미소 짓더니 아마 그럴 거라고 말했다. 그때 남자의 주머니에서 벨소리가 울렸다. 남자는 누군가와 통화를 하다가 금방 가겠다고 말하더니, 다시 눈인사하고는 글월을 나섰다.

짧은 시간이었지만 굉장히 정신이 없었다. 영업시간도 지나서 왔는데, 자기 말만 하고 나가는 게 괜히 불쾌하기도 했고. 사실 불쾌할 정도였는지 다시 고민해 보면 그 정도는 아닌 것 같기도 했고.

정리를 다 끝내고 가방을 집어 들자, 선호에게서 전화가 왔다.

—영광이 왔다 갔지? 키 크고 잘생긴 애.

"캔버스 들고 온 사람? 어, 왔어."

—우리 하율이 초상화 부탁했거든. 백일 기념으로. 그거일 거야.

"무슨 화가야? 아니면 포토샵 장인?"

—웹툰 작가야. 꽤 유명해. 내가 사정사정해서 받은 그림이라고.

효영은 봉투에 쓴 주소 위치에 관해 물어보려다가 관두었다. 이미 50장을 다 똑같은 곳에 적은 데다가, 신이 난 선호가 캔버스 포장을 뜯어 하율이 초상화를 찍어서 보내 달라는 부탁에 정신이 옮겨 갔다.

곧바로 신문지로 싸 둔 포장을 떼어 냈다. 웹툰 작가가 그린 그림이어서인지 하율이 얼굴이 더 귀엽고 앙증맞게 느껴졌다. 겨우 백일을 앞둔 아기에게 레이스가 잔뜩 달린 원피스를 입힌 것도 웃음이 났다. 나름대로 사실적으로 하율이를 그리려고 노력한 모습이 엿보였는데, 특유의 웹툰 그림체가 남아 있어 개성이 느껴졌다.

—글월 1호 단골. 내가 1년 전에 편지 가게 열 때부터 제일 먼저 관심 가져 줬던 친구야. 길 건너 연화아파트에 살고.

선호의 말에 효영은 자기도 모르게 큰 창 너머 연화아파트를 바라보았다. 선호가 친절하게 5층이라는 말까지 전해 줬다.

—차기작 준비 때문에 거의 작업실처럼 쓰는 중인데, 요샌 진도가 안 나간다고 대부분 거기서 살아. 오늘

은 좀 멀쩡하게 나타났어? 며칠 전에 보니까 머리는 까
치집에 수염도 안 깎았던데.

"멀쩡해 보이긴 했어. 겉으로는."

―그럼 다행이고.

통화를 끝낸 효영이 다시 무심코 건너편 연화아파트
5층을 바라보았다. 아예 모르는 사람으로 남았다면 몰
랐을 텐데, 이렇게 되면 괜히 도로 하나를 사이에 두고
눈인사를 주고받아야 할 것 같아 민망했다. 혹시나 일
을 하다가 눈을 마주치는 일은 없으면 좋겠는데. 효영
은 글월을 나선 영광이 곧바로 집으로 돌아갔을까 봐
얼른 가방을 들고 글월을 나섰다.

효영은 주택가를 천천히 걸으며 하늘의 색이 시시각
각으로 변하는 모습을 지켜보았다. 지금처럼 노을이
지고 슬슬 배가 고파지는 시간을 효민 언니는 '놀이터
에서 집으로 돌아갈 시간'이라고 불렀다. 어릴 적 저녁
먹기 전까지 놀이터 미끄럼틀이나 정글짐에 모여 있던
애들이, 하나둘씩 엄마가 부른다며 집으로 흩어지는
시간이 딱 이맘때였다.

이제 그만 집으로 돌아올 시간이라는 걸,
언니도 아는지 모르는지.

3
—

오픈 시간 전, 효영은 어제저녁 가방에 챙겨 온 선호
의 편지 50통을 발송하기 위해 연희동 우체국을 찾았
다. 연희동 우체국은 글월에서 겨우 1분 거리였다. 효
영이 선호에게 우체국 위치를 미리 알고 가게를 계약
한 게 아니냐고 물었는데, 선호는 자리를 잡고 나서야
근처에 우체국이 있는 걸 알았다고 했다.

멀지 않은 위치에 우체국이 있다는 것은 글월의 이미
지를 만드는 데 도움이 되었다. 효영이 생각하는 선호는
늘 조금쯤 운이 따라 주는 사람이었다. 배우가 되고 싶
어 뒤늦게 연극영화과에 들어와서는, 얼마간 술을 마시
고 펑펑 놀며 바보 같은 짓을 하다가 오디션에 100번째
떨어지던 날 깔끔하게 연기를 관두고 능력 있고 똑 부
러지는 아내를 만났다.

그토록 사랑했던 연기를 관둔 선배라 주위에서 은근히 걱정하는 눈초리가 많았지만, 아내랑 깨소금 볶듯이 보기 좋게 연애하더니 돌연 전업주부가 되었다. 대기업 다니는 아내 덕에 팔자 좋다는 소리를 들어도 선배는 현재의 삶이 불안한 과거보다 행복하다는 걸 인정했다. 그래도 아내가 대기업 연구원이라는 사실은 고백하고 난 뒤에야 알았다며 억울하단 표정을 짓곤 했는데, 주위 사람들은 그 반응이 더 재미있어 계속 놀려 댔다.

"발송할 편지가 총 50통인데, 대량 발송은 아니겠죠?"

"음, 보통 100통 이상부터가 대량 발송이에요."

효영과 비슷하거나 조금 어려 보이는 우체국 직원이었다. 생기 있어 보이는 말투와 이미지 때문인지 일을 시작한 지 얼마 안 되어 보였다. 직원은 효영이 내민 봉투를 착착 포개 우편 접수기에 넣었다. 다섯 통의 우편물을 확인하던 직원이 살짝 고개를 갸웃했다.

"이게 전부…… 수신인 주소가 너무 앞에 적혀 있어서 기계 인식이 안 되네요."

"네에?"

"한…… 5밀리미터 정도? 아깝다. 주소 인식이 안 되면 건당 추가금이 붙거든요."

"추가금이요?"

효영의 머릿속에 어제저녁 영광이 했던 말이 떠올랐다. 영광도 딱 5밀리미터가 앞으로 쏠려 있다고 했다. 설마설마했는데 진짜였다. 미세한 위치에도 민감하게 반응하는 걸 보면 웹툰 작가가 맞긴 맞구나 하는 생각이 들었다.

"장당 120원 정도 추가금을 내셔야 하는데, 하시겠어요?"

"네, 그렇게 해 주세요."

한숨을 쉬며 효영이 고개를 끄덕였다. 직원이 효영처럼 안타깝다는 표정을 지은 뒤 곧바로 발송 업무를 처리했다. 작은 실수였고, 글월에 근무한 지 이제 겨우 일주일이 지난 효영이 이런 디테일을 알지 못하는 것도 당연했지만, 한번 붉어진 뺨은 식을 줄을 몰랐다.

어쨌거나 사장에게 사정을 설명해야 한다는 생각에, 효영은 우체국을 나오자마자 선호에게 전화를 걸었다. 한창 하율이 먹일 분유를 준비하던 선호는 효영의 자초지종을 듣자 큰 소리로 웃었다.

—푸하하하! 우효영 우체국에서 민망했겠네? 너 또 얼굴 빨개졌지? 그치?

"뭘 빨개질 것까지야. 6천 원 더 썼으니까 다음에 볼 때 커피 한잔 살게."

―뭔 돈 생각을 해. 이런 건 사장이 책임져야지.

"됐습니다, 사장님. 제 실수 맞잖아요. 아님 카운터에 6천 원 올려 둘까요?"

―우효영.

"왜."

―벌써부터 완벽해지려고 하지 마. 너 글월에 온 지 이제 일주일 넘었어.

효영은 입술을 삐죽이다가 알았다고 말하며 통화를 끝냈다. 언니의 편지를 피해 서울로 피신 올 때만 해도 반쯤 될 대로 돼라 상태였다. 뭘 잘하려고 한다거나 뭘 이루려고 한다거나 그런 마음, 절대 없었다.

사실 여기 오기 전까지는 영화감독이랍시고 배우며 스태프들 앞에서 창피해지지 않으려고 부단히 애썼다. 누구보다 일찍 일어나서 촬영장을 살폈고, 혹시 모를 변수를 대비해 2안 3안을 만들었다. 예민하고 날카로울 때였으나, 아무에게도 상처 주고 싶지 않아 누가 실수를 해도 하고 싶은 말을 반만 했다. 실수에 대한 책임은 감독인 자기에게만 씌웠다. 그러다 보니 글월에서도 옛날 버릇이 나온 거였다. 내 손을 거친 것은 뭐든 완벽해야 한다는 고집 말이다. 선호도 귀신처럼 그걸 알고 한 말이었다. 글월에서는 그러지 않아도 된다는 뜻이었다.

글월의 아침은 큰 창으로 들어온 햇빛이 편지지를 어루만지는 손길로 깨어났다. 글월을 열기 전, 취미로 목공을 배웠던 선호는 편지지를 디피하는 서랍장도 손수 만들었다. 맨 윗부분은 깊이감 있는 나무 서랍을 유리로 덮어 안을 들여다보게 했고, 다른 제품들은 아래 서랍에 차곡차곡 정리해 두어 손님이 하나씩 열어 보며 구경할 수 있게 만들었다. 서랍을 열 때마다 편지봉투를 뜯을 때의 설렘을 전하고 싶어서였다.

효영이 느끼기에 선호라는 사람은 참 낭만적이긴 했다. 차가운 기계로 가득한 실험실에 있던 아내의 마음을 얻어낸 건, 불명확한 감성과 알 수 없는 인생을 어떻게든 자기만의 방식으로 풀어내려 했던 선호의 매력 덕분이었을 거다. 나무를 고르고 치수를 재고 겉면을 매끄럽게 다듬는 모든 과정에 정성을 들였다는 것이 눈에 선했다.

효영은 봄날 글월의 아침을 사진으로 담았다. 전면의 창을 향해 한 번, 측면의 창을 향해 한 번. 초봄의 맑은 하늘을 보고 있으면 햇살에도 향이 느껴졌다. 잘 말린 이불에서 나는 보드라운 향, 곱게 빗은 어린아이의 정수리에서 나는 향, 새싹이 돋기 시작하는 보들보들한 흙에서 나는 향. 달콤하거나 상큼하거나 아무튼 그런 향.

선배. 글월에서는 햇빛에도 향이 담겨 있는 거 같아.

쓰고 나니 너무 감성적인 메시지인가 싶었지만, 효영
은 담담하게 사진과 함께 발송 버튼을 눌렀다. 하율이
때문에 바쁜 것인지 5분이 지나도 답장은 오지 않았다.

점심시간이 지나자 손님이 꽤 많았다. 주로 20대 초
중반의 여성 손님들이었고, 간간이 커플과 아이를 키
우는 엄마, 중년 부부도 있었다. 손자의 중학교 졸업 선
물을 사러 들른 백발의 할머니도 찾아왔는데, 만년필
을 시필하다가 글월에 비치해 둔 도서를 한 권 골랐다.
80년대 중후반에 쓰인 누군가의 연애편지를 묶어서 펴
낸 책이었다.

"우리 손주가 태어나기도 전에 쓴 편지네요. 그 시절
에는 이렇게 낭만을 주고받는 게 멋이고 자연스러운
일이었는데. 요즘은 뭐만 하면 '헐'이나 '대박'으로 끝나
니…… 노인네로서는 그게 참 아쉽더라고요."

효영도 동감한다는 의미로 고개를 끄덕였다. 카웨코
사의 릴리풋 만년필을 포장하며 할머니 손님께 플라워
카드 1종을 서비스로 드린다고 안내했다. 할머니는 효
영이 꺼낸 플라워 카드를 하나씩 찬찬히 살폈다. 이건
이래서 예쁘고 저건 저래서 예쁘고. 아름다운 것들을

맘껏 아름답다고 표현하는 할머니의 삶은 어땠을지,
효영은 문득 궁금했다.

"이걸로 할게요."

할머니는 마트리카리아가 담긴 카드를 골랐다. 흰 꽃
잎에 노란 수술이 앙증맞게 달려 계란 프라이처럼 보
이는 꽃이었다. 꽃말은 '어떤 어려움도 이겨 낼 거예요.'
였다. 중학교를 졸업한 손주에게 딱 맞는 문구 같았다.

정성스레 포장을 끝낸 효영이 종이 영수증에 판매 품
목과 가격을 볼펜으로 적었다. 할머니가 고개를 살짝
내밀어 효영이 글씨를 쓰는 모습을 지켜보았다. 효영
은 자기도 모르게 긴장한 손의 힘을 풀면서, 조금 더 정
성 들여 글씨를 써 내려갔다.

"글씨가 예쁘네요."

"감사합니다."

종이 포장지를 받아 든 할머니가 효영과 눈을 마주치
며 한 마디를 더 보탰다.

"여기서 일하면 마음이 아름다워지겠어요."

효영이 대답 대신 미소를 건넸다. 할머니가 떠나고
글월은 다시 조용한 시간을 맞이했다. 글월 홈페이지
에 들어가 온라인 주문을 확인하고 배송 물품을 포장
했다. 부족한 제품과 비품을 일지에 적고, 선호가 선정
한 음악 목록에 맞추어 글월의 배경음악을 재생했다.

아직 수신인을 찾지 못한 펜팔함의 편지들을 보며 서비스를 이용하는 손님이 더 많아졌으면 좋겠다는 생각 잠깐, 저녁에 뭘 먹어야 할지 고민 잠깐, 봄이 되었으니 플라워 카드를 맨 위 칸에 배치하면 좋겠다는 생각을 잠깐 했다.

그러는 중에 영광이 다시 찾아왔다. 이번엔 양손에 빵을 가득 담은 종이봉투를 든 채였다. 어제와 비교했을 때 그다지 말끔한 모습은 아니었다. 머리카락은 드라이하지 않고 바깥바람에 말린 듯 부스스했고, 말간 얼굴에 푸릇한 수염 자국이 보였다. 위아래로 그레이색 트레닝복 셋업을 갖춰 입었는데, 옷에서 풍기는 향을 맡고 보니 효영이 쓰는 섬유유연제와 같은 걸 쓰는 모양이었다.

"이거, 1층 베이커리에서 사 왔어요."

"이걸 왜……."

"선호 형이 효영 씨 점심 거를 거라고 사다 주라던데요? 그냥 효영 씨라고 불러도 되죠?"

효영은 영광이 내민 빵 봉투를 받아 들며 그러라고 대답했다. 어쨌거나 서로가 선호와 친분이 꽤 두텁다는 건 확인했으니, 데면데면해도 계속 얼굴을 볼 것 같았다.

"아까는 손님이 많더니 지금은 잠깐 한가한 타임이

네요."

그걸 어떻게 아냐는 표정을 짓자, 영광이 살짝 웃으며 전면의 창을 가리켰다. 연화아파트 5층에서 이쪽을 건너다보았다는 뜻이었다.

"일부러 보고 그러진 않아요. 선호 형 전화 받고 나오는 길에 잠깐 건너다봤어요. 아, 혹시 기분 나쁘실까 봐."

"아니에요. 괜찮아요."

"평소에는 커튼 쳐 두고 살아요. 작업 때문에 집중해야 해서요."

다행이라고 생각하며 효영이 고개를 끄덕였다. 영광은 평소에도 종종 글월에 들러 편지지를 산다고 했다. 선호처럼 인싸형 인물이어서 편지를 보낼 사람이 많은 건가 싶었다. 천천히 둘러보겠다며 영광이 서랍장 앞으로 갔다. 효영은 영광이 사 온 빵 봉지 하나를 뜯어 한 입 물었다. 생크림이 잔뜩 들어간 크림빵이었는데 느끼한 맛은 아니었다. 아침을 든든하게 먹는 편이라 점심을 걸렀는데, 선호는 그게 또 마음에 걸리는 모양이었다.

효영은 카운터에 서서 본 폴더로 편지봉투를 접었다. 글월에 흐르는 은은한 음악과 한낮의 햇살에 영광도 조금 더 편안해진 표정으로 서랍장을 하나씩 열며 편지지를 구경했다. 타박타박 바닥을 걷는 발소리도 간간이 들렸다.

"이거 계산할게요. 편지도 여기서 쓰고 가도 되죠?"

영광이 고른 건 프룻 시리즈 편지지 세트였다. 편지 봉투를 펼치면 따뜻한 색감의 물감으로 그려진 분홍빛 납작 복숭아가 보였다. 프룻 시리즈는 청포도나 서양 배, 붉은 사과와 레몬 등이 있는데 각각의 색감이 예뻐 서 효영도 좋아하는 편지지였다.

"네. 연필이나 볼펜 드릴까요?"

효영의 말에 영광이 주머니에서 볼펜을 꺼내 보였 다. 흑색 모나미 153을 가볍게 흔드는 모습이 '심플 이 즈 더 베스트'라고 외치는 것 같았다. 한쪽에 마련된 테 이블 앞에 앉은 영광은 누군가에게 받은 편지지를 꺼냈 다. 답장을 쓰기 전 편지를 한 번 더 읽고 싶은 모양이었 다. 효영은 영광이 편지에 집중할 수 있도록 음악 소리 를 조금 줄였다. 미세하게 변하는 영광의 얼굴을 흘끗 보고 있으면 무슨 내용의 편지인지 저절로 궁금해졌다.

영광은 찬찬히 편지지 위로 시선을 옮겨 갔다.

TO. 작가님께

며칠 전 퇴근하고 침대에 누워서 작가님 웹툰을 다시 정주행했어요.

웹툰을 하고만 싶었지 웹툰에 대해 아무것도 모를 때 시작한 작품이라고,

작가님은 겸손하게 말씀하셨지만 저는 여전히 〈이웃집 연정이〉가 좋아요.

매번 윗사람한테 깨지고 부당한 일을 당해도

구겨진 마음을 차곡 펴내는 연정이를 보면

공감도 되고 응원도 받는 것 같고, 그랬거든요.

"오늘의 기분이 영원은 아닐 거야.

영원이 아닌 것들에게 내 소중한 하루를 넘겨주지 않을 거야."

제가 제일 좋아하는 대사예요. 13화에 나오는 대사요!

작가님의 캐릭터가 하는 말을 듣고 있으면 이상하게 용기가 나는 것 같아요.
요즘은 작가님의 차기작을 기다라……

영광은 읽던 편지지를 접어 봉투에 넣었다. 끝맛이 씁쓸한 한약이라도 먹은 표정이었다. 낮은 한숨 소리가 효영의 귀에도 들렸다. 그럼에도 정신을 차리겠다는 듯 깍지 낀 손으로 기지개를 켠 영광은 모나미 볼펜을 들고 편지를 쓰기 시작했다. 효영은 반투명 커튼 뒤에서 편지봉투를 접으며 조용히 영광의 시간을 지켜 주었다. 곧이어 편지지 위를 걷는 볼펜에서 사각사각 소리가 들려왔다.

사각사각

TO. 수줍은 복숭아님께

안녕하세요, 수줍은 복숭아님. 웹툰 작가 '영광'입니다.

어제저녁 차기작을 기획하고 집 청소를 하면서, 복숭아님께 보낼 답장을 고민했어요.
〈이웃집 연정이〉가 완결된 지도 벌써 1년이 지나가는데, 아직까지 잊지 않고 연정이를 기억해 주는 게 무척이나 감사하더라고요.

무슨 말부터 시작할지 몰라서 제 생활 반경에 있는 것부터 주저리주저리 써 볼게요.

제가 사는 곳 건너편에는 편지지를 파는 편지 가게가 있어요.
가게 이름은 '글월'인데, 글월이 편지를 높여 부르는 순우리말이래요.

평소에 무심코 쓰는 단어를 더 높이고 소중하게 부르는 단어가 있다는 게 신기했어요.
스마트폰 하나로 24시간 타인과 연결되는 세상에
편지를 높여 부른다는 게 무슨 의미일지 궁금해지기도 했고요.

웹툰 PD님을 통해 복숭아님의 편지를 받았을 때,

이메일도 아니고 독자님이 한 자 한 자 꾹꾹 눌러쓴 편지를 받으니까

기분이 이상하더라고요.

누군가의 '정성'을 물질로 받게 되는 경험이 흔치 않아지는 세상이구나,

이런 생각이 들기도 하고요.

그래서인지 복숭아님께 받은 편지 덕에 오늘은 조금 더 힘이 나는 것

같아요.

차기작은 아직도 제자리걸음이지만 너무 늦지 않게 돌아올게요.

한 자 한 자 적어 낸 저의 시간도, 복숭아님께 작은 '정성'으로 도착하

길 바랍니다.

그럼, 복숭아님의 안녕을 기원합니다. :)

FROM. 영광

PENPAL SERVICE

마지막 온점을 찍은 영광이 허리를 살살 비틀어 스트
레칭을 했다. 그러고는 편지지를 포개어 한 번에 접더
니 봉투에 정갈하게 넣었다. 봉투에 스티커를 붙여 입

구를 봉하고 효영이 있는 카운터로 다시 다가왔다.

"편지 발송도 해 주시는 거죠?"

"네. 우표를 사시면 발송도 직접 해 드려요."

"그럼 부탁드릴게요."

우표까지 계산을 마친 영광이 짧게 인사를 건네고 글월을 나섰다. 효영은 영광이 내민 편지봉투를 양손으로 들고 내려다보았다. 거침없이 편지를 쓰던 영광이 조금은 부러웠다. 누군가가 건넨 말에 답할 수 있다는 게, 자기만의 대답을 담은 '답장'을 보낼 수 있다는 게 부러웠다.

영업시간이 거의 끝날 때쯤 선호에게서 전화가 왔다. 갑작스럽게 미열이 난 하율이 때문에 종일 병원에 있었다고 했다. 이제 한숨 돌린 건지 아침에 보내 준 글월 사진이 마음에 든다며 칭찬하더니, 시간 여유가 생기면 글월 인스타에 게시글도 직접 써 주면 좋겠다는 말도 건넸다.

"사장님답네. 이걸 또 일로 연결하고."

—잘 쓰니까 그렇지. 내가 네 글솜씨를 모르냐?

"급한 일 끝난 거면 이따가 업무 일지나 확인하세요."

—벌써 확인했어. 그런데 글월에서 노트까지 만들어서 파는 게 맞는지 모르겠네.

며칠 사이 글월에서 자체 제작한 노트가 있는지 문의

하는 손님이 많아졌다. 편지지는 거의 다 글월에서 만든 제품을 파는 터라, 글월에서 만든 노트도 있는지 궁금한 것 같았다. 효영은 손님들의 니즈를 선호가 진지하게 고민해 주길 바라는 마음에 업무 일지에 꼼꼼히 적어 두었다. 하지만 선호는 오늘도 시원하게 결정을 내리지 못했다.

—안 그래도 글월이 문구점으로 분류되어 있어서, 가끔 전화로 스카치테이프나 리코더 파냐고 묻는 손님들이 있었거든.

편지와 관련된 물건을 팔되 문구점처럼 보이지는 않게 하는 것이 선호의 바람이었다. 노트까지 팔게 되면 글월의 정체성이 흔들리지는 않을까 우려하는 것이었다.

사실 효영이 처음 서울에 올라와 선호에게 연락을 건 것도, '글월'이 편지를 뜻하는 말이란 걸 몰랐기 때문이었다. 지도에 검색해도 문구류를 파는 가게라고만 나왔고. 그 덕에 편지라고는 지긋지긋했던 효영이 결국 편지 가게를 차린 선호를 만나게 된 것이었지만 말이다.

"뭐 어때. 편지지 찾으러 온 사람들은 다 쓰는 걸 좋아하는 사람들 아냐?"

—그런가…….

"거기에 뭘 메모하든 일기를 쓰든, 결국에 그것도 나

한테 보내는 편지라고 생각하면 노트도 편지지랑 크게 다를 거 없지, 뭐."

잠시간 정적이 지나고 선호가 나지막이 말을 뱉었다.

—네 말도 일리가 있네…….

선호는 좀 더 고민해 보겠다며 통화를 끝냈다. 그러고 나니 영업시간이 끝났다.

뒷정리를 끝낸 효영이 퇴근하려고 할 때였다. 카운터 위에 포장하다 만 원고지 모양의 편지지 세트가 보였다. 어릴 적 백일장에 나갈 때마다 썼던 원고지가 떠올랐다. 효영은 가만히 편지지를 바라보다가 한 장을 쑥 뽑아 들었다. 또래의 남자가 거침없이 편지를 쓰는 모습을 보고 나서라 그런가, 이제는 한 글자도 쓰지 않는 자기 모습에 의기소침해졌다.

"글솜씨는 무슨."

이제는 언니의 편지를 읽게 된다고 해도 답장 한 줄 적지 못할 것 같았다. 글쓰기가 지긋지긋해졌다기보다는, 자신의 영화가 갈 곳을 잃은 것처럼 언니에게도 무슨 말을 건네야 할지 알 수 없게 되었다고나 할까. 하지만 오늘따라 어떤 오기가 생긴 효영은 편지지 맨 윗줄에 무작정 'TO. 언니에게'를 적었다. 띄어쓰기까지 포함해 8칸이 채워졌다. 막힘없이 한 줄을 채웠으니 이제 다음 줄로 가야 할 때였다. 하지만 효영은 그다음 문장이 전혀 떠오르지 않았다. 텅 빈 네모 칸이 효영의 글자를 기다리고 있었지만, 손에 쥔 볼펜은 허공에서 내려올 줄 몰랐다.

"이젠 뭘 써야 할지도 모르면서."

자기 자신에게 조소를 보낸 효영이 볼펜을 내려놓고 편지지를 구겨 휴지통에 던졌다. 글월을 나오자, 하늘이 금세 어둑어둑해져 있었고 곧 비가 올 것 같았다.

인생을 반송하고 싶다면

Geulwoll Shop Log   Letter Service in Seoul

— 일자: 5월 11일_평일

— 날씨: 비

— 근무자: 우효영

— 방문 인원: 38명

— 카드 매출: 349,600원

— 현금 매출: -원

— 총 매출: 349,600원

— 자사 홈페이지 6건

— 품절 제품 리스트

: 연애 Love Set-Oak (편지지 L 소량 남아 있습니다.)

: To&From Note-soft kraft (매장 재고 3권, 수량 더 필요합니다.)

— 필요한 비품

: 양면테이프

— 특이 사항: 사흘째 비가 내립니다. 많은 양은 아니지만 창밖에 습도가 가득해요. 편지지가 습기를 너무 많이 먹을까 봐 종일 제습기를 틀었습니다. 비가 와도 손님이 적진 않아요. 5월에는 감사 편지를 보낼 곳이 많아서 그런가 봐요. 역시 'Thank You' 메시지가 프린트된 작은 카드가 제일 잘 나갑니다. 길게 쓸 부담이 적어서 그렇다네요. 아직 품절은 아니지만 미리 주문해 둘게요. 그리고 노트 반응이 좋네요. 인스타 홍보 더 열심히! 파이팅, 사장님.

효영은 노트북 화면에 어제 자 업무 일지를 켜 둔 채 퇴근 시간을 기다렸다. 창밖에 내리는 빗줄기를 보고 있으면 글월에 고요라는 무드가 피어나는 것 같았다. '고요'라는 단어가 왜 '고여 있다'라는 단어와 닮아 있는 지 글월 한가운데 서면 알 수 있었다. 효영은 자기가 마치 도시의 모든 소음을 흡수하는 블랙홀이 된 기분이 들었다. 명치 아래가 먹먹하고 아릿했다. 비가 오는 날이면 이렇게 흙이 없어도 뿌리 내릴 감정이 태어났다. 수생식물처럼 둥둥 뜬 감정 덕에 현실감각이 제멋대로 부유하는 중이었다.

"5시 50분."

효영은 일부러 휴대폰으로 확인한 시간을 발음했다. 정말로 세상에 소리라는 게 남아 있지 않을까 봐 걱정이라도 된다는 투였다.

서랍장 맨 위 칸으로 늦봄과 어울리는 편지지를 배치했다. 빗물이 느린 속도로 떨어지는 창문을 카메라로 찍고, 글월을 방문한 손님들이 인스타에 올린 글을 구경했다. 가정의 달답게 부모님과 스승에게 보내는 감사의 글귀를 올린 사람들이 많았다.

효영은 어릴 적 어버이날, 학교에서 카네이션 목걸이를 만들었던 게 떠올랐다. 핑킹가위로 빨간 색종이를 사각사각 잘라다가 가운데에 자기 얼굴을 그려 붙인

조악한 목걸이였다. 그때는 그런 것을 만들고도 뿌듯함을 느낄 수 있어 좋았다. 어리고 순수하다는 건 쉽게 기쁘고 재밌는 일을 많이 발견하게 된다는 뜻이었다.

네 언니가 편지를 또 보냈어. 자취방 주소 불러. 그쪽으로 보내 줄 테니까.

그러다 엄마에게 메시지가 왔다. 반갑지 않은 내용이었다. 효영은 답장 없이 휴대폰을 주머니에 넣고 평소보다 조금 이르게 마무리 청소를 했다. 어느새 빗줄기가 굵어져서 톡톡, 빗물 떨어지는 소리가 들려왔다.

"아직 안 늦었죠? 펜팔 편지 보내려고 왔는데요."

우산이 없는지 어깨에 잔뜩 비를 맞은 남자가 글월로 들어섰다. 30대 중반쯤 되어 보였다. 짙은 남색의 정장을 입은 남자는 촉촉이 젖은 머리칼을 한쪽으로 넘겼다. 하얀 와이셔츠 위에 매단 와인색 나비넥타이나 들고 있는 브라운 가죽 브리프 케이스를 보면, 남성용 패션 잡지 하나쯤은 구독하고 있는 사람 같아 보였다.

"네, 여기 펜팔 신청서 작성해 주시면 됩니다."

손에도 여전히 물기가 남았는지 남자는 주머니에서 손수건을 꺼내 손가락 사이사이를 꼼꼼하게 닦았다. 영업 마감까지 5분 정도 남아 있었다. 남자가 미리 적어 온 답장을 꺼내려 정장 안쪽 주머니에 손을 넣었다. 순간 남자의 얼굴에 '낭패'라는 단어가 떠올랐다.

"어, 이게 왜."

남자가 꺼낸 편지봉투에서 물기가 뚝뚝 떨어졌다. 입고 있는 재킷이 가슴 아래까지 축축하게 젖어서 봉투에도 스민 것이었다. 검정 잉크가 봉투 밖까지 번질 정도였다. 편지지에 쓴 내용을 알아볼 수 있을지도 미지수였다.

효영이 티슈를 건네자 남자가 젖은 편지봉투 겉면을 톡톡 두드려 물기를 닦아냈다. 조심스레 편지를 꺼내 펼쳤지만 편지지 4분의 1이 몽땅 젖어 글자가 보이지 않았다.

"아…… 참."

어쩔 줄 몰라 하는 얼굴 앞에서 마감 시간을 운운할 순 없었다. 뒷머리를 긁적이던 남자가 손목시계를 보더니 효영에게 말했다.

"정말, 정말, 죄송한데요. 여기서 편지를 새로 쓰고 가도 될까요? 제가 직장인이라 이번 주에 여길 다시 올 시간은 없고, 펜팔 친구를 너무 오래 기다리게 하고 싶진 않아서요."

글월에서 보낸 시간이 석 달이 다 되어 갔다. 효영은 예상치 못한 일이 생길 때마다 '선호 사장이라면 어떻게 했을까'를 생각했다. 대부분의 일들은 이렇게 해결할 수 있었다. 선호라면 신난 입꼬리를 주체하지 못하고 그래도 좋다며 웃었을 것이었다.

"네, 쓰고 가세요. 전 천천히 정리하고 있겠습니다."

"금방 쓸게요. 고맙습니다."

활짝 웃은 남자가 테이블에 앉았다. 효영이 펜을 가져다주기도 전에 브리프 케이스에서 가죽 필통을 꺼내 만년필을 쥐었다. 정말 최대한 폐를 끼치지 않겠다는 단단한 의지가 보이는 동작이었다. 효영은 마른걸레로 창틀에 남은 먼지를 닦으며 남자의 행동을 흘끗 보았다. 남자는 곧바로 휴대폰 사진첩을 켜서 자기가 쓴 편지를 찍은 사진을 열었다. 다행히 아예 새로 쓸 필요는 없어 보였다. 남자가 집중할 시간을 주기 위해 효영은 고양이처럼 발소리도 내지 않고 걸었다. 이미 글월에 흐르는 음악은 꺼진 상태였다.

"옮겨 쓰기만 하면 됩니다. 10분이면 돼요."

"괜찮습니다. 편하게 하세요."

효영은 카운터에 서서 왼편에 난 작은 창문을 바라보았다. 습기를 한껏 품은 회색의 구름 덩어리가 거북이처럼 느리게 하늘을 왼편에서 오른편으로 헤엄치고 있었다. 색색의 지붕은 빗물에 말갛게 씻겨 더 진한 붉은색과 푸른색을 뽐냈다. 산등성이도 짙은 초록으로 뒤

덮여, 마치 수채화였던 풍경이 물감을 아낌없이 쓴 유화가 된 것 같았다.

한 자 한 자. 남자의 만년필이 종이를 간질였다. 왼쪽에서 오른쪽으로 남자의 옷소매가 천천히 움직였다. 옷 끝이 잉크에 닿지 않게 하려고 소매를 살짝 걷은 채였다. 편지가 중반부를 지나자 남자도 슬슬 마음이 편해졌는지 효영에게 말을 건넸다.

"이번이 두 번째로 편지를 주고받는 건데, 펜팔 상대가 고등학생이더라고요."

남자는 편지지에 시선을 고정한 채로 계속 말을 이었다.

"요즘엔 살면서 고등학생이랑 말할 기회가 없으니까 신기했어요. 이 친구는 진로가 고민이라는데 무슨 조언을 해 줘야 할지 모르겠네요. 조언이랍시고 꼰대가 되기는 싫거든요."

효영은 남자의 편지가 궁금했지만 질문하진 않았다. 왠지 둘만의 대화에 끼어들고 싶지 않았다. 그건 편지에 대한 모독이라는 과잉의 감정까지 피어났다. 언제부터 이렇게 편지가 가진 속성과 가치에 골몰했나. 효영은 자꾸만 선호 사장에게 빙의하는 시간이 많아진 것 같아 웃음이 났다.

그 와중에도 남자는 부지런히 글자를 채워 나가, 이제 거의 마지막 줄을 쓰고 있었다.

안녕, 친구.

비가 오는 날 두 번째 편지를 쓰게 되었네. 잘 지내지?

이번 답장에 네가 그려 준 펭귄 그림 잘 봤어.

예쁘게 잘라다가 코팅해서 책갈피로 쓰려고. (그래도 되지?)

나한텐 겸손하게 말했지만 내가 상상했던 것보다 몇 배는 더 그림

을 잘 그리던데?

어쩌면 네가 지금 진로를 고민하는 건, 네가 너무 많은 재주를 갖

고 있기 때문 아닐까.

마음이 동(動)하는 걸 어떻게 아냐고 물었지?

글쎄, 솔직히 말하면 어른이 되고부터는

마음이 떨리는 순간을 거의 다 잊어버린 것 같아.

난 회계사야. 숫자를 다루는 일을 해.

종이 위에 빼곡하게 적힌 0123456789랑 매일 씨름을 하지.

소수점 아래의 숫자까지 세심히 살피고 노려보지 않으면

눈덩이처럼 손해가 불어나는 일이야.

애먼 곳에 마음이 움직이면 행여나 실수라도 하지 않을까,
일하는 중에는 늘 감정을 단단하게 부여잡아.

....

그래서인지 요즘엔 '여백(餘白)'이라는 게 소중해지더라.
아무것도 적어 넣지 않아도 아무런 문제가 되지 않는 숨 쉴 공간 같
은 거 말이야.

....

여백이 주는 휴식을 즐기고 나면,
나한테도 가끔 무방비의 순간이 찾아오기도 해.

....

좋아하는 음악이나 영화, 시구 한 줄에 마음이 동(動)하는 순간이
오는 거야.

....

널 말랑말랑하게 하는 것, 흠뻑 젖게 하는 것,
자꾸만 고개를 돌리게 되고, 밤새 우주를 유영하게 하는 것.

....

그런 걸 찾으려면 한 번쯤 한없이 여리고 약해져도 돼.

....

무용하다고 느끼는 시간이 실은 얼마나 유용한지, 너도 금방 알게
될 거야.

....

말 길어지면 꼰대처럼 보일까 봐 이만 쓸게.
새록새록 피어나는 너의 봄날을 만끽하렴.

....

FROM. K-회사원

PENPAL SERVICE

남자는 편지지를 한 장씩 집어 후후– 입바람을 불었다. 책상 위에 한 장씩 펼쳐 놓고 손부채질까지 해 가며 잉크가 마를 시간을 주었다. 이렇게 편지를 소중하게 여기는 손님 앞에서는 편지를 높여 부르는 말인 '글월'이라는 단어가 절로 떠올랐다. 남자가 소중하게 접은 글월을 효영에게 건넸다.

63

"그럼, 잘 부탁드립니다."

남자가 글월을 나설 때쯤, 다행히 빗방울이 잦아들었다. 효영은 편지봉투의 딱딱한 모서리를 손끝으로 더듬다가 카운터 서랍에 넣었다. 펜팔 우표에 그린 고등학생 손님의 표식은 펭귄이 주인공인 클레이 애니메이션의 주인공 '핑구'였다. 효영이 펜팔 서비스 손님의 목록에서 핑구의 휴대폰 번호를 찾아 메시지를 보냈다.

—Letter Service [geulwoll]

[Web 발신]
서연우 고객님,
Penpal Service 편지에 답장이 도착하여 연락드립니다.
글월 운영 시간에 방문 부탁드립니다. 방문이 어려울 경우
택배 발송으로 도와드리고 있습니다. (⋯)

하루의 일과를 마치고 집으로 돌아가는 길, 효영은 후드 집업에 모자를 쓰고 조용한 주택가를 걸었다. 서울의 극악무도한 집세를 알게 되자 동네에서 집을 갖고 사는 사람들이 전부 신기했다. 고시원을 알아보던 효영에게 다행히 선호 사장이 보증금을 빌려주어서 월세 45만 원의 자취방을 구할 수 있었다. 편지 가게에서 일하고 싶지 않아 입술을 삐죽이던 효영을 꼬시기에 탁월한 복지였다. 물론 공식적인 회사 복지는 아니었지만.

집 앞에 다다랐을 때 선호의 전화가 왔다. 하준이와 하율이를 일찍 재웠다며 목소리가 작고 소곤거리는 투였다.

—주말에 하율이 백일잔치 진짜 안 올 거냐?

"안 가. 영화과 애들 다 불렀잖아. 왜 가."

—너 졸업식도 안 갔잖아. 얼굴 좀 비추면 좀 좋냐.

"싫어. 나 빼고 잘되는 꼴 볼 생각 없다니까."

효영이 지원금을 받아 제작하던 졸업 작품을 포기하자, 동기가 대신 지원금을 받아 새 작품을 찍게 되었다. 건너 건너 친구들을 통해 동기의 작품이 무사히 촬영을 끝내고 독립영화제에 상영이 결정되었다는 소식까지 들었다.

자기 발로 걸어찬 기회였는데도 배가 아픈 느낌이 들

어 쓸쓸한 웃음이 났다. 선호에게 한 말은 반쯤 농담이었다. 친구의 성공에 박수를 보내지 못할 정도로 속이 좁은 사람은 아니었다. 그래도 10년 넘게 좋아했던 영화를 이런 식으로 떠나보냈다는 게 얼떨떨해, 효영에게도 시간이 필요했다. 잘 이별할 시간이.

—그건 그래. 나도 나 빼고 잘된 애들 보기 싫다. 그냥 나도 안 갈란다.

"선배! 그러니까 누가 딸 백일을 자기 생일 파티처럼 만들래? 꼭 자기 지인들만 줄줄이 초대해서는……."

—하율이가 아직 인맥이 좁더라. 나도 대관료가 아까워서 어쩔 수가 없었어.

실없는 농담을 몇 번 더 주고받다가 자연스럽게 주제가 글월 이야기로 흘러갔다. 효영은 방금 만난 나비넥타이 손님 얘기를 했다. 멋들어진 정장과 포마드 헤어, 가죽 브리프 케이스. 외형 설명만으로도 선호가 금세 아는 척을 했다.

—민재 씨네. T사 회계사로 일하시는.

"역시. 인싸는 달라. 벌써 호구조사 끝냈구나."

—오늘은 바빠서 그러신 것 같은데, 원래 말씀도 많이 하셔. 원래는 작가가 꿈이었더라고.

선호는 민재를 처음 만난 날 이야기를 해 주었다. 허리를 곧추세운 자세로 만년필을 잡은 폼이 우아한 손님이어서 인상 깊었다고 했다. 당시에도 선호는 혼자서 글월 일지를 쓰고 있었다. 읽어 줄 사람은 없어도 마음에 남은 손님은 꼭 기록하던 때라, 일지를 적다 은근슬쩍 어떻게 글월에 오게 되었는지 물어본 것이다.

—내가 연기 잘하려고 다른 직업군 사람들 막 인터뷰하고 다닌 거 너도 알지? 자연스럽게 말 거는 건 타고났잖냐. 민재 씨는 딱 문학 소년으로 자랐는데, 집안 맏아들이기도 하고 먹고사는 일 걱정에 그냥 회계사 시험으로 빠졌대. 글을 쓰고 싶은 마음을 풀 데가 없던 차였는데, 글월에 오면 자기 글을 쓸 수 있어 좋다는 거야.

"역시 풍기는 분위기가 다르긴 했어."

—글월 입장에서는 편지를 아껴 주는 손님이 참 고맙지. 매번 테이블 앞에 앉아서 만년필 촉을 깔끔하게 닦아 한 자 한 자 적는데, 남자가 봐도 눈길이 가더라고.

"어련하시겠어."

자기 아이디어로 탄생한 공간에 자연스럽게 녹아드는 이를 만나는 것만큼 즐거운 일이 또 있을까. 카운터에 턱을 괴고 편지를 쓰는 민재를 향해 미소를 짓는 선호의 얼굴이 절로 그려졌다.

—근데 넌, 언제 네 얘기를 할 거야?

선호가 대뜸 효영에게 물었다. 어쩌다 서울에 온 건지, 왜 자취방을 구하는 건지. 사실 효영은 선호에게 제

대로 설명한 것이 없었다. 워낙 모든 사람에게 살갑게
대하는 선배였던지라, 효영도 선호에게 공부 잘하는
언니가 있다는 말은 몇 번 했지만, 최근 들어 사기를 당
했다는 말까진 꺼내지 않은 상태였다.

"내 얘긴 끝났어. 찍던 영화 버리고 나온 거 보면 모
르겠어?"

휴대폰 너머로 아기 울음소리가 났다. 하율이가 깬
것이었다. 통화를 끝낸 효영이 추적추적 빗물이 떨어
지는 회색 하늘을 올려다보았다. 으슬으슬 몸이 떨려
종종걸음을 걷다가, 길 건너에 익숙한 남자를 발견했
다. 차영광이었다.

영광은 캡모자를 눌러쓴 채로 검정 우산을 쓰고 있었
다. 한 번 봤는데도 쉽게 알아본 건 꽤 큰 축에 드는 키
와 글월에 입고 왔던 무릎이 늘어난 트레이닝복 바지
때문이었다. 웃음기가 가신 얼굴을 보자 효영은 인사
를 건넬 엄두를 내지 않고 고개를 돌렸다.

2

**"솔직히 말할게요, 작가님. 이대로 가도 되는데……
전작만큼 잘되진 않을 거예요."**

비가 스미자 블록이 제멋대로 솟고 꺼져서 울퉁불퉁
대는 인도를 걸었다. 영광은 한 시간 전 웹툰 PD를 만
나 나눴던 대화를 곱씹었다. 어떤 건 기분이 나쁘지만
받아들여야 했고, 어떤 건 받아들여도 기분이 나빴다.
완곡한 거절이었다. 차기작이라면 더 큰 한 방이 필요
하다는.

스타트업 회사를 다니던 때 매거진에 넣을 만화를 그
리는 일을 맡았었다. 광고 일러스트나 캐릭터 개발 등
돈이 되는 그림이라면 가리지 않고 업무가 되는 회사
였다. 제대하자마자 사회 초년생이 되어 정신없이 깨
지고 넘어지다가 돌연 웹툰 학원에 들어가게 되었고,

자신의 얼마 안 되는 사회생활을 그린 웹툰이 꽤 큰 성
공을 거뒀다. 데뷔작으로 드라마 장르 1위 자리를 오랫
동안 굳건하게 지켰으니, 감사할 따름이었다.

차기작에 들어가려 만든 샘플 원고로 몇 번이나 반려
통보를 받고 나자, 영광은 자신의 성공이 초심자의 행
운이었다는 걸 인정할 수밖에 없었다. 이번에도 웹툰
PD의 판단은 정확했다. 웹툰 시장의 키워드를 짜깁기
해 만든, 어디 하나 모난 곳 없는 동글동글한 작품이었
다. 어디에도 영광의 반짝임이 묻어 나오지 않았다.

영광은 검지와 엄지로 캡모자 챙을 눌러 모자를 고쳐
썼다. 회색빛을 입은 연희동은 달콤한 흙냄새를 풍겼다.
국물이 있는 음식을 먹고 싶은 저녁이었다. 성큼성큼 길
을 걷다 보니 혼자서만 우산을 쓰고 있다는 걸 알아챘
다. 비는 이미 한참 전에 그쳤다. 우산을 접은 영광이 민
망한 듯 길거리를 두리번거리다가 반대편 인도를 걷는
익숙한 얼굴을 보았다. 글월에 새로 온 여자 직원이었
다. 에어팟을 낀 채 굳은 표정과 경직된 자세로 걷는 폼
이 눈에 띄었다. 눈이 마주쳤다면 고개라도 짧게 숙였겠
지만 이름을 부르고 인사를 나눌 사이는 아니었다.

연화아파트 5층에 도착한 영광은 커튼을 활짝 열었
다. 길 건너 글월의 큰 창이 초저녁의 하늘을 담았다. 창

한쪽에는 '보내는 사람'이라고 써진 글월의 주소가 적혀 있다.

영광이 있는 곳에서는 글자가 모두 좌우 반대로 보여 읽기 어려웠다. 곧 하늘이 더 어두워질 테고, 영광은 차기작을 위해 하얀 모니터 앞에서 길고 긴 침묵의 시간을 보낼 것이었다.

◇◇◇◇◇

다음 날에도 영광은 백지로 가득한 모니터 앞에 앉았다. 벌써 한 시간째, 하얀 화면에 점 하나도 찍지 못했다. 어제 쓴 6컷짜리 콘티는 휴지통에 넣어 버린 지 오래였다. 잠깐 눈이라도 붙일 겸 방을 나와 소파에 쓰러지듯 누웠다. 암막 커튼 사이로 아침 햇살이 약 올리듯 거실 바닥을 훑었다. 베란다 문이 조금 열려 있던 것인지, 커튼 자락이 바람에 흔들렸다.

그때, 선호에게서 메시지가 왔다. 글월의 햇살을 담은 사진과 함께였다.

> 사진을 보냈습니다.

> 일어나라. 가만히 누워 있는다고
> 안 나오던 생각이 나오지는 않는다.

헛웃음이 나온 영광이 냉장고로 가서 물을 꺼내 통째로 들이켰다. 메시지 알림음이 또 한 번 울렸다.

> 사진 죽이지? 우리 직원이 찍었어.
> 글월에서는 햇빛에도 향이 있다더라.

영광은 어제 길에서 만난 글월 직원을 떠올렸다. 45도 각도로 땅을 내려다보고 빠른 걸음으로 걷는 여자 직원을. 하늘을 볼 여유 따윈 없을 줄 알았는데, 역시나 사람은 겉만 보고는 알 수가 없는 거였다.

"햇빛에 향이라……."

감성적인 표현을 잘도 하는 게 의외였다. 역시나 선호 형은 글월에 어울리는 사람을 잘 찾아낸다는 생각도 했다. 워낙 사람 경험이 많은 형이라 내공이 다른 건가. 영광은 커튼 사이로 들어오는 햇살에 손을 뻗었다. 손등에 금세 온기가 느껴졌다. 간밤에 화면 앞에서 퀭

한 눈으로 씨름하던 자신이 왠지 모르게 억울하게 느껴졌다.

"나가자. 그래, 여기서 뭘 하겠냐."

벌떡 일어난 영광은 양치와 면도를 끝내고 연화아파트를 나섰다.

글월에는 선호 형만 있었다. 여자 직원은 주 4일 근무라고 했다. 장모님이 아이를 돌보아 주시는 날에만 이렇게 글월을 돌볼 수 있었다.

"주말에도 못 쉬면서 하루는 쉬지. 직원을 못 구하면 그냥 하루 문을 닫든가."

"너도 자영업 해 봐라. 너 연재할 때도 하루 쉬면 그 뒷감당이 되디?"

"안 되지. 쉬면 더 무섭지."

"나도 그래, 인마."

선호가 가볍게 웃으며 영광에게 본 폴더를 내밀었다. 자기처럼 편지봉투를 접으라는 얘기였다.

"할 거 없으면 알바나 해. 50개 접으면 커피 한 잔 산다."

영광은 얼떨결에 선호를 따라 봉투를 접었다. 편지지 세트를 담는 반투명의 포장용 봉투였다. 4개 면의 모서리를 똑바로 척척 접어 본 폴더로 쓰윽 밀었다. 본 폴더와 종이가 스치는 소리가 재미있었다. 접히지 않으려고 버티는 종이의 미세한 힘을 느끼다 보면, 종이에도 생명이 있는 것 같아 신기했다.

"효영이도 이렇게 단순노동을 하면 기분이 좋다더라. 마음이 편해진다고."

"효영 씨? 여기 직원?"

"응. 편지가 싫다고 집에서 도망 나왔는데, 이렇게 편지 가게에 일한다. 세상 참 얄궂지?"

"편지가 왜 싫다는데?"

선호가 으쓱 어깨를 들어 올렸다.

"나도 몰라. 그건 말 안 해 줘."

스윽- 슥- 슥-.

두 남자는 카운터 앞에 서서 아무 말 없이 편지봉투를 접었다. 그러다 장년 부부 손님이 왔고, 선호는 활짝 웃으며 손님을 응대했다. 대화하길 좋아하는 선호도 모든 손님에게 늘 먼저 말을 거는 것은 아니었다. 오히려 글월에서는 차분함을 선물하기 위해 손님이 먼저 눈길을 줄 때까지 입을 다무는 편이었다.

"여긴 향이 참 좋네요. 나무 서랍장에서 나는 향인가?"

"저희가 판매하는 향수에서 나는 향이에요. 편지에서 나는 종이 향이 섞이기도 하고요."

카운터 바로 앞 진열장에서 우디 향수를 집어 든 아

주머니가 시향을 하며 기분 좋은 미소를 지었다. 아들 부부가 이사 가서 집들이 선물로 주겠다며 향수를 카운터 위에 올려놓았다. 그러고는 'CONGRATULATION'이 새겨진 메시지 카드를 골라 카운터 앞에서 아들 부부에게 짧은 편지를 썼다. 봉투를 접던 영광은 슬쩍 아저씨의 글씨체를 훔쳐보았는데, 한눈에 봐도 흔치 않은 명필이었다.

"우와! 글씨가 멋지시네요."

옆에 있던 선호가 보자마자 감탄했다.

"이 사람 윤리 과목 선생이에요. 고등학교 선생."

"판서를 많이 하셔서 이렇게 글씨를 잘 쓰시나 봐요."

남편을 향한 칭찬을 은근히 뿌듯해하는 아주머니와 달리, 아저씨는 부끄러운지 살짝 입꼬리만 올리고 있었다.

"동네 토박인데, 오늘 하늘이 예뻐서 올려다보다 이렇게 오게 되었어요. 고개를 들었더니 이 건물 4층에 '보내는 곳'이라는 글씨가 딱 눈에 띄잖아요."

여기가 뭐 하는 곳인지 궁금해서 와 보지 않을 수 없었다는 말에, 선호는 자기 마케팅이 통했다는 듯 영광을 보며 윙크했다. 부부 손님이 만족스러운 쇼핑을 끝내고 사라지자, 영광은 손가락이 뻐근해 편지봉투 접기를 관두었다.

"뭐야, 24개만 더 접으면 커피인데?"

"형 혼자 많이 드세요. 난 펜팔이나 하나 하고 갈래."

영광이 손목을 주무르며 큰 창 바로 아래에 진열된 펜팔함을 쓱 훑었다. 격자무늬의 나무 틀 안으로 편지봉투가 벽에 몸을 비스듬히 기대고 있었다. 봉투에는 모서리마다 연한 베이지색 그라데이션이 들어가 읽어 줄 사람을 기다리느라 세월을 견딘 듯한 분위기가 났다.

살짝 열어 둔 글월의 큰 창에서 부드러운 봄바람이 들어왔다. 테이블에 앉은 영광에게 선호가 펜팔용 편지지와 봉투를 건넸다. 연필꽂이에 깔끔하게 깎아놓은 연필과 볼펜, 만년필 등을 꽂아 앞에 놓아 주었다. 영광은 이제야 손님이 된 기분을 느끼며 연필꽂이에서 볼펜을 집어 들었다.

TO. 익명에게
....

안녕하세요, 익명님.

봄 향기가 물씬 풍기는 5월입니다.

....

글월에는 자주 들르는 편인데 이렇게 펜팔 편지를 쓰는 건
오랜만이네요.

할 말도 마련하지 않고 무턱대고 편지를 꺼내는 용기는 어디서
난 건지.
....

사실 최근에 불면증이 생겼어요.

잘하려는 욕심에 종일 나 자신을 들들 볶다 보면,

밤이 되어도 지독하게 잠이 오질 않더라고요.

내가 이렇게 욕심이 많은 사람이었나,

조금이라도 실패하는 걸 못 견디는 사람이었나.

그런 생각을 하다 보면 초등학생 때 받아쓰기 시험에서 틀린 문제

가 뭐였는지까지 샅샅이 들춰 보게 되는 거 있죠.

그래, 여기서부터 잘못된 거였어! 이렇게 짚어 준다고 해도 달라질 것

하나 없는데도요.

익명님은 자기 자신을 잘 용서하는 사람인가요?

혹시, 자기를 용서하는 방법을 알고 계시면 답장 부탁드려요.

저한테는 단잠의 열쇠가 될 수도 있거든요.

기분 좋은 날에 뽑은 편지가 좀 더 긍정적인 내용을 담았다면 좋으련만.

이런 생각을 하시게 만들었다면 정중히 사과하겠습니다. :)

FROM. 그림 그리는 돌고래

PENPAL SERVICE

다 쓴 편지지를 반으로 접어 봉투에 넣었다. 'geulwoll' 알파벳이 프린트된 스티커를 정성스럽게 붙이고 편지봉투를 봉했다. 영광은 이어서 자신을 표현할 수 있는 형용사에 동그라미를 그리고 펜팔함 제일 오른쪽에 넣어 두었다. 이제 영광이 익명의 편지를 뽑을 시간이었다.

영광은 펜팔 봉투에 쳐진 동그라미 속 단어들을 하나씩 마음속으로 읽었다. 한량인, 유쾌한, 성숙한, 못된…… . 형용사들의 마지막 줄에는 'etc' 단어 옆으로 줄이 하나 그어져 있었다. 나열된 단어들로 '나'를 완전히 표현할 수 없을 때 적는 칸이었다. 영광은 우연히 집은 봉투 맨 끝에 'etc. 생각이 많은'이라는 글자를 읽고 작게 미소 지었다. 그러곤 주저 없이 편지봉투를 열었다.

안녕, 만나서 반가워.

나는 이번에 스무 살이 된 전 지원이라고 해! :)

이렇게 만나게 된 것도 참 근사한 우연이라고 생각해.

운명은 너무 갔나? ㅎㅎ

지금 편지를 쓰고 있는데 오늘 날씨는 구름 한 점 없이 푸른 하늘이야.

너는 어떤 날씨를 좋아해?

나는 오늘같이 맑은 날씨도 좋지만 비가 내리는 하늘을 좋아해.

비가 내리면 불안한 마음, 힘든 일, 복잡한 생각이 모두 씻겨 내려가는 기분이거든.

비가 그치고 맑은 하늘이 나타나듯이 내게 힘든 일도 곧 행복한 일로 찾아오지 않을까 하는…! 그런 기분이 들어서! ㅎㅎ

이 편지를 읽은 너는 어떤 사람일까? 어느 것을 좋아할까 궁금하다. 어쩌면 나와 비슷할까.

나는 사실 고등학교 1학년 때 엄마가 돌아가셔서 그 뒤로 매일 매 순간마다 수많은 생각을 하면서 살아왔어. 항상 우주를 떠도는 기분 같달까. 근데 어디서 읽었는데 불행하게 죽은 사람은 다음 생에는 꼭 행복하게 태어난대. 꼭 그랬으면 좋겠더라고.

아, 아무튼 내가 해주고 싶은 말은 인생은 생각보다 단순한데 우리가 복잡하게 만들어 가는 것 같아. 그래서 좋은 게 좋은 거다. 단순하게 생각해도 좋다. 라는 말을 해주고 싶었어. 너무 오지랖이지…ㅎㅎ

이 편지를 읽은 너는 행복했으면 좋겠어. 인생은 행복하려고 사는 거잖아? 근사한 우연도 여기까지지네! 읽어 줘서 고마웠어.

너가 어떤 사람인지 다음에 꼭 알 수 있으면 좋겠다.

— 전 지원

PENPAL SERVICE

영광은 편안하게 반말을 건네는 익명의 편지가 마음에 들었다. 정말 친구에게서 편지를 받은 기분이 들었기 때문이다. 비를 좋아하는구나. 영광은 마음으로 읊조리며 편지봉투에 우표처럼 붙은 표식을 다시 보았다. 비가 내리는 날의 우산을 그려 넣은 표식이었다. '지원'이라는 친구의 말대로 영광도 자신의 불안이 후드득 떨어지는 빗방울과 함께 씻겨 내리길 바랐다. 운이 좋게도 자기한테 꼭 필요한 답장을 뽑은 기분이었다.

"뭐 재밌는 내용이라도 있어?"

측면에 난 창문을 열던 선호가 고개를 돌려 영광의 표정을 살폈다. 영광은 창문 너머를 보며 혼잣말처럼 말했다.

"오늘은 비가 왔으면 좋겠다."

"비는 무슨. 이렇게 해가 짱짱한데."

싱거운 녀석이라며 선호가 장난스레 말했다. 영광은 편지로 이어진 근사한 우연에 감사하며 눈을 감았다. 쏟아지는 햇빛을 비라고 상상하면서. 누군가의 위로에 흠뻑 젖어 들면서.

3

—

주말 오후, 마감 시간이 다가올 무렵 효영이 근무하는 글월에 귀여운 손님이 찾아왔다. 바로 일곱 살 난, 선호 사장의 아들 하준이었다. 멜빵바지를 입고 일자 머리를 한 하준은 오랜만에 보는 효영과 하이파이브를 했다.

"이야, 하준이 그사이 힘이 엄청나게 세졌다?"

"콩나물 싹싹 긁어 먹고, 밤마다 우유 마시면 돼."

선호는 출장을 다녀온 아내가 어렵게 구한 화병을 종이 상자에서 꺼냈다. 항아리 같은 몸체에 깔때기 모양의 윗부분을 연결해 만든 유리 화병으로, 색감이 오팔처럼 오묘하게 빛났다. 프랑스 디자이너의 제품이라고 하는데, 이름을 들어도 두 번 발음하긴 힘들었다.

"하준아, 이거 어디에다가 둘까?"

"음...... 여기!"

하준이가 짧은 검지를 쭉 뻗어 테이블 중앙에서 왼쪽으로 치우친 곳을 가리켰다. 보통은 깨지기 쉬운 유리 제품은 정중앙에 두지 않나? 효영은 글월에 찾아온 손님이 몸을 틀다가 혹시나 가방이나 팔로 화병을 치게 되지는 않을까 염려가 되었다. 하지만 역시 선호의 반응은 달랐다.

"이야! 아주 신선했어. 흔치 않은 위치 선정이야."

만족스러운 듯이 고개를 끄덕이는 선호가 효영에게도 그렇지 않으냐고 물었다.

"이거 비싼 거라며. 깨지면 안 되는 거 아냐?"

"깨지면 깨지는 거지, 뭐 어떠냐. 효영아, 너 내가 좋아하는 시 알지? 산산조각이 되면 산산조각을 얻을 수 있지. 산산조각이 나면 산산조각으로 살아갈 수가 있지."

정호승 시인의 「산산조각」이라는 시였다. 학교 다닐 때 술에 좀 취하면 선호는 종종 이 시를 읊었다. 기준치 이상의 낭만에 빠진 선호의 젊은 시절은 솔직히 좀 가관이었다. 가끔 보면 멀쩡히 결혼하고 아이 아빠가 된 게 놀라울 정도였다.

"난 그냥 우리 사장님이 언니한테 산산조각이 날 것 같아서 그래."

고개를 절레절레 흔드는 효영을 보며 선호와 하준이

쌍둥이처럼 배를 잡고 웃었다. 하준은 탱탱볼이 튀기는 것처럼 가벼운 발걸음으로 글월 구석구석을 탐방했다. 선호는 효영에게 넌지시 하율이 백일잔치 얘기를 꺼냈다. 바로 내일이었다.

"내일 휴무해도 되니까. 오라고."

"안 가. 아무도 만나기 싫어. 나 영화랑 헤어졌다고."

"사귄 적도 없잖아. 썸만 지지부진하게 탔지."

"맞네. 난 사귄 적도 없었어. 아니 썸도 아니야, 짝사랑이지, 이건!"

효영이 양손으로 머리카락을 감싸 쥐었다. 선호는 웃지도 울지도 못하겠다는 표정으로 효영을 바라보았다. 어디서부터 잘못되었는지 알 수도 없었다. 효영은 어린 시절부터 당연히 자기가 영화감독이 될 거라고 믿어 왔다. 똑똑한 언니가 대한민국의 교육과정을 착실히 수행하는 걸 보면서부터, 효영은 예술의 세계만이 자기 자신을 돋보이게 해 줄 무대라는 굳은 믿음을 갖게 된 것이었다.

"잘 생각해 봐. 진짜 짝사랑 끝난 거 맞아?"

선호가 새우눈을 뜨고 효영을 보았다. 효영은 선호를 똑바로 보고 고개를 크게 끄덕였다. 절로 한숨이 나왔고, 자기도 모르게 이런 대답이 나왔다.

"사장님, 나는요, 인생 자체가 길을 잘못 들었어요."

뜨악한 표정으로 입을 벌린 선호, 그 뒤로 어느새 다가온 하준이 고개를 빼꼼히 내밀었다.

"에엑? 누나는 그럼 인생을 반송해야겠네!"

이번엔 효영이 뜨악하고 놀란 표정을 지었다. 조그만게 누가 선호 아들 아니랄까 봐 말도 잘한다.

"아들아, 그거 엄마한테 배운 말이지?"

하준이 입을 오물오물하며 고개를 끄덕였다. 선호가 한숨을 푹 쉬며 하준의 머리를 쓰다듬었다.

"미안하다, 효영아. 내가 우리 아들 좋은 소리만 듣게 해 줬어야 했는데."

"아니야. 너무 딱 맞는 말이야. 할 수만 있다면 나도 인생을 반송하고 싶다고!"

효영이 하준의 통통한 볼을 양손으로 꾸욱 눌렀다. 하준이 키득거리며 웃더니 펜팔함을 가리키고 말했다.

"누나, 나도 여기서 편지 쓸래!"

선호가 가끔 하준이를 글월에 데려오긴 했지만 하준이 먼저 편지를 쓰겠다고 한 건 처음이라고 했다. 내년이면 초등학교에 들어갈 나이인 하준은, 최근 들어 글자를 조금씩 읽고 쓸 줄 알기 시작해서인지 자신감이 붙은 모양이었다.

"해 봐, 아들아. 지금 네가 편지를 쓰면 글월 최연소 펜팔 손님이야."

"최연소가 뭔데?"

"세상에서 제일 멋지다는 뜻!"

하준이가 꺄악- 소리를 지르고 테이블 의자에 앉았다. 효영이 펜팔용 편지지와 연필꽂이를 들고 선호에게 말했다.

"그래도 하준이 편지 집은 사람이 놀랄 수도 있어. 어린아이 편지를 집을 생각은 못 했을 테니까. 보호자인 사장님이 상황 설명 정도는 짧게 해 줘."

"오케이! 좋은 생각!"

그렇게 하준이 테이블에서 편지를 쓰는 동안 선호는 익명의 수신자에게 양해를 구하는 메시지를 썼다. 펜팔 서비스에 연령 제한이 있는 건 아니지만, 그래도 서비스의 일정한 퀄리티를 생각한다면 쓰기 능력을 어느 정도 갖춘 사람이 쓴 편지를 원할 수도 있으니까. 반대로 예상치 못한 내용에 웃음이 날 수도 있겠지만.

"아빠, '모르는 사람님께'라고 적어도 돼?"

"네 맘대로 해라. 이제 이건 하준이 편지지니까 맘대로 해도 돼."

하준이 통통한 볼에 연필 끝을 콕 찍고 고민하는 표정을 지었다. 선호 사장은 그 모습이 귀여웠는지 곧바로 휴대폰을 꺼내 하준이 사진을 찍었다. 그러거나 말

거나 인상을 푹 쓰고 있던 하준이 드디어 첫 문장을 떠
올리고 연필을 움직이기 시작했다.

TO. 모르는 사람님께

안녕하세요, 모르는 사람 님. 저는 연희유치원 사랑반 강하준
입니다.
걸이고 지금은 아빠 가게에서 편지를 쓰고 있어요.

우리 아빠 가게 멋지지요?
래몬이랑 채리가 그려진 편지도 있고,
바깥에가 빨간색이랑 초록색인데
아무것도 안 그린 편지도 있어요.

여기 와서 편지지 마니 사 가세요.
편지를 마니 쓰면 행운이 와요!

FROM. 하준이

PENPAL SERVICE

만족스러운 표정으로 마지막 문장을 끝낸 하준이 손을 들어 아빠를 불렀다. 선호가 편지지를 읽으려 하자, 하준이 아빠 눈을 손으로 막으며 소리쳤다.

"읽지 마! 비밀이야!"

"에잇, 별 내용도 아닐 거면서."

"그래도 비밀이야. 편지지 어떻게 접는지만 알려 줘."

선호가 섭섭하다는 표정으로 하준을 보다가 편지를 반으로 접어서 넣기만 하면 된다고 말해 주었다. 정사각형의 펜팔 편지지라 반만 접어도 봉투에 딱 맞게 들어갔다.

"누나, 나 스티커 더 써도 돼?"

자기 편지를 마치 고대의 보물처럼 봉인하려는 모양이었다. 효영은 고개를 절레절레 흔들었고, 하준은 실망한 표정을 지었지만 군말 없이 다 쓴 펜팔 편지를 내밀었다.

"우표에 그림 안 그렸네?"

"누나가 그려 줘. 나 그림 못 그려."

"그래! 하준이 볼이 통통하니까 만두 어때?"

"에이~ 만두우?"

하준이 양 볼에 바람을 빵빵하게 불어 넣었다. 효영과 선호가 키득키득 웃으며 일곱 살의 묘기를 바라보았다. 효영은 볼펜으로 작은 우표에 하준이를 닮은 만두를 그려 넣었다. 눈과 작은 입까지 그리고 완성이었다.

"그럼 나 여기서 편지 뽑는다!"

하준은 곧바로 펜팔함으로 달려가 편지를 하나씩 집어 들었다. 편지봉투에 붙은 우표 그림을 보다가 제일 마음에 드는 편지를 들었다.

"나는 돌고래 고를래!"

효영에게 편지를 가져온 하준이 읽어 달라고 졸랐다. 효영은 봉투에 동그라미를 친 수식어를 마음속으로 읽었다. '느긋한, 집에서 춤을 추는, 불행한, 성격이 급한……?' 어떻게 '느긋한'과 '성격이 급한'이, '집에서 춤을 추는'과 '불행한'이 공존할 수 있는지 의아할 따름이었다. 느긋한 마음으로 성격이 급하다는 건 어떤 캐릭터로도 만들 수 없을 것 같았다.

"선호 선배."

"왜."

"불행한데 집에서 춤을 추는 사람은 어떻게 추는 걸까?"

"지금 연기 시키는 거야?"

"어. 선배는 학교 다닐 때 이런 과제 많이 했잖아."

"하……. 그래도 이건 정도가 심했지."

효영이 히죽 웃으며 선호에게 돌고래 표식이 그려진 편지봉투를 건넸다. 선호도 동그라미가 쳐진 수식어를 읽으며 피식 웃음소리를 냈다.

"나도 궁금하다. 어떻게 추는 거냐?"

그때 하준이가 자기가 알 것 같다며 글월 한가운데에 섰다. 곧바로 팔다리와 엉덩이를 신나게 흔들며 얼굴은 울상을 지었다. 선호가 또 크게 웃으며 휴대폰 동영상을 찍기 시작했다.

"신나 보이네. 슬퍼 보이고."

효영이 하준을 보며 웃었다. 선호는 글씨 읽는 공부도 할 겸, 직접 읽으라며 하준이에게 편지를 건넸다. 하준은 편지지를 들고 심각한 표정으로 한 글자 한 글자를 읽더니, 효영에게 고개를 돌리고 물었다.

"누나! 근데 '불면증'이 뭐야?"

"불면증? 왜 편지 주인이 밤에 잠을 못 잔대?"

"응, 그런가 봐."

하준이 입을 꿈질거리며 편지를 다 읽더니 다시 착착 접어 봉투에 넣었다.

"너무 어려워. 답장은 안 해."

금세 흥미가 식는 것도 당연할 나이였다. 선호가 저녁을 차릴 시간이라며 하준의 손을 잡고 글월을 떠났다. 카운터 앞에 걸어 둔 린넨 커튼이 노을을 머금고 주홍빛으로 빛났다. 남은 포장지를 정리하려 서랍장을 열자, 구겨진 자국이 남은 편지지가 보였다. 'TO. 언니에게' 글자만 덩그러니 적힌, 효영이 쓰다 만 편지였다. 지난 달쯤 효영이 구겨서 휴지통에 던져 놓은 것을 선호가 빳빳하게 다시 펼쳐 둔 것이었다.

효영은 편지지를 찢어서 버릴까 하다가 그냥 반으로 접어 서랍에 다시 넣었다. 언젠가 다음 문장이 떠오르지 않을까 기대하는 마음이 아직 남아 있었다.

어두워진 글월, 편지지도 이제 밤을 견딜 시간이었다. 효영은 노트북 전원과 전등 불을 잘 껐는지 확인하고 글월 문을 나섰다.

"효영아, 바빠?"

"나 영화관. 시사회 왔어. 왜?"

"그냥, 너희 학교 근처라 저녁이나 먹을까 했지."

"우리 학교 근처? 오늘 학원 인테리어 업체 보러 간다고 하지 않았어?"

"그랬는데, 약속이 없어졌어."

"거기서 미팅 날짜 바꾸재? 돈도 많이 받았으면서 왜 그런대?"

"아니다. 영화 재미있게 봐."

집으로 돌아가던 효영은 언니와 나눈 작년 여름의 통화 녹음본을 재생했다. 빠르게 도는 촬영 현장에 있다가 보면 남의 말을 한 번에 기억하기 어려웠다. 효영은 휴대폰에 자동 녹음 기능을 켜 두어 통화 내용을 항상 녹음하는 버릇을 들였다. 그러다 언니와의 통화도 녹음 파일로 보관하게 된 것이었다.

되돌아보면 언니는 이날 이미 자기가 사기를 당했다는 걸 눈치챘다. 동업자와 연락이 끊어지고, 인테리어 업체의 대금을 홀로 갚던 중이었다. 효영은 가끔 그날 자신에게 전화를 걸던 언니가 무슨 차림이었을지를 상상했다. 평소처럼 검정 슬랙스에 블라우스를 입었을까. 구두를 신었을까. 일분일초가 답답하고 초조해 운동화를 신고 여기저기 뛰던 중이었을까. 목덜미로 따갑게 내리쬐는 햇빛에 블라우스 등이 젖고, 손등으로 이마를 가리며 어디로 가야 할지 허망하게 바라보던 중이었을까.

생각하다 보면 어느새 자취방 앞이었다. 엄마에게 잘 지내고 있다는 짧은 메시지를 남기고 손과 발을 씻자마자 그대로 침대에 드러누웠다. 무거워진 눈꺼풀을 애써 들어 올리다가 옛날 생각을 했다. 장롱에서 아빠의 캠코더를 꺼내 언니를 찍던 날이었다. 해골 그림을 그려 넣고 인간의 뼈 이름을 하나씩 설명하는 언니는 효영의 눈에 천재처럼 보였다. 효영이 여덟 살, 언니는 열세 살. 의사가 꿈이라던 효민은 외고 준비 중이었고 도서관에서 매주 의학 서적을 빌려다가 읽는 게 취미였다. 효영은 그런 언니의 멋진 모습을 카메라에 담고 싶었다. 효영이 대학에 들어가 시나리오를 쓸 때마다 당차고 똑똑한 여자를 주인공으로 만든 데에는 알게 모르게 언니의 역할이 컸다.

"우효민…… 멍청이."

지금은 원망과 비난의 어투로밖에 부르지 못할 이름이 되었지만 말이다. 효영은 눈을 감으며 자신을 불안하게 하는 것들을 모조리 밀어내고 단잠에 빠지기 위해 애썼다.

편지지 위를 걷는 손들

1

——

청량한 하늘과 고요함을 머금고 부는 바람, 햇살에 달궈진 주택의 지붕을 보고 있으면 한여름의 꼭대기에 선 기분이 들었다. 실바람에 슬쩍슬쩍 몸을 흔드는 린넨 천과 카운터 안쪽에서 돌아가는 탁상용 선풍기 소리. 효영은 창 위로 손바닥을 들어 올려 손가락을 천천히 움직였다. 손가락 사이로 햇빛이 지나가는 감촉을 느끼면서.

3월에 연희동을 만났으니 벌써 넉 달이 지나고 있었다. 이제는 홈페이지 이미지를 수정하고 배치하는 일에도 능숙해졌고, 글월로 달에 서너 번 들러 주는 손님의 얼굴도 얼추 익숙했다. 창밖 풍경이나 손님들의 움직임을 살피면서도 종이봉투를 척척 접을 정도로 손도 야무져졌다. 7월이 만든 글월의 풍경에 효영도 자연스레 녹아든 것이다.

영업시간 내내 차분한 분위기를 자랑하는 글월에서도 누군가의 들뜬 목소리가 들릴 때가 있다. 깔끔한 커트 머리에 녹차색 블라우스를 입은 아주머니가 글월 문을 열자마자 효영을 보고 크게 소리쳤다.

　"맞지? 새하늘피아노 골목에 집 얻은 아가씨."

　"어? 아주머니!"

　벌써 5개월 전 효영에게 집을 구해 준 부동산 중개업자였다. 글월에서 코앞인 사거리 근처의 '호박부동산'이 아주머니의 영업장이었다. 그때 아주머니에게 받은 명함이 아직도 지갑에 있었다. 권은아. 젊고 세련된 이름이라 효영도 금방 기억났다.

　"잘 살고 있어요? 비도 안 새고, 에어컨 냄새도 안 나고?"

　"네, 덕분에 감사하게 잘 지내고 있어요."

　"뭘! 좋은 집 구한 게 내 복인가, 아가씨 복이지. 그래도 이렇게 가까이서 일하는지는 몰랐네? 알바?"

　"네, 알바예요."

　은아는 연희동 토박이로, 매일같이 근방을 돌아다녔지만 4층까지 올라갈 생각은 해 본 적이 없었다. 대부분 젊은 사람들이 들락날락하는 걸 봐서 그런지 자기와는 영 어울리지 않는 가게인가 싶기도 했고.

　"사실 우리 집 양반이 여기 1층 베이커리 사장이거든."

"어머, 정말요? 여기 빵, 이 동네에서 엄청 유명하잖아요."

"뭐가 유명해요. 그냥 오래된 거지."

무슨 우연인가 싶어 효영은 반가운 표정을 지었다. 은아가 가진 푸근한 기운이 보들보들하고 고소한 버터 냄새가 나는 빵에서 온 것 같았다.

"젊은이들 쓰는 휘황찬란한 카드 같은 것만 있는 줄 알았더니. 여기 보니까 내가 옛날에 쓰던 줄로 된 편지지도 있네. 야, 진짜 옛날 생각 난다."

은아는 신이 나서 서랍장을 열어 기본적인 디자인의 편지지 세트를 한참 들여다보았다. 결혼 전에는 국내에서 가장 오래된 여성 백일장에서 시 부문으로 상을 탄 적도 있다고 했다. 자기야말로 알아주는 문학소녀였다고. 지금은 멋 하나 없는 빵쟁이 남편을 만나 속이 턱턱 막히는 퍽퍽한 삶을 견디는 중이라지만 말이다.

"이건 뭐예요? 아무나 가져가라고 둔 편지인가?"

큰 창 앞에 있는 펜팔함을 보던 은아가 물었다.

"펜팔 서비스를 이용하는 분들이 쓰고 간 편지예요. 익명의 수신인을 위해 편지를 쓰면, 여기 있는 편지를 한 통 가져가실 수 있어요."

"아! 펜팔! 나도 고등학교 다닐 때 많이 했어요."

은아의 펜팔에 대한 추억은 20대 후반인 효영에게

꽤나 흥미로웠다. 은아의 고향은 강원도 정선이었다. 다른 지역에서 수학여행을 오는 고등학생들이 열차를 타고 은아가 다니던 여자고등학교 앞을 종종 지났다고 했다.

"남자 학교 애들을 태운 열차가 지나가는 날에는, 어떻게 들었는지 여자애들이 기차 시간을 알아다가 그 시간에 몰래 학교 담을 넘었다고요."

"왜요?"

"기차역으로 달리면, 기차에 탄 남학생들이 창문 밖으로 자기 집 주소가 적힌 메모지를 던져요. 그거 주워다가 펜팔하고 그랬어요."

효영은 교복 치마를 입은 여고생들이 들판을 지나 기찻길로 달리는 모습을 떠올리며 미소를 지었다. 건강하게 내달리는 팔다리와 생기 있는 표정, 거친 숨소리와 요동치는 심장이 생생하게 느껴지는 것 같았다.

"지금처럼 한여름이었는데. 매미가 왱왱 우는 한낮이요. 교복 깃이 완전히 젖을 만큼 신나게 달렸더니 열차에서 웬 잘생긴 남자가 고개를 빼꼼히 내미는 게 보이는 거예요."

"얼마나 잘생겼는데요?"

"이정재!"

은아가 코를 찡긋하며 미소를 지었다. 사랑스러움이

물씬 풍기는 미소였다.

"그 남자애 메모지를 주우려고 얼마나 뛰었는지 몰라. 기찻길 아래가 언덕이라 메모지가 뒹굴뒹굴 굴렀는데, 이게 하필 나한테서 멀리 떨어진 곳으로 가잖아요."

하지만 하늘의 도움인지 여름의 상쾌한 바람이 불어왔고, 여고생들의 치맛자락이 같은 방향으로 흩날렸다. 이정재를 닮은 잘생긴 남자의 메모지는 휘휘— 날아 은아의 발치에 떨어졌다. 이건 운명이구나! 여고생 은아에게는 이 순간이 첫 키스만큼이나 날카로운 추억으로 남았다.

그때의 기억에 신이 났는지 은아는 수다를 끝내자마자 펜팔 서비스를 이용하겠다며 테이블에 앉았다. 효영이 펜팔용 편지지와 필기구를 가지고 오자 은아는 만년필을 집었다. 앞선 이야기에 흥미가 생겨서일까, 효영은 이러면 안 된다는 걸 알면서도 은아의 편지가 몹시 궁금했다. 곧이어 입맛을 다시듯 입을 움찔하며 만년필을 어깨높이까지 들어 올린 은아가 거침없이 편지를 쓰기 시작했다.

TO. 여보시오!
....

펜팔을 처음 해 본 건 아니지만, 얼굴도 나이도 모르는 사람한테 편지를 쓴 건
....
처음이네요.
....

아줌마가 소싯적에 짝남한테 편지를 주고받던 기억이 나서 이렇게 몇 자 적어 봅니다.

신세 한탄이 초~금 들어갈 테인데, 예쁘고 고운 말 바라며 편지를 고른 거라면

오늘 운수가 꽝이겠거니 생각하시지요!

요즘에는 왜 이렇게 일찍 깨는 건지, 나이 들면 잠이 줄어드는 게 맞나 봅니다.

어느 날부터 해 뜨기 전에 일어나 홈쇼핑을 보는 게 일과가 되었어요.

청소기나 그릇, 다리 안마기 같은 건 이미 사서 흥미도 없는데,

오늘 아침에는 태국 여행 패키지가 보이지 뭡니까.

뭔 바람인지 싶지만, 보자마자 저거다! 싶더라고요.

신혼여행으로 제주도 여행 간 거 말고는

남편이랑 해외여행이라는 건 해 본 적도 없던 터라 더 눈에 들어왔나 봅니다.

내 신세가 억울해서 자는 남편 깨워다가 해외여행 좀 가자고 했더니, 대번 그
럼 빵은 누가 만드냐고 역정을 냅니다.

우리 남편은 빵쟁이입니다. 제빵사지요.

매일같이 새벽 5시에 가게에 나가 밀가루 반죽 주무르면서

허리 한 번 제대로 못 펴는 게 제 남편입니다.

그래도 그 성실함과 뚝심 덕에 빵집 한자리를 30년 넘게 지켜왔어요.

대단합니다. 내 남편이라서 그런 것만은 아니에요.

손가락이 시큰거린다면서도 반죽에 파스 냄새라도 밸까 일절 붙이지 않는 사람

아니까요.

근데 우리가 뭐 빵 때문에 삽니까? 행복해지려고 사는 거지.

소시지빵, 모카빵, 옥수수빵, 카스테라, 우유식빵, 초코머핀, 페스츄리, 소금빵, 단팥빵, 고로케, 고구마크림빵, 꽈배기도넛, 피자빵 다음에 있는 게 납다다.

올해도 이렇게 여행 한 번 안 가고 끝나 버리면, 그냥 남편 콱 떼어 놓고 혼자 갈랍나다. 태국에서 똠양꿍인지 뭔지도 먹고, 망고가 우리나라에서 먹는 거랑은 비교도 안 되게 달다는데 그것도 먹어 보고요.

분이 나서 씩씩거리며 글씨를 적다가도 이쯤 쓰니 또 마음이 퍽 풀립나다. 편지라는 게 그래요. 아무리 화가 나도 악 쏘아붙일 수가 없어요. 이 손가락이 분통 난 마음보다 늘 느리거든요.

젊은 아가씨인지 청년인지, 그것도 아니면 저보다 연배 높으신 선배인지는 모르겠지만 지하철이나 버스, 은행 창구 건너편 의자에 앉은 그저 평범한 아줌마의 푸념이라 생각하고 들어주세요.

생활이 영 퍽퍽하고 찌뿌둥해도 목구멍 넘겨 뱉을 말이 남아 있으면 그래도 또 살아지는 것 같으네요.

그럼, 평안한 나날 보내시길. ^^

FROM. 연희동 토박이

PENPAL SERVICE

편지지가 순식간에 채워졌다. 일필휘지의 편지 고수가 연희동에 나타난 것이었다. 뿌듯한 마음이 드는지 은아도 만족스러운 표정으로 만년필 뚜껑을 닫았다. 딸깍! 소리가 경쾌하게 울렸다. 은아는 도톰한 편지지를 반으로 접어 먹빛 편지봉투에 넣었다. 투명한 글월의 스티커를 붙여 마무리한 뒤 표식을 그릴 우표에는 나뭇잎을 그렸다. 초록 블라우스를 입은 은아에게 딱 어울리는 표식이었다. 은아는 펜팔함 한쪽에 편지지를 넣고, 침묵을 지키며 수신인을 기다리고 있는 또 다른 네 통의 편지를 내려다보았다. 그러고는 검지로 편지지를 훑다가 무작위로 하나를 쉭 뽑아 들었다.

안녕하세요 :)

골목골목 사이사이 걸어 다니는 것을 좋아하는 ☁️ 입니다.

오늘 날씨가 조금 쌀쌀하지만 그래도 연희동에 와서 걸으니 이것 나름대로 좋아요

애프터눈 티도 먹고… 역시 예쁘고 맛난 디저트는 기분을 행복하게 만들어 주는 힘이 있어요.

디저트 좋아하세요? 저는 요즘 스콘이 좋더라구요 ›‹ 😐ᐸ 스콘

이 편지를 받게 될 분의 나이, 삶이 궁금해지네요. 어제오늘 하루 어땠나요?

저는 요즘 기분 아니 감정이 오락가락해요… 하하, 이 시기도 한때로 지나가겠죠.

올해는 좀 더 나의 마음에 집중하며 그것을 따라가며 흘러가는 시간으로 채우려는데 받는 이 분은 어떻게 살고 계세요? 또 어떻게 살아갈 생각이에요?

저는 이번에 국내 해외 여행도 하고 조금 더 다양하고 새로운 골목을 찾아다니며,

다양한 음식도 맛보고 지인들과 좋은 시간 보내면서 행복한 시간으로 가득 채울

거랍니다. 아! 기차여행 꼭 갈 거예용

받는 이 분도 하루하루 모든 하루들을 최고의 행복함과 편안함으로 보내길 바래요

내가 지금 원하는 것이 무엇인지에 집중하고 신경 써 주는 삶을 사는 것. 저도

시작한 지 얼마 안 됐지만 좋은 것 같더라구요♡

제 올해 한 해 계획은 등산·운동·독서·봉사·여행·휴식… 요 정도예요. 어때요? 많은

가요? 적은가요?

사실 저한테도 많은 거예요ㅋㅋ 저 되게 게으르거든요. 침대 껌딱지에서 벗어나

다양한 것을 경험하는 시간을 갖는 게 저의 계획이자 목표랍니다.

아! 요즘 저 요리에 빠졌는데 그중에서도 몽글몽글 보드라운 스크램블 만들기에 빠

졌어요.

달걀 풀어서 우유랑 섞은 후에 강한 불에 달걀물 붓고 한 5초? 기다렸다가 빠

르게 휘휙 길게 판주걱(실리콘)으로 저어주다가 그 와중에 모짜렐라

치즈 뿌려주고 바로 좀 있다 불 끄면 아주 몽글몽글 촉촉한 맛난 스크램블이 완성된답

니당 :)

안에 다진 양파, 구운 양송이버섯 넣어도 맛있어요. (참고로 스피드는 생명!) 취향껏

재료 넣어서 만들 수 있어서 재밌는데 저는 우유, 모짜렐라 치즈는 필수템!

제가 좋아하는 가게 하나 추천해 드릴까요? '오리지널 팬케이크 하우스'라고

체인인데 여기 오믈렛 맛있답니다ㅎ

달걀 요리 얘기가 나와서 급 추천해주깅 ㅋㅋㅋ

달걀 좋아하시면 추천…! 이미 아실 수도 있지만 >_<

받는 이 분… 저의 편지를 받게 되는 것도 인연인데 받는 이 분의 한 해가 행복으로 가득 차길 바래요♡

- 슬픔에서 행복으로 바꾸고 싶은 ☁️ 이가

PENPAL SERVICE

"어머! 두 장짜리 편지지에 참 야무지게도 적었네!"

은아가 활짝 웃으며 내용만큼이나 오밀조밀하게 귀여운 글씨를 다시 살폈다. 군데군데 그려 놓은 구름과 기차, 스콘 그림이 깜찍했다. 딸 없이 아들만 둘인 은아에게는 '구름'의 편지가 인상 깊게 다가왔다. 이런 딸이 있었다면 주말마다 처음 보는 가게에 들러서 디저트도 먹고 신기하고 예쁜 것들을 구경하며 살았을지도 모르겠다.

"편지 내용이 마음에 드시나 봐요."

효영이 은아의 얼굴을 살피며 미소 지었다. 은아가 고개를 끄덕이며 편지를 소중히 접어 다시 봉투에 넣었다.

"그러네요. 사랑스러운 펜팔 친구를 얻었어요."

은아는 이번 주말에 꼭 펜팔 친구가 추천한 팬케이크

하우스에 가야겠다며, 효영에게도 가게 이름을 일러주었다. 은아가 카운터로 와서 펜팔 서비스 비용을 내자, 곧이어 교복을 입은 여자 손님 둘이 들어왔다. 손님들을 향해 눈인사를 건네던 효영에게 은아가 말을 걸었다. 조금 전까지 쓰던 만년필을 사고 싶다고 했다.

"아, 그건 지금은 재고가 없어서, 입고되면 연락드려도 될까요?"

"좋지요. 내 명함 있죠?"

"네, 갖고 있어요."

은아가 손을 흔들며 효영에게 인사했다.

"그럼 또 올게요! 수고해요, 아가씨!"

은아가 글월을 나서자, 효영은 서랍장을 열고 편지지를 구경하던 여학생들을 힐긋 보았다. 여학생들은 서랍장을 지나쳐 펜팔함 밑 책장을 보더니 무언가 소곤댔다. 반에 두셋은 있는 조용조용한 분위기의 학생들이었다. 수다보단 필담이 편하고, 아이돌 굿즈보단 도서 굿즈를 더 많이 모을 것 같았다.

"여기 조용해서 좋다. 벽에 바른 페인트 색깔도 예뻐."

"편지를 모아서 엮은 책이 많네. 수필집도 있고. 책도 파나 봐."

머리를 하나로 질끈 묶은 여학생이 벽을 보며 한마디

하자, 단발머리를 한 여학생이 들고 있던 책을 펼치고 말했다. 묘하게 각자의 얘기를 하면서도 서로가 한 말에 반응을 해 주는 것 같아 신기했다. 참 편안한 친구를 참 빠르게도 만났네. 효영은 흐뭇한 표정으로 둘의 동선을 몰래몰래 눈으로 좇았다. 평일 낮에도 이렇게 돌아다니는 걸 보면 학교 행사로 일찍 끝났거나 시험 기간인 걸지도 몰랐다. 가만, 지금이 시험 기간일까? 이제는 교복을 입은 기억이 저 멀리 지나가서 확신할 수가 없었다.

묶은 머리의 여학생이 붉은색 테두리가 그려진 클래식 편지지 세트를 골랐다. 단발머리를 한 쪽은 보라색 목재 볼펜과 이브 생 로랑의 일러스트가 그려진 엽서를 샀다. 효영은 검정 테두리의 종이 영수증에 여학생들이 산 제품과 가격을 각각 적어 건넸다. 종이 영수증이 생소할 나이여서인지, 각자 영수증을 들고 신기한 표정을 지었다.

"와, 예쁘다. 이거 내 방 벽에 붙여 놓을래."

"글씨가 예뻐요."

이번에도 각자 말하는 여학생들에게 효영이 밝게 웃으며 감사 인사를 했다. 뒤이어 여자친구에게 줄 생일 편지를 찾는 청년과 퇴사를 기념하여 동료들에게 감사 편지를 쓰러 온 여자 손님이 방문했다. 오늘따라 손님이 끊이질 않았다. 오후 4시가 넘어가서야 조금 숨 돌릴 틈이 생겼다. 카운터 의자에 앉은 효영이 커피를 한 모금 마시고 무심코 창밖의 연화아파트를 보았다. 5층에 새로 바뀐 커튼이 눈에 띄었다. 검정 실크에 큼지막한 황금색 라일락 꽃무늬가 들어간 커튼이었다. 설마 영광의 취향인가 궁금해질 정도였다.

　최근 들어 영광이 글월에 오는 날이 줄었다. 지난달 중순에 들러서 과일 편지지 세트 두 묶음을 사 간 것이 끝이었다. 선호 말로는 차기작 때문에 스트레스가 이만저만이 아니라는데, 효영도 시나리오로 밤새워 씨름해 본 경험이 있어서인지 창작자의 고통에 괜히 마음이 쓰였다. 작품이 안 될 때는 이미 시든 꽃에 끊임없이 물을 붓는 기분이 들었다. 말라비틀어졌어도 아직 고꾸라지진 않았으니, 덧없이 물을 붓는 행위를 멈출 수가 없는 거다. 끊어 내야 새로운 씨를 뿌릴 수 있는데도 말이다.

◇◇◇◇◇

　"안녕하세요."

　5시가 되자 공손한 인사를 건네는 초로의 남자 손님이 글월을 방문했다. 7월 중순이었지만, 체크무늬 베레모를 쓴 모습이 온화한 인상이었다. 희끗희끗한 눈썹은 숱이 많았고, 늘 가벼운 미소를 머금고 살았는지 팔자 주름이 눈에 띄었다.

"어서 오세요."

효영도 허리를 굽혀 공손히 인사했다. 베레모 손님은 딱히 응대는 바라지 않는다는 듯이 곧바로 고개를 돌려 편지지를 디피한 서랍장으로 향했다. 손님의 등에 꽤 큰 등산 가방이 보였다. 반소매 와이셔츠에 등산 가방 차림이라니. 어디서 오는 길인지 괜히 궁금해졌다.

"여기…… 펜팔 서비스를 하려고 하는데요."

"네, 앉아 계시면 편지지랑 필기구 드릴게요."

효영이 허리를 굽혀 카운터 아래에 둔 펜팔용 편지지를 꺼낼 때였다.

짱그랑—!

테이블 쪽에서 무언가가 크게 깨지는 소리가 들렸다. 고개를 들지 않아도 무엇인지 알 것 같았다. 선호의 아내가 프랑스에서 가져온 화병이었다.

"아, 이게……."

베레모 남자가 모자를 벗은 채로 옆머리를 긁적였다. 마치 장 자끄 상뻬의 『얼굴 빨개지는 아이』처럼 이마까지 빠짐없이 발그레해진 상태였다.

"제가 치울게요. 그냥 두세요."

"아이고, 원래 제가 이렇게 덜렁대는 사람이 아닌데……."

신문지를 꺼낸 효영이 장갑을 낀 손으로 큼지막한 조각들을 먼저 옮겼다. 머릿속으로 선호 사장이 읊는 「산산조각」이란 시가 떠올랐다. 이럴 줄 알았다. 테이블 중앙에 놓았으면 좋았을 것을, 베레모 손님이 등산 가방을 올리다가 모서리 쪽에 둔 화병을 자기도 모르게 밀친 것이었다.

"변상하겠습니다."

손님이 빗자루질하는 효영에게 몸을 살짝 굽히고 말했다. 디피한 편지지가 구겨지거나 오물이 묻으면 손님에게 변상을 요청하지 않고 바로 폐기했다. 글월에 머문 사람들의 기억이 평화롭길 바라는 선호 사장의 운영 방침이었다. 하지만 화병의 경우는 어떻게 처리해야 할지 알 수 없었다. 효영은 사장에게 연락해 보겠다고 한 뒤 곧바로 글월을 나와 복도에 섰다. 혹시나 통화 내용이 손님을 민망하게 할까 염려가 된 것이었다.

—놀라셨겠네. 너도 다치지 않게 조심하고.

"변상하고 싶으시다는데, 어떻게 하면 좋을까요?"

—나도 얼마인지는 몰라서. 손님이 혹시 처음 오신 분일까?

"모르겠어요. 베레모 쓰고 오신 남자 손님이신데 한 50대 후반? 60대 초반?"

―아! 그분 여기 단골이셔. 연희초등학교 교장 선생님!

선호 사장이 대번 반갑다는 듯이 목소리를 높였다. 연희초등학교면 글월에서 5분 거리에 있었다. 연화아파트 바로 뒤편이었다.

―선생님께 괜찮다고 인사드려. 연희동에서 글월을 제일 좋아하는 분인데 찾아 주시는 것만으로도 감사하지.

"난 오늘 처음 뵀는데, 언제부터 단골이셨어?"

효영은 영광 말고도 글월의 단골이 있다는 게 신기했다. 선호 사장, 그동안 진짜 열심히 살긴 했구나.

―기억 안 나. 원래 새 학기에 친구랑 친해지고 몇 달 지나면 언제부터 친했는지 기억 잘 안 나잖냐?

효영은 초등학교 때 단짝을 떠올리며 조용히 수긍했다. 가만 보면 선호 사장은 틀린 말을 잘 안 했다.

통화를 끝낸 효영이 가벼운 미소를 짓고 다시 글월로 돌아왔다. 손님이 유리 조각을 담아 놓은 신문지 뭉치를 테이프로 돌돌 말고 있었다.

"감사합니다, 손님. 마무리는 제가 할게요."

"아닙니다. 다 됐어요. 변상은 어떻게 하면 될까요?"

"사장님이 괜찮다고 하셨어요. 신경 쓰지 마시라고, 계속 글월에 편안한 마음으로 찾아 주셨으면 한다고 당부하셨어요."

씨익 웃은 손님이 고개를 끄덕였다. 대신 신문지로 싸 둔 쓰레기는 직접 치우겠다고 해서, 효영이 더 말리지 못하고 원하는 대로 하시게 두었다.

"아, 그리고 이거."

손님이 배낭에서 비닐봉지를 하나 꺼내 효영에게 건넸다. 먹기 좋게 자른 오이가 든 봉지였는데, 아이스팩을 함께 넣어 두어서 시원했다.

"산에서 먹으려고 싸 둔 건데, 등산객들 나눠 주려고 많이 챙겼어요. 이건 손도 안 댄 거라⋯⋯."

뭐라도 주고 싶다는 손님의 마음이 눈에 선해 거절할 수가 없었다. 손님이 글월을 떠나자, 효영은 봉지에서 오이를 하나 꺼내 *아삭!* 씹었다. 입안 가득, 싱싱한 여름이 부서졌다.

Geulwoll Shop Log   Letter Service in Seoul

— 일자: 7월 23일_주말

— 날씨: 맑음

— 근무자: 우효영

— 방문 인원: 33명

— 카드 매출: 381,000원

— 현금 매출: 15,000원

— 총 매출: 396,000원

— 자사 홈페이지 8건, 29CM 11건

— 입고 내역

: 카웨코 카트리지: 블랙 4개 / 브라운 3개

: 잉크우드 향수 단품 4개

: 도서 <편지 쓰는 법> (현재 매장 수량 31권)

: 매장 포장용 봉투 S/M/L

— 품절 제품 리스트

: Paper Magnet (소량 남아 있습니다)

— 특이 사항: 2주 전에 퇴사를 앞둔 30대 초반 여자 손님이 감사 카드를 사러 왔는데 다시 들러 주셨어요. 반응이 너무 좋았다고 오늘은 스위스 우드 연필을 5자루 사서 선물로 드리려고 한다네요. 선호 사장의 책 컬렉션도 많은 양은 아니지만 꾸준히 나갑니다. 유리 선반에 글월의 작은 창과 하늘이 비치는 게 예뻐요. 휴대폰 카메라로 창문을 찍어 가는 손님이 꽤 많아서 매일 열심히 닦고 있답니다. 오늘 펜팔 손님은 열다섯 분이 넘었어요. 테이블이 꽉 차서 근처 카페에서 써오겠다는 손님도 있었고요. 하율이가 자라는 것처럼 글월도 쑥쑥 크는 중이네요!

며칠 뒤 퇴근 시간이 가까워질 무렵, 효영은 재고를 확인하면서 업무 일지를 미리 적었다. 5시 30분쯤, 기억에 남았던 손님이 돌아왔다. 베레모를 쓴 연희초등학교 교장 선생님이었다. 선호 사장이 손님과 대화를 몇 번 주고받다가 통성명까지 하게 되었다고 말한 것이 떠올랐다. 펜팔 참여자 목록을 적다 보니 자연스럽게 이름도 외우게 되었다고.

베레모 손님의 이름은 금원철이었다. 편지지를 사기보다는 주로 펜팔을 하러 온다고 했다. 2주에 한 번, 3주에 한 번. 그동안은 선호가 일하는 목요일에만 와서 효영은 원철이 단골인 줄 몰랐던 것이다.

이번에도 원철은 큼지막한 등산 배낭을 메고 나타났는데, 카운터 앞에 배낭을 툭 내리더니, 그 안에서 신문지에 싼 꽃다발이 꽂힌 화병을 꺼냈다. 어른 주먹만 한 장미꽃이 노란색, 붉은색, 분홍색 종류별로 모여 있었다. 화병은 정사각형 모양의 라탄 무늬가 들어간 도자기였는데, 색색의 장미와 함께하니 묘한 느낌이 들었다.

"이게 우리 집 옥상에서 키우는 장미예요. 여기랑 잘 어울릴 것 같아서."

"감사합니다. 너무 예쁘네요."

"화병은 뭘 사 와야 할지 몰라서 구해 봤는데, 아무리 봐도 내가 깬 게 꽤 비싼 물건 같아서 말이죠. 사장님 만나면 직접 얼만지 물어야겠어요, 하하."

퇴근하고 비슷한 화병을 찾아다녔으나 쉽게 찾지 못해 애먹었다며 원철이 너털웃음을 지었다. 아쉬운 대로 꽃이라도 주겠다고 옥상에 올라가 장미 줄기를 가위로 하나씩 잘라내는 그의 모습을 상상하면 퍽 귀엽게 느껴졌다.

"아니에요. 사장님도 괜찮다고 이미 말씀하셨고……."

"소중한 걸까 봐."

원철이 염려되는 표정으로 효영을 바라보았다. 타인의 물건을 똑같이 소중히 여겨 주는 마음을 갖기란 쉬운 일이 아니다. 아직 서른이 넘지 못한 효영이었지만 그 마음이 귀한 거란 것쯤은 알고 있었다.

재차 괜찮다고 말하는 효영이 화병을 들어다가 테이블 한가운데에 놓았다. 카운터 위에서 봤을 때는 살짝 촌스럽다는 생각도 했는데, 하얀 테이블 위에 올리니 생각보다 나쁘지 않아 보였다.

"이걸로 충분한 것 같아요!"

"정말요?"

활짝 웃는 원철의 팔자 주름이 깊게 파였다. 그는 여느 때처럼 펜팔을 쓰고 가겠다며 편지지를 받아다가 테이블 앞에 앉았다. 원철이 집은 것은 1.0mm의 목재 볼펜이었다. 손의 움직임을 보니 획이 좀 긴 스타일의 필체인 것 같았다. 어느 방향이든 쭉쭉 뻗는 느낌으로, 볼펜이 편지지 위를 걷기 시작했다. 외출할 때마다 베레모를 챙기고, 옥상에서 장미를 키우고, 젊은이에게도 함부로 반말하지 않는 어른의 편지는 어떤 내용일까. 효영은 궁금한 마음을 꼭꼭 감춘 채 카운터 한쪽에 걸어 둔 린넨 커튼 뒤로 모습을 숨겼다.

TO. 아무개에게
....

안녕히 지내시나요?
종일 뜨거운 낯송을 내쉬다,
문득 부는 선물 같은 바람에 고개를 돌리는 여름입니다.
....

처음 건네는 인사치고 지나치게 다정한가 싶다가도,
편지 위가 아니면 언제 이렇게 오르는 이에게 따뜻한 말을 건네나 싶어
용기 내어 안부부터 묻습니다.
....

저는 곧 환갑을 앞두고 있습니다.
나이를 먹어도 사내는 사내인지라,
친구들에게 여린 속내를 꺼내 놓는 일이 쉽지는 않더군요.
그래서 이렇게 익명이라는 힘에 기대 몇 자 적어 봅니다.
....

저에게는 장미꽃을 좋아하는 아내가 있었습니다.

낡은 선풍기가 달달 돌아가는 늦봄,

옥상에서 정원을 둘러보고 온 아내 손톱에 새까만 흙이 낀 게 보였지요.

뭐가 그리 좋아서 맨손으로 줄기를 만지나, 손을 다칠 수도 있는데.

장난 섞인 흉을 보다가 아내를 앉히고 손톱을 깎아 주었습니다.

아내는 바짝 깎인 손톱을 보다가 활짝 웃으며 말했습니다.

예쁜 것들을 보면 맨손을 내밀지 않을 수가 없다고요.

이제는 그 예쁜 것들을 혼자서 돌보게 되었습니다.

2년 전 아내가 하늘로 떠나고 나니 모두 내 몫이 되어 버렸지 뭡니까.

언제 물을 주는지 언제 화분을 옮기는지 가지치기는 어떻게 하는지

알지도 못했습니다.

그런 것들을 물기에 제 아내는 너무 빠르게 작고 약해졌으니까요.

장미만큼도 못 살고요, 장미만큼도.

생활에 스민 아내 기억이 여전히 목구멍을 간질입니다.

울컥대는 마음을 다독이려면 꾹꾹 눌러쓴 편지만 한 게 없는 것 같아요.

나이 든 남자의 이야기를 끝까지 읽어 주셔서 고맙습니다.

누군가에게 내 아내를 소개한다는 게 이렇게 작은 위로가 될 줄 몰랐네요.

오쪼록 건강 잘 챙기시길 바랍니다.

인연이 되면 또 뵙겠지요.

FROM 아무개가

PENPAL SERVICE

딸깍 소리와 함께 볼펜 끝을 집어넣은 원철이 햇볕에 그을린 손으로 편지지를 접었다. 효영은 그제야 원철의 손톱에 새카만 때가 낀 것이 보였다. 장미를 돌보다 보니 흙이라도 묻은 걸까. 원철은 소중하게 봉한 편지 봉투를 들고 카운터로 다가왔다. 원철의 표식은 다섯 잎짜리 이름 모를 꽃이었다. 효영은 펜팔 서비스 참여자 목록 파일을 꺼냈다. 원철이 목록 맨 아래에 휴대폰 번호와 표식을 그대로 옮겨 그렸다.

"글씨가 너무 멋지세요."

효영은 이름 칸에 적힌 '금원철' 글자를 보며 감탄했다. '명필'이라는 게 이런 거구나 싶었다. 분명 원철의 편지를 뽑은 사람에겐 행운일 거라는 생각도 들었다.

"뭘, 우리 때야 손으로 적을 일이 많아서 그렇지요."

수줍은 표정으로 베레모를 고쳐 쓴 원철이 펜팔함 앞으로 갔다. 무심코 집은 편지지 오른쪽 위에 눈만 빼고 입, 코, 귀만 덩그러니 그려놓은 얼굴 표식이 보였다. 원철은 동그라미를 쳐 둔 형용사 중에 '산책을 좋아하는'을 보자 흥미가 생겼다. 원철도 주말마다 걸어서 20분 거리의 공원에서 산책을 즐기는 터라, 친밀한 마음이 들었다.

안녕.

창 너머에 빼곡히 쌓인 지붕들이 보이는 곳에서 몇 자 쓴다.

날씨는 조금 따사롭고 쌀쌀해. 얼마간 걷다 보면 송글송글 땀이 맺혔다가도

잠시 멈추어 서면 금세 식어 버리고 마는 날씨랄까. 목도리를 가져오지 않길 잘했지 그랬더라면 송글송글 이 아니라 주룩주룩이 될 뻔했다.

감기 걸리기에 딱 좋은 날씨인데, 내 걱정은 안 하겠지

그래서 나도 더 이상 네 걱정을 안 하려고 해. ㅋㅋ

근데 난 오늘도 네가 사 줬던 향수를 뿌리고 집을 나섰어.

선물 받았는데 이게 내 취향이 되다니

어지간히도 너의 모든 것을 좋아했나 보다.

참 우습지 결국 같은 하늘 아래 다른 날을 살아갈 우리인데.

그게 퍽 섭하다.

이런 인연도 있는 거지 그렇지

이제 괜찮으니까 그만 가. 나한테서 정말 영원히 떠나 버려

널 찾기 어려운 곳에서 너의 날들을 즐기며 살아내.

그런 너를 떠올리며 나는 퍽 아쉬운 하늘을 쳐다볼게.

PENPAL SERVICE

"오, 이건 시 같기도 하고, 노래 가사 같기도 하고……."

원철의 혼잣말에 효영이 린넨 뒤에서 고개를 돌렸다. 뒤이어 원철의 목소리가 이어졌다.

"이 편지는 꽤 오랫동안 이곳에 머문 것 같네요. 겨울에 보낸 편지를 이제 받습니다."

효영이 일어서서 카운터 앞에 섰다. 원철 말대로 그 편지는 효영이 글월에 왔을 때부터 줄곧 이곳에 있던 편지였다. 봉투 겉면에 작성 일자를 보고 일부러 손이 잘 닿을 만한 자리로 옮겨 줬지만, 이것도 무슨 운명인지 한참 수신자가 나타나지 않았다. 그래도 오늘은 결국 인연을 만났나 보다.

"지금은 좋은 사람을 만났을까."

원철이 혼잣말을 하다가 효영을 향해 고개를 돌렸다.

"가끔 여기서 이렇게 젊은 친구들의 마음을 편지로 엿볼 수 있어서 좋아요. 제 나이엔 20대 30대 친구들과 친구가 되기 어렵잖아요. 근데 편지에서는 이 친구들하고 솔직한 마음을 주고받을 수 있어서 좋더라고요."

"다행이네요. 마음에 드는 편지를 뽑으신 것 같아서."

"멋진 젊은이예요. 짧은 편지지만 자기 감정을 얼마나 들여다보고 살펴 왔는지가 보입니다."

원철은 젊은 친구들에게는 척박한 시대지만, 이렇게 낭만을 버리지 않고 살아 주어 고마운 마음이라는 말까지 덧붙였다. 효영이 맑게 웃으며 원철이 남기고 간 편지를 펜팔함에 넣어 놓았다. 진짜 명필이시던데. 효영은 지금 바로 펜팔 하나를 쓰고, 원철의 편지지를 열어 볼까 하는 유혹을 꾹 참았다.

자리로 돌아온 효영은 펜팔 참여자 목록에서 원철의 글씨를 다시 감상했다. 가로획이 왼쪽 아래에서 오른쪽 위로 살짝 비스듬히 올라가는 게 과하지 않고 멋스러웠다. 동그라미도 우그러진 곳 없이 반듯했고, 모음은 시작점을 살짝 꺾었다가 단정하게 떨어졌다.

무슨 바람인지 효영은 다른 사람들의 글자도 구경했다. 서로 다른 글자체는 물론, 자기를 표현하는 표식도 전부 개성이 넘쳤다. 목록을 보고 있자니 세상에 이 많은 사람들이 각자의 '말'을 지니고 산다는 게 신기하게 느껴졌다. 대학에 입학하고 한창 시나리오를 작업하는 일에 재미를 느끼던 시절, 학교로 가는 만원 지하철에서 문득 사람들의 머리를 바라본 적이 있었다. 저 수많은 이들의 머릿속에 어떤 기억이, 어떤 취향이, 어떤 아픔이 남았을지를 떠올리면 자기가 쓴 시나리오가 도대체 몇 사람에게 울림을 줄 수 있을는지……. 그 막막함에 겁이 나기도 했다.

그런 생각을 하다가 돌고래 표식을 발견했다. 하준이가 뽑은 펜팔에 그려져 있던 표식이었다. 하준이가 답장을 쓸 생각은 없다며 편지만 챙겨 갔던 것이 기억났다. 효영은 돌고래 표식 옆에 익숙한 이름을 읽었다. 차영광. 고개를 드니 여전히 건너편 연화아파트에 커튼이 처진 것이 보였다. 불면증이라더니 암막 커튼을 단 것이었다.

◇◇◇◇◇

그렇게 열흘이 지났다. 손님이 뜸한 시간이 되자 효영은 글월의 창밖을 카메라에 담았다. 측면에 난 창은 크기가 작았지만 서 있는 위치에 따라 또 다른 풍경을 감상할 수 있었다. 오른편에 서면 알록달록한 지붕이, 왼편에 서면 쭉 뻗은 도로와 그 끝에 서 있는 아파트단지가 보였다. 오늘은 맑은 하늘에 솜사탕 한 줌을 던져 놓은 것처럼 보드라운 구름 한 점이 떠 있었다. 사진을 찍자마자 인스타그램에 오늘 글월의 모습과 짧은 단상을 적었다. '#편지가게일기'라는 태그도 달아서. 며칠 전부터 선호 사장의 제안을 받아 비정기적으로 글월 사진과 일기를 게시하는 중이었다.

게시 버튼을 누를 때였다. 휴대폰에 엄마의 메시지 알림창이 떴다.

> 연희동 자취방으로 언니 편지 보냈어.
> 네 편지니까 네가 알아서 해.

언니가 여전히 답장도 없는 편지를 보낸다는 것, 엄마가 그 편지를 굳이 효영의 집까지 보냈다는 것. 그리고 언니는 아직도 현실의 세계로 돌아오지 못했다는 것까지. 효영은 갑작스레 몰려오는 불쾌감을 잊으려 원철이 가져온 화병으로 고개를 돌렸다. 장미의 잎끝이 어느새 누렇게 말라 갔다. 선호가 오늘 저녁 아이를 재우고 새로운 꽃을 가지고 글월에 들를 거라고 했다. 꽃이 피었다가 지고 아이는 울다 잠들고 봄은 여름으로 흘러갔다. 하지만 언니는 편지 뒤에 꼭꼭 숨어 여전히 얼굴을 내밀지 않았다.

> 뭘 보내. 읽을 생각도 없는 사람한테.

메시지를 보내자 엄마도 더 이상 다음 말을 쓰지 않았다. 답답한 마음에 효영은 측면 창문을 활짝 열었다. 어느새 8월의 바람이었다. 서울의 하늘은 한낮의 더위를 한껏 끌어안았다가 따끈한 바람을 보내 사람들을 약 올렸다.

그때 글월로 나비넥타이 손님이 들어왔다. 회계사로

일한다는 성민재였다. 오늘은 물기 하나 없는 여름용 정장을 말끔하게 입은 모습이었다. 민재는 효영에게 지난번에 고마웠다고 인사하고 곧바로 펜팔 서비스를 신청했다.

"화병이 바뀌었네요? 장미가 예뻐요."

잎끝이 마른 장미라도 누군가의 눈에는 여전히 아름다웠다. 효영이 필기도구가 필요하냐고 묻자 민재가 고개를 저었다. 효영은 편지지만 건네주고 카운터 커튼 뒤에 가서 앉았다. 잠시 마음을 안정시킬 시간이 필요했다.

민재는 글월의 핑크빛 벽을 둘러보며 작게 미소 지었다. 오전까지 회사에서 두통을 느끼다가 반차를 쓴 것이었다. 병원이라도 들를 작정으로 회사 문을 나서자 웬걸, 금세 두통이 나았다. 막상 집으로 가기도 민망하고 다시 일을 하자니 아깝고. 그러다 생각난 곳이 글월이었다. 최근엔 일이 바빠 올 엄두도 못 냈던 곳인데 마침 '내 얘기를 할 공간'이 그리웠다.

천천히 숨을 들이마신 민재가 며칠 전 직장 동료에게 선물로 받은 딥펜을 꺼냈다. 몸체가 길쭉해 꼭 마법사의 지팡이 같은 생김새였다. 캘리그래피용이라 펜촉을 조금만 눌러도 끝이 쉽게 갈라져서 손끝의 힘을 세밀하게 조절해야 했다. 많은 양의 문장을 쓰기에 편한 도구는 아니지만 민재는 오늘의 편지를 더 소중하고 조심스럽게 쓰고 싶은 마음이 들었다.

"선물 같은 하루네요. 어쩌다 보니 반차를 쓰고 나왔거든요."

민재의 말에 린넨 커튼 뒤에 있던 실루엣이 움찔했다. 곧바로 머리를 빼꼼히 내민 효영이 물었다.

"네? 뭐 필요하신 거 있으신가요?"

"아니에요. 아닙니다."

민재가 허허 웃으며 다시 편지에 집중했다. 민재는 브리프 케이스에서 아껴 두었던 딥펜 전용 잉크를 꺼냈다. 보랏빛이 가미된 밝은 피린색으로, 앙증맞은 크기를 뽐내는 30ml 유리병에 담겨 있었다. 돌고래 떼가 신나서 헤엄을 칠 것 같은 시원한 바다를 닮은 색이었다.

곧이어 푸른 잉크를 머금은 딥펜이 편지지 위로 바다를 꺼내기 시작했다.

TO. 누군가에게

안녕하세요?

편안한 여름날 보내고 계시나요?

제가 쓴 편지봉투를 잡어 가신 분이

지금쯤 어느 시간, 어느 공간에서 편지를 읽고 계실지 궁금합니다.

최근에 책을 한 권 읽기 시작했는데 첫 장부터 흥미를 끄는 문장이 있었거든요.

가이 대본포트라는 작가의 『읽기에 관하여』라는 에세이입니다.

책을 읽는 행위는 그 책을 읽은 방에, 의자에, 계절에 달라붙는다는 문장이었어요.

인간이 책을 읽은 시간과 공간을 총체적으로 기억하게 된다는 말에, 이상하게 마음이 끌리더라고요.

나의 글도 편지도 누군가의 시공간에 함께 남는다면 무척 근사한 일일 것 같아요.

저는 오랫동안 소설가가 되는 게 꿈이었어요.

꿈을 감당할 용기가 없어 일찍 직장인이 되었다가,

요즘엔 퇴근하고 한두 문단씩 소설 비슷한 걸 쓰고 있습니다.

잘한다는 자각은 없지만 뭐 어떤가요.

하고 싶은 일을 포기하지 않고 붙잡는 게 제가 세상을 사랑하는 방식인걸요.

당신에게도 당신을 여전히 두근거리게 하는 무언가가 있나요?

혹, 답장을 주실 수 있다면 당신의 이야기를 듣고 싶습니다.

그럼, 행복을 가원하며!

FROM. 나비넥타이

PENPAL SERVICE

소란한 효영의 마음과 달리, 편지 쓰기를 끝낸 민재는 여유롭고 잔잔한 몸짓으로 물티슈를 꺼내 펜촉을 닦았다. 순서대로 한 번에 하나씩 해결해 나가는 게 그의 삶의 방식인가. 효영은 카운터에 배를 살짝 기대고 민재의 동선을 보았다. 딥펜에 가죽 펜슬 캡을 씌운 민재가 테이블에 꾸려 놓은 물건들을 천천히 브리프 케이스에 넣었다. 지퍼 안쪽, 안주머니마다 정해진 자리가 있는지 쏙쏙 거침없이 물건을 담았다.

　민재가 효영의 안내에 따라 펜팔 서비스 참여자 목록에 이름을 적어 넣었다. 직선과 곡선이 알맞게 어우러진 글씨였다. 표식은 나비넥타이로, 직관적이었다. 민재는 곧장 펜팔함에서 가져갈 편지를 골랐다. 하나씩 봉투를 집어 발신인이 동그라미를 친 수식어를 읽었다. 어떤 조합이 민재의 눈길을 끌었을까. 편지를 고른 민재가 효영을 향해 봉투를 살짝 흔들어 보였다.

　"고르셨나요?"

　"네, 이걸로 할게요."

　민재는 카운터 앞에 서서 편지봉투를 열었다. 읽고 갈 모양이었다. 효영은 봉투 겉면에 적힌 익숙한 글씨에 슬쩍 미소를 지었다. '익명의 귀뚜라미', 금원철의 글씨체였다.

　"아…… 하…….."

마지막 문장까지 읽고 난 민재가 한숨처럼 감탄을 내뱉었다. 효영은 원철이 어떤 편지를 썼기에 처음 보는 사람의 마음에 닿은 건지 궁금했다.

"무방비 상태로 당했네요."

"네?"

피식 웃은 민재가 편지봉투를 브리프 케이스 안에 집어넣었다.

"오늘 반차 쓰길 잘한 것 같아요."

민재는 효영에게 꾸벅 인사하고 빠른 걸음으로 글월을 나섰다. 경쾌한 발걸음이었다.

3

——

휴일이었다. 효영은 미뤄 뒀던 집안일을 시작했다. 9kg짜리 드럼 세탁기는 얇은 침대 패드 하나만 넣어도 꽉 찼다. 근처에 코인 세탁소가 있었지만 세탁기와 건조기를 돌리면 만 원은 써야 했다. 좁은 방에 웅웅웅- 세탁기 도는 소리가 들리고, 효영은 창문을 반쯤 열고 블라인드를 내렸다. 창밖에서 배달 오토바이 소리가 났다.

왜 안 왔어.
너 보려고 일부러 거기까지 간 건데.

이틀 전에 온, 대학 동창 은채의 메시지였다. 하율이의 백일잔치에 다녀왔다는 얘기였다. 나무라는 듯한 말에 섭섭함이 묻어 나왔다. 효영은 자기를 기억해 주는 사람이 있다는 기쁨과 모두가 모른 척 사라져 줬으면 한다는 양가감정에 빠져 베개로 얼굴을 가리고 누웠다. '가만 보면 너도 네 언니랑 똑같아.'라고 힐난하는 엄마와 '효민이가 불쌍하지 않냐. 혼자서 집안 일으키겠다고 얼마나 애썼어.'라고 말하는 아빠와 '그러니까 그냥 공부 잘하는 언니로만 남아 있지, 사업은 무슨 사업!'이라고 소리치는 효영의 목소리가 머리 위로 둥둥 떠다녔다.

쓸데없는 목소리를 날려 보내려 효영이 베개를 던지고 벌떡 앉았다. 메시지를 보내 준 은채에게 고맙다고, 곧 만나자고 답장했다. 은채는 효영의 메시지를 기다리고 있던 것처럼 1분도 되지 않아 답을 보냈다.

> 언제? 진짜야?

> ㅇㅇ. 진짜! 여기 쉬는 날 중간에서 만나자.

> 야, 우효영.

> 왜

> 잘했어.

> 뭐가.

> 좀 쉬라고. 넌 너한테 이런 말 안 해 줄 거 같아서.

피식 웃음이 샜다. 조만간 선호 선배의 글월에 들르겠다는 은채의 메시지를 읽는데, 빨래가 다 되었다는 알림음이 들렸다. 건조대에 침대 패드를 올려 두고 나니, 문득 메시지를 보내 준 은채에게 감사 편지를 쓰고 싶다는 생각이 들었다. 명색이 글월 알바생인데 근무한 지 반년이 되도록 편지 한 통을 안 쓴 자신이 대단하게 느껴지기도 했다.

◇◇◇◇◇

"어? 우효영, 쉬는 날 무슨 일?"

카키색 앞치마를 두른 선호가 효영을 보며 눈을 동그랗게 떴다. 하늘색 셔츠 소매를 팔꿈치까지 걷어 올린 채였다.

"오늘은 손님. 편지 좀 쓰게."

"이게 손님으로 왔다고 바로 반말 날리네. 누구야, 송은채?"

"귀신이네."

"하율이 백일잔치 때 은채가 종일 너 찾았어."

효영이 대답 없이 친구에게 보낼 엽서를 골랐다. '글 쓰는 손'이 그려진 일러스트 엽서였다. 길게 쓸 자신은 없고 그저 마음만 잘 전달되면 그만이라는 생각이었다.

"이걸로 써 봐. 이번에 새로 입고하려고 하는 만년필

인데, 느낌 어떤지 봐 봐."

"내가 뭘 알아. 필기구는 선호 사장님이 더 잘 알지."

"우효영이 초예민 초디테일한 캐릭터인 거, 내가 몰라?"

선호가 테이블에 만년필을 올려 주었다. 효영이 고개를 절레절레 흔들며 만년필 뚜껑을 열었다. 캐주얼한 디자인의 플라스틱 만년필이었다. 옆에 펼쳐 둔 연습장에 시필을 해 보니 싱그럽고 짙은 녹색의 잉크가 들어 있었다.

"좋네. 엽서에도 착착 감기고."

"두툼한 종이에 더 잘 어울리는 것 같아. 가격대도 높지 않아서 맘에 들었어."

효영의 반응이 마음에 든다는 듯 선호가 고개를 끄덕이며 카운터로 향했다. 그러곤 본 폴더를 집어 열심히 편지봉투를 접었다. 깔끔하고 군더더기 없는 움직임을 보고 있자면, 마치 편지 공방에 온 기분이 들었다. 효영은 나비넥타이 손님처럼 연습장에 친구에게 보낼 편지 내용을 먼저 적기로 했다. 기왕 좋은 도구도 얻었겠다 깔끔하고 예쁜 엽서를 보내고 싶었다. 글월의 직원으로 있을 때와 손님으로 있을 때의 기분이 이렇게 다르구나. 장르가 다른 여유로움에 효영이 작게 미소 지으며 글자를 적었다.

그때, 글월로 익숙한 얼굴이 들어왔다. 1층 빵집 사장님의 아내이자 호박부동산 사장님인 권은아였다.

"사장님, 빵 좀 드셔."

"이야, 뭘 이런 걸 또 다."

은아가 빵 봉투를 내밀자, 선호가 과장된 어투와 제스처로 은아를 웃겼다. 짧게 근황을 주고받더니 은아의 시선이 테이블 앞에 앉은 효영에게로 향했다.

"오늘은 아가씨가 편지를 쓰고 있네? 처음 보는 광경?"

"우리 직원이 쉬는 날이어서요. 근데 또 이렇게 가게에 오냐."

"그러게 말이야. 데이트는 안 하고?"

장난이라며 '호호호.' 웃는 은아가 효영 옆자리에 앉았다. 그러고는 가방에서 서류봉투 하나를 꺼내며 말했다.

"잘됐다. 오늘 문화센터에 나가는 날이라 한번 가져와 봤는데, 자기도 한번 볼래요?"

서너 번의 만남에 '자기'라는 친근한 표현을 건네는 은아였다. 효영도 싫지 않았다. 최근 문화센터에서 시 쓰기 수업을 듣기 시작했다는 은아는 글감이 없을까 고민하다가 장롱에서 20대부터 쓴 편지 꾸러미를 찾았다. 라탄 상자 뚜껑을 여니 쉰 통이 넘는 편지가 담겨 있었다고 했다.

"멋 하나 없는 남편 말고 잘생긴 청년들이랑 주고받은 편지가 두툼하게 모였잖아. 근데 한참 뒤적거리니까, 우리 남편도 나한테 편지를 써 준 적이 있더라고요. 딱 한 번!"

"우와, 엄청 귀한 거네요. 저 보여 줘도 돼요?"

"그럼! 읽어 봐요."

은아가 효영에게 빳빳한 엽서 한 장을 내밀었다. 먹으로 제비를 그려 넣은 백색의 엽서였는데, 요철이 많은 재질이었지만 촉감이 부드러워서 좋았다.

수고했오.
내일 일찍 반죽만 끝내고 다시 오리다.

건강한 아이 낳아 주어 고맙고,
남 폐 끼치지 않고
그저 성실하고 바르게 잘 키워 봅시다.

당신 닮은 아이라면야 키우는 데 고생은 별로 없겠지만,
날 닮은 아이면 속을 알 길 없어 답답 좀 하겠오.

팔자다 생각합시다.
그럼 몸 계속 아끼시오.

"푸핫!"

효영은 자기도 모르게 웃음이 터졌다. 은아의 말대로 멋은 없지만 정직하고 반듯한 필체가 빵집 아저씨의 캐릭터를 그대로 보여 주는 것 같아 재미있었다. 너무 달지도 짜지도 않게 담백한 맛을 내는 아저씨의 빵과 닮은 것 같기도 했고.

"멋없죠? 재미 하나도 없고?"

"에이. 그래도 진심이 뚝뚝 떨어지는데요, 뭘."

"평생의 편지가 첫 출산 때 한 번이니, 어휴!"

은아가 다시 라탄 상자에 엽서와 편지 뭉치를 집어넣었다. 센터에 갈 시간이라 이만 일어나야 한다고 했다.

"온 김에 남편 욕 한 바가지 쓰고 가야 하는데 아쉽네."

은아의 푸념에 선호가 편지봉투를 접던 손을 멈추고 물었다.

"사장님한테 해외여행 가자고 말 안 했어요?"

"했지! 어땠겠어. 혼자 다녀오라고 하지. 아님 친정 식구들 모아서 가거나."

"에이, 30년을 일했으면 한 번은 쉬시지."

"그러게나 말이야, 어휴!"

손을 절레절레 흔들던 은아가 떠나고, 봉투 접기를 끝낸 선호가 노트북으로 아오키 하야토의 음악 <days>

를 재생했다. 효영이 제일 좋아하는 곡이었다.

잠시 편지지 앞에서 손을 멈춘 효영은 글월에 흐르는 음악을 느꼈다. 머릿속으로 아오키 하야토의 손이 통기타를 연주하는 장면이 떠올랐다. 햇빛에 닿은 기타 줄이 따스한 온기를 머금자, 그의 손끝에서 가을을 불러 모으는 포근한 음이 태어났다. 줄과 줄을 튕겨내며 피어오르는 낙엽의 음악을 듣고 있으면 찻잎이 찻잔에 고요히 가라앉는 그림이 그려졌다. 물감 냄새가 물씬 풍기는, 잘 마른 수채와 같은 음악이었다. 몇 번이고 들어도 질리지 않을.

마음이 편안해진 효영은 드디어 친구에게 보낼 편지에 집중했다. 글월에 흐르는 고요한 음악을 듣다 보니, 효영은 문득 누군가의 옆에 무해하게 남는다는 것이 귀한 일이라는 생각이 들었다. 오래도록 옆에 있어도 괜찮은 것들은 결국 나를 바꾸려는 의지가 없는 것들이었다. 효영이 대학 입학 후 얼마 지나지 않아 학교를 떠난 선호와 여전히 우정을 나누는 것도 같은 이유였다.

"역시 내가 직원을 잘 뽑았어."

"뭐야, 갑자기."

효영이 펜을 멈추고 선호를 돌아보았다.

"손님들이 너한테 말을 편하게 건다는 생각 안 드니?"

"그래? 난 뭐 늘 이렇게 살아와서."

"그치. 이게 재능이고 타고난 거거든."

선호는 짙은 눈썹을 꿈틀거리며 만족스럽다는 표정을 지었다. 선호가 타인에게 쉽게 다가가는 타입이라면 효영은 제자리에 앉아서 사람들이 모여드는 걸 가만히 지켜보는 타입이었다. 학창 시절에도 효영에게 찾아와 진로 상담을 하는 친구들이 꽤 있었다. 효영은 별 조언 없이 고개만 끄덕였는데, 친구들은 현명한 답을 찾았다며 흡족한 표정을 짓는 일이 많았다.

"글월에는 역시 다른 사람의 얘기를 잘 들어 주는 사람들이 있어야 해. 말하기 읽기 쓰기는 결국 연결된 거거든. 말해야 쓴다고."

"들어 주는 게 뭐 어려워. 내 얘기 하는 게 어렵지."

효영이 어깨를 으쓱하고 아까부터 씨름 중인 친구와의 편지로 되돌아갔다. 열심히 썼다고 썼는데 겨우 세 문장이었다. '은채에게, 잘 지내니. 난 잘 지내고 있어.' 초록 잉크는 한참 전에 마른 채로 다음 글자만 기다리고 있었다. 마음 같아서는 선호에게 대필이라도 부탁하고 싶던 차에, 글월로 또 다른 손님이 들어왔다. 영광이었다.

"오랜만이네요."

선호와 인사를 나눈 영광이 테이블 앞에 앉은 효영을

향해서도 꾸벅 인사했다. 효영은 무심코 고개를 돌려 연화아파트 5층을 돌아보았다. 커튼이 완전히 젖혀 있었다. 영광은 딱히 상태가 나빠 보이지는 않았다. 수염 자국 없이 매끈한 턱과 연녹색 가디건, 반듯하게 다림질 된 베이지색 팬츠를 보니 외출하고 들른 듯했다.

"어떻게 됐어."

"쏘쏘한 거죠. 늘 그렇듯."

웹툰 회사에서 차기작 피드백을 받고 오는 길이었다. 오늘은 이 정도의 기획이라도 더 쉬지 말고 차기작을 밀고 들어가야 한다는 PD와 한 번 더 좋은 기획을 가져올 시간을 주자고 하는 팀장 사이에 언쟁이 조금 있었다. 그 사이에서 죄인처럼 앉아 있던 영광은 가만히 있어도 기가 빠지는 기분이었고.

"아니, 얼마나 구린 건데 그래. 효영이 한번 보여 줘 봐. 얘도 영화 시나리오 쓰던 애거든."

선호의 말에 효영이 먼저 기겁하고 양손을 들었다.

"전 영화에서 손 뗀 지 오랩니다! 아무것도 몰라요!"

영광이 가볍게 웃으며 효영 앞에 앉았다. 효영은 자기도 모르게 편지지를 손바닥으로 가렸다. 거침없이 편지를 적은 영광을 봤기 때문일까. 이제는 절친한 친구에게도 안부 메시지 하나 못 보내는 자기를 들키고 싶지 않은 마음이었다.

"누구한테 보내는 거예요?"

"친구요."

"연애편지?"

효영이 고개를 절레절레 흔들었다. 같이 공부하던 학과 친구라고 전했다. 영광은 효영의 편지를 흘끗 보더니 의자에서 천천히 일어나며 말했다.

"영수증 써 주실 때도 느꼈는데, 글씨가 예쁘네요."

영광의 칭찬에 효영은 민망한 듯이 엽서를 내려보았다. 언니만큼 공부를 잘한 건 아니지만 학교 다닐 때부터 노트 정리로는 전교 1등 못지않았다. 형광펜이든 볼펜이든 샤프든 도구를 가리지 않고 균형 잡힌 글자를 써냈다. 초등학생 때였나, 숙제 검사를 하던 담임 선생님이 효영의 노트를 아이들에게 보여 주며 "효영이처럼 글씨 깨끗하게 쓰는 애들이 나중에 공부도 잘해." 이런 칭찬을 한 적도 있었다.

"그러네요. 저도 잘하는 게 여전히 남아 있어요."

효영이 그날 일을 생각하며 미소를 지었다. 영화를 관뒀다고 해서 자존감이 아예 바닥을 친 건 아닌가 보다. 아니면 복숭아 속살처럼 여리고 부드러운, 글월이라는 공간 안에서 자기도 모르게 치유를 즐긴 덕일지도.

곧 손님들이 쉬지 않고 글월을 찾았다. 영광은 작업실에 돌아가기 싫다며 선호 옆에서 엽서 포장을 도왔다. 효영이 체감하기에도 5월을 기점으로 손님이 눈에 띄게 늘었다. 선호 사장이 육아 중 틈틈이 인스타그램을 열심히 관리한 덕이기도 하고, 점점 좋아요 수가 늘고 있는 효영의 '#편지가게일기' 덕이기도 했다. 하지만 무엇보다 편지를 사랑하는 사람들이 선호 사장에게서 편지에 대한 진심을 읽은 덕분이라고 생각했다.

"친구가 여기서 노트를 선물해 줘서 궁금해서 와 봤어요. 공간이 진짜 감각적이네요."

"인스타에 사진이 너무 예쁘게 나와서. 저 여기서 사진 좀 찍고 가도 되죠?"

"물론입니다. 감사해요."

선호 사장이 밝게 화답했다. 엽서와 도서, 필기구를 산 손님이 나가고 나자 곧바로 펜팔 손님이 왔다. 30대 여성 손님 둘이었다. 근처에서 디저트 카페를 운영하고 있다는 손님이 한꺼번에 펜팔 서비스를 신청해서 의자가 모자랐다. 결국 선호 사장이 효영을 불렀다.

"효영아."

"왜."

"자리 없다. 넌 카페 가서 쓰고 와."

"알겠습니다, 사장님."

미안해하는 손님들에게 효영이 활짝 웃으며 직원이라서 괜찮다고 말했다. 글월을 나서려는데, 포장을 끝낸 영광이 대뜸 같이 가도 되겠냐고 물었다.

"오늘은 좀 늦게까지 집에 안 들어가고 싶어서요. 모니터랑 태블릿만 봐도 머리가 하얘지는 것 같아요."

"아, 그런가요."

"귀찮게 안 하고 조용히 있을게요."

영광은 책장에서 연애편지를 모은 도서 한 권을 꺼내 들었다.

"사장님! 저 이거 삽니다. 계좌로 보내 드릴게요!"

"오케이!"

4

___

 연희동 글월 근처에는 세련된 디자인의 카페가 꽤 많
았다. 효영과 영광은 가정주택 형태의 건물에 큰 창과
스테인드글라스로 멋지게 벽을 장식한 카페로 들어갔
다. 아이스아메리카노를 주문하고 자리에 앉은 효영이
다시 친구에게 보내는 엽서에 집중했다. 영광도 별말
없이 앞자리에 앉아 글월에서 산 책을 읽었다. 80년대
연애편지를 묶은 책인데, 영광에게 잘 맞는지 중간중
간 연필로 밑줄을 긋는 모습이 보였다.

 "불면증 같던데, 계속 커피 마셔도 돼요?"

 효영은 무심코 말을 뱉고 아차, 했다. 본인이 직접 말
한 게 아니라 하준이가 뽑은 편지 때문에 간접적으로 들
은 내용이었다. 영광은 딱히 어떻게 아느냐고 묻지 않았
다. 아마 선호에게 들었을 거라고 생각했을지도.

 "이게 사람이 빚을 오천만 원을 지나, 오천오백만 원

을 지나 비슷하거든요. 불면이 지속되면 새벽 3시에 자나, 5시에 자나 비슷하답니다.”

"이런 걸 빚에도 비유하는군요. 빚이라고 하니까 이해가 더 잘……. 아닙니다.”

"뭐가요?”

효영이 아니라며 다시 엽서로 시선을 돌렸다. 결국 뻔한 문장과 잘 지내고 있으라는 말, 연락해 줘서 고맙다는 얘기로 엽서를 마무리했다. 만족스럽지는 않았지만 한 글자씩 정성을 다해 썼으니, 친구도 자기의 노력을 알아줄 거라고 믿었다.

"글월엔 언제부터 온 거예요?”

"글쎄요? 저도 작년에 작업실 얻고 우연히 건너편 글월에 방문했던 거라. 5월?”

"오래됐네요. 글월 단골로.”

"그렇죠.”

효영은 엽서를 입 앞에 들고 후후 불어 잉크를 말렸다. 검지로 글자를 톡톡 두드려 완전히 말랐는지 확인한 뒤 봉투에 엽서를 넣었다. 'geulwoll' 글자가 적힌 스티커를 봉투 입구에 붙이고 엄지로 지장을 찍듯 꾹꾹 눌렀다.

"영화는, 왜 관둔 거예요?”

영광이 대뜸 효영을 빤히 보며 물었다. 효영은 담담

하게 대화하려 노력했다. 꿈이 좌절되었다고 시무룩한
모습을 보여 주긴 싫었다.

"짝사랑만 하다 끝난 거죠. 사실 외부 지원을 받아서
개인 작품을 찍을 기회가 있었는데, 제 발로 걷어찼어
요."

"왜요?"

"제가 생각했던 거랑은 달라서요. 사람들이 느끼는
게 다 다르고 원하는 게 다 다른데, 너무 중립만 지키려
고 애썼나 싶기도 하고. 자기 주관 없는 감독의 작품처
럼 보일까 봐 혼자 끙끙 앓기도 하고."

"힘들었겠네요."

효영이 입을 꾹 닫고 콧바람만 내쉬었다. 사실 영화
를 관둔 이유를 찾자면 수없이 많았다. 더운 날 야외촬
영을 하는 것도 싫고, 조감독이나 배우가 자기가 쓴 캐
릭터의 감정을 단번에 이해해 주지 않는 것도 섭섭했
다. 장소 섭외할 때는 늘 좋은 사람처럼 과장되게 웃어
야 했고, 추가 촬영비는 효영이 직접 알바한 돈으로 메
워야 했다.

하지만 이 모든 불상사와 불쾌감을 제하고도 더 이상
영화를 찍는 게 재미있지 않다는 게 팩트였다. 아니, 지겨
웠다. 아니, 사실은 어떤 마음인지 효영도 알 수 없었다.

"잘하지 못해서겠죠, 결국에."

"그게 포기한 이유예요?"

"아마도? 아무리 사랑해도 이뤄지지 않는 건 접어야죠."

"저도 그러네요. 접을 때가 됐나?"

"에이, 입봉한 사람은 다르죠. 데뷔작이 꽤 잘 됐다면서요."

한 시간 남짓 수다를 떨었다. 서로 좋아하는 웹툰과 영화 얘기를 했다. 꿈을 놓아 버린 사람과 꿈에 붙들린 사람 사이에는 꽤 할 말이 많았다. 영화는 노력만으로는 이룰 수 없다, 인맥이 최고다, 이런 얘기를 하다가 너무 비겁한 사람처럼 보일까 봐 한 말을 정정하기도 했다.

"그럼 계속 글월에서 일하실 거예요?"

"글쎄요. 어떻게 할지 아직 생각 안 해 봤어요. 어쩌다 보니 글월에 오게 된 거라."

언니의 편지 때문에 무작정 도망쳐 나왔다는 말은 보태지 않았다. 혹시 선호가 미리 말했다고 해도 영광과 나눌 대화는 아니라고 생각했다. 시계를 보니 5시 30분. 슬슬 자리에서 일어나려는데, 선호에게서 전화가 왔다.

—다들 저녁 먹고 가. 내가 삼겹살 쏜다!

"갑자기?"

—딱 두 시간 자유 시간 생겼어. 유부남한테 자유 시간은 황금과도 같다. 거절은 거절!

　그렇게 6시가 넘어 근처 삼겹살집에 모였다. 신발을 벗고 좌식 좌석에 앉은 셋은 삼겹살과 함께 맥주를 한 잔씩 기울였다.

　"효영아, 오늘 방문 손님 40명 넘었다. 평일인데도 많지?"

　"그러네요. 사람들이 편지를 좋아하는 거야, 글월을 좋아하는 거야?"

　"둘 다지!"

　기분 좋게 웃은 선호가 맥주 한 잔을 비웠다. 영광이 곧바로 정중한 자세로 맥주병을 들어 선호 잔을 채워 주었다.

　"사실 하율이 돌만 지나면 글월 2호점을 만들 생각도 하고 있어."

　"2호점을? 어디에?"

　"장소는 아직 안 정했고. 왜? 자네 혹시 2호점 직원에 관심 있나?"

　능글맞은 표정으로 고개를 쭉 내민 선호를 보며 효영이 코웃음을 지었다. 그동안 편지 가게를 운영하는 노하우는 분명 익혔을 거 아니냐며, 선호가 다시 한번 효영을 지그시 쳐다보았다. 효영은 아이 키우기도 바쁜 때에 어쩌다 2호점을 낼 생각을 하게 된 건지 물었다. 선호는 사람들에게 '편지 쓰는 문화'를 만들어 주고 싶다고 했다. 결국 다른 지점에 욕심이 생긴 건 편지의 '거점'을 만들어야겠다는 생각 때문이었다. 마침 아내의 지인을 통해 입점 제안까지 받은 터라, 더욱더 선호의 바람에 부채질이 들어가는 상황이었다. 만약 수월하게 2호점 개업이 진행된다면, 아마도 연희동과는 다른 컨셉의 글월이 탄생할 거란 말도 덧붙였다.

"형은 진짜 대단하네요. 쭉쭉 나가고."

"나도 암흑기가 길었어. 효영이는 알걸? 나이는 많은데 연기는 제일 못해서 교수님한테 혼나고 동기한테 무시당하고."

"하하, 그랬어요?"

"나 원래 포기가 빨라. 시작은 미친 듯이 내달리는데, 원하는 만큼 못 하면 금방 또 관두거든. 연기도 대학 입학하고 2년도 안 되어서 관뒀을 거야."

선호가 삼겹살을 뒤집었다. 효영이 선호와의 대학 시절을 떠올리며 말을 이었다.

"그래도 그때 선호 사장님이 대단했지. 매주 모르는 사람 찾아다니면서 직업 인터뷰했잖아. 인물 연구에 도움 얻겠다고."

"진짜요? 사람들은 어떻게 만났는데요?"

영광이 흥미롭다며 선호를 돌아보았다.

"인터넷에서 찾고 알음알음 찾고 그랬지. 근데 그거 알아? 그렇게 사람들 인터뷰하고 있다가 '글월' 아이디어가 떠올랐어."

선호는 매주 처음 보는 사람들과 인터뷰하면서, 사람들이 진심으로 자기 이야기를 하는 걸 즐거워한다는 걸 느꼈다. 인터뷰이에게 질문을 건네고 고개를 끄덕이고 또 다음 질문을 건네는 과정에서 사람들은 자기가 무얼 하고 있는지 어디쯤 서 있는지를 거꾸로 알게 되었다.

"남들 이야기를 들어 주는 가게를 하고 싶었거든. 어떤 형태든. 근데 대학 관두고 우연히 아내를 만나게 되면서 진짜 아이디어를 얻은 거야."

선호 아내는 그럼 사람들이 하고 싶은 말을 써서 서로 읽게 하라고 조언했다. 어릴 적 여자아이들끼리 비밀 일기를 건네는 것처럼, 누군가 꼭 읽어 줄 거라는 확신이 담긴 글을 써 보게 하라고. 그러자 자연스럽게 편지와 익명으로 주고받는 펜팔 서비스가 생각난 것이다.

"이제야 적성이 생긴 거야. 편지 가게 사장이라는 적성. 남들은 내가 아내 잘 만나서 편지 가게를 차렸다고 생각하는데, 나 진짜 진심으로 운영한다. 사업가 마인드로!"

"짠이나 합시다."

영광의 말에 효영과 선호가 잔을 들었다. 짠— 경쾌한 유리 소리가 테이블 위에 울려 퍼졌다. 얼마 지나지 않아 선호에게 전화가 왔다. 아내가 가제 수건을 어디 뒀는지 물었다.

"트롤리 아래 칸에 없어? 내가 오늘 마른 거 다 접어서 정리했는데."

통화를 끝낸 선호가 시간을 확인했다. 그만 집으로 돌아갈 시간이었다. 계산을 마친 선호가 효영과 영광에게 손을 흔들고 빠른 걸음으로 사라졌다. 영광은 효영에게 조심스레 집에 데려다줘도 되는지 물었고, 효영은 괜찮다고 했다.

"멀지 않아서요."

"네, 알겠습니다."

그래도 글월까지는 같은 방향이라 함께 걷기로 했다. 얼마 지나지 않아 선호에게서 전화가 왔다.

—효영아, 가게에 샌드위치 뒀는데 상하기 전에 먹을래? 베이커리 아저씨가 주신 거야.

"바로 앞까지 왔어요. 가져갈게요."

효영이 영광에게 상황을 설명하고 연궁빌딩을 올라가려는 때였다. 문득 생각난 것이 있어 그에게 밑에서 기다려 달라고 했다.

"이거, 선물이에요."

잠시 뒤 돌아온 효영이 영광에게 필통처럼 생긴 종이 상자를 내밀었다. 상자 옆면에 가타카나로 글자가 새겨져 있었다.

"문진이에요, 향유고래 문진."

"아, 진열해 놓은 거 자주 봤어요. 근데 왜 갑자기……."

효영도 딱히 이유를 찾진 못했다. 그저 카페와 삼겹살집에서 반나절 동안 붙어 있으면서, 불편하다는 감정이 한 번도 들지 않아서였을지도. 글월에 오고 오랜만에 또래와 꿈에 관해 얘기했던 게 퍽 즐거웠을지도.

영광이 상자를 괜히 이리저리 돌려 보았다. 아무 무늬가 없는, 일본어로 '고래'라는 글자만 자그마하게 적힌 종이 상자였는데도 그랬다. 효영이 어색함을 밀어내려 먼저 입을 열었다.

"주철로 만들어서 260그램이 좀 넘어요."

"그러네요. 상자가 꽤 묵직하네."

"무게감 있는 걸 손에 쥐고 있으면 잠이 잘 오더라고요."

"고마워요."

영광이 진심으로 감사 인사를 건네고 연화아파트로 올라갔다. 효영이 조금은 따뜻해진 마음을 느끼며 길을 걸었다. 갑자기 떠올라 건넨 거지만 뿌듯하다는 생각도 했다. 답장을 받지 못한 영광에게 향유고래 문진을 선물해 하준이 대신 펜팔 서비스를 마쳤다는 의미도 있었다.

효영은 자취방에 돌아와 현관에 붙은 편지지를 바라보았다. 스카치테이프로 떡하니 붙여진 언니의 편지였다. 벌써 며칠째, 보고 있으면 손님을 집 밖에 벌 세워 둔 기분이 들었다. 효영은 언제나처럼 편지를 무시하고 문을 닫으려다가 멈칫했다. 피 한 방울 안 섞인 사람에게도 친절을 베푼 하루인데, 스스로도 너무하다 싶었다.

갖고 들어가는 것 정도야 뭐. 효영은 편지를 톡 떼어 내 방 안으로 들였다. 신발을 벗기도 전에 신발장 위 전기요금 고지서와 함께 겹쳐 두었다. 읽을 용기까지는 나지 않았다.

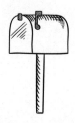

로맨티스트 금원철

—Letter Service [geulwoll]

[Web 발신]
금원철 고객님,
Penpal Service 편지에 답장이 도착하여 연락드립니다.
글월 운영 시간에 방문 부탁드립니다. 방문이 어려울 경우 택
배 발송으로 도와드리고 있습니다. (…)

글월 오픈 시간에 맞추어 원철이 찾아왔다. 오늘은
중절모에 베이지색의 린넨 재킷을 걸친 모습이었다.
모자를 슬쩍 고쳐 쓰며 조금은 수줍은 표정도 지었다.

"펜팔이 도착했다는 문자가 와서요."

"아, 네. 바로 드릴게요."

효영은 봉투 오른쪽 아래에 나비넥타이가 그려진 편
지를 건넸다. 며칠 전 민재가 두고 간 편지였다. 원철은
잠깐 테이블 앞에 앉겠다며 의자에 앉았다. 그리고 민
재의 답장을 천천히 읽기 시작했다.

TO. 장미 농부님께

....

제 마음대로 이렇게 편지의 주인을 불러도 되는지 모르겠습니다.

지난 편지에서 장미 이야기가 나와 수신인의 이름을 멋대로 지었네요.

부디 어여삐 여기고 읽어 주시길 바랍니다. :)

....

저희 어머니도 앞마당에 장미를 기르십니다.

바깥쪽으로 자라는 새싹 바로 위를 잘라 주면

가지들이 안으로 자라 서로 엉켜서 자라는 걸 방지해 준다고 하네요.

....

너무 가느다란 가지는 다 잘라 내는 게 좋고요. 연필 굵기보다 가

는 것들이요.

....

사실 농부님의 편지는 제가 회사 반차를 쓰고 글월에 들렀다가 뽑

게 된 것입니다.

두통 때문에 살짝 기분이 다운된 때였는데, 농부님의 편지를 읽고

감동했어요.

진심을 담은 편지를 읽자마자 이렇게 속수무책으로 답장을 적게 되

더라고요.

....

내용만큼이나 농부님의 글씨에 감탄했습니다.

저도 어디 가서 글씨 못 쓴다는 소리는 못 듣고 살았는데,

농부님 글씨와 비교하면 부끄러운 수준입니다.

....

저는 필기도구를 좋아해요. 사람마다 다른 목소리가 있듯이 펜마다 낼 수 있는 목소리가 다르다는 생각이 듭니다.

동글동글한 느낌의 볼펜도 좋고 사각거리는 연필도 좋고. 힘에 따라 굵기가 달라지는 만년필도 쓰고 있으면 재미있어요. 최근엔 유리로 만든 딥펜도 샀는데 이걸 쓰면 마법사가 된 기분입니다. 하하.

인연이 이어진다면 농부님의 명필과 아름다운 문장을 또 만나고 싶어요. 최근 회사 일이 바빠서 자주는 어렵겠지만, 올해가 가기 전에 두어 번 더 답장을 주고받을 수 있으면 좋겠습니다.

그럼, 농부님도 건강 잘 챙기세요.

FROM. 나비네타이

PENPAL SERVICE

원철이 편지지를 두 손으로 꼭 쥔 채 미소를 지었다. 오전의 햇볕이 원철의 체크무늬 중절모에 부드럽게 앉았다. 편지지를 접어 봉투에 넣은 원철은 재킷 안주머니에 그것을 꽂아 넣고 일어섰다. 그러곤 답장에 쓰려는지 편지지를 살펴보았다.

"제가 원래 말이 많은 사람은 아니었거든요."

"네?"

효영이 린넨 커튼 뒤에서 얼굴을 빼꼼히 내밀었다.

"아내를 하늘로 보내고 나니까 혼잣말이 많아지더라고요. 근데, 혼잣말은 너무 공허해서 편지를 쓰기 시작한 거예요. 애써 나온 말이니까 정착할 곳이 있으면 했거든요. 편지에라도요."

"아……."

효영은 아내를 먼저 보낸 원철의 마음을 온전히 이해할 수 없었다. 당연한 것이었지만, 조금쯤 죄송한 마음이 들어 조용히 고개만 끄덕였다.

원철은 곧 붉은 테두리로 감싼 편지 세트를 골랐다. 카운터 옆에 디피된 필기구도 잠시 살피다가 입문용 만년필과 검정 잉크도 집었다. 효영은 영수증에 세 가지 제품 이름과 가격을 적었다. 자기도 모르게 글씨를 더 천천히 또박또박 쓰게 되었다.

"고맙네요. 얼굴도 모르는 사람이 너무 따뜻한 말을 해 줬어요."

"아, 다행이네요. 잘 맞는 펜팔 친구를 찾으셨나 봐요."

"가끔 안부 편지 보내면 좋죠. 관계가 의무가 되지 않도록 주의하면서?"

씨익 웃은 원철이 글월을 나섰다. 터벅터벅, 현관문

밖으로 정갈한 발소리가 점점 멀어지고 있었다.

◇◇◇◇◇

잠시 손님이 뜸한 시각, 효영은 연화아파트 뒤로 흘러가는 구름을 보다가 음악 볼륨을 조금 높였다. 오늘도 아오키 하야토의 기타 음이었다. 딩딩 울리는 소리에 섞인 금속음, 마찰음, 공명음을 듣고 있으면 편지 위로 지나가는 글자가 내는 소리처럼 느껴지기도 했다. 금속음은 테이블 무늬가 비치는 얇은 편지지에 볼펜이 지나가는 소리 같았고, 마찰음은 표면이 살짝 거친 엽서에 끝이 뾰족한 샤프펜이 바쁘게 움직이는 소리, 공명음은 잉크를 머금은 만년필이 편지지 위에서 온점을 마치고 쉬는 소리 같았다.

효영은 영수증 뒷면에 무심코 'TO. 효영에게'라는 글자를 적었다. 이번엔 반대로 언니가 자신에게 했을 말을 떠올리는 중이었다. 언니는 나에게 무슨 할 말이 많아서 자꾸만 편지를 보내는 걸까. 사실은 원망의 말로 가득 찬 편지가 아닐까. 자기가 장녀로 살면서 얼마나 부담이 되었는지, 아버지의 자랑이라는 딸이 되기 위해 얼마나 노력했는지 아느냐고. 너는 편하게 좋아하는 예술이나 좇았으면서, 비겁하게. 이런 말이 적혀 있을지도 몰랐다.

차라리 그러면 좋겠다는 마음으로 책장의 재고를 확인하던 때였다. 익숙한 얼굴의 손님이 찾아왔다. 익숙한 얼굴이었지만 글월은 처음인 손님. 바로 연희동 우체국 직원 정주혜였다. 이미 여러 번 우체국을 다녔던 효영이라 주혜의 명찰을 기억하고 있었다. 글월에 일한 지 얼마 되지 않았을 때, 효영이 주소를 적은 위치가 잘못되었다는 걸 알려 주던 직원이기도 했다.

"어? 저희 가게 처음 오신 거죠."

효영의 응대에 주혜가 수줍게 웃었다. 우체국 유니폼이 아닌 사복을 입은 주혜는 처음이라 분위기는 또 낯설었다. 연청바지에 오트밀색 니트 카디건. 신발은 검정색 샌들이었다. 모든 손님의 착장을 눈여겨보는 것은 아니었지만, 익숙해진 줄 알았던 사람의 새로운 모습을 보는 건 흥미로운 일이었다.

"네. 매번 우편 보낼 때 봉투에 적힌 '글월'을 봐서 알고는 있었는데, 직접 온 건 처음이에요."

"둘러보세요. 필요한 거 있으시면 불러 주시고요."

효영이 밝게 웃어 보였다. 우체국에 갈 때마다 자신을 향해 웃어 주는 주혜의 웃음에 대한 답장이었다. 주혜는 꽃이 그려진 엽서 두 개를 집다가 펜팔함 앞에 섰다. 효영이 펜팔 서비스를 설명하자, 주혜가 호기심 어린 눈으로 봉투를 하나씩 살폈다. 그러고는 효영을 향해 몸을 돌려 물었다.

"이거, 혹시 편지만 가져갈 수 있어요?"

"네?"

"편지는 못 써요. 그래도 다른 사람이 어떻게 썼는지 궁금하고. 가져가면 안 돼요?"

결국 남의 편지를 만 원에 사겠다는 소리였다. 처음 있는 요청이라 효영도 선뜻 대답이 나오지 않았다. 하지만 편지를 가져가기만 하면 펜팔함의 편지 수가 줄어들게 되니 어쩔 수 없이 거절했다. 그러자 주혜가 아쉽다는 표정을 지었다.

"간단하게 한 장만 써도 돼요. 요즘 날씨나 좋아하는 책 얘기를 해도 되고."

효영 자신도 편지를 쓰지 못하고 있는데, 주혜에게 이런 조언을 하고 있다는 게 문득 우스웠다. 주혜는 문제 풀이에 막힌 학생처럼 입을 꾹 다문 채 잠시 고민하다가 말을 이었다.

"사실 제가 책을 진짜 안 읽어요. 최근에 딱히 재미있게 본 영화도 없고. 뭘 봐도 다 재미없더라고요."

"노잼, 시기군요."

"하핫. 맞아요, 노잼 시기."

주혜가 카운터에 엽서 세트를 올렸다. 효영이 펜을 들고 영수증에 제품 이름을 쓰자 주혜가 말했다.

"다른 사람들은 무슨 할 말이 있어서 편지를 쓰는지 궁금했어요. 대학 졸업하고 바로 취직해서 그런가. 회사, 집, 회사, 집. 그렇게만 사니까 제 취향이라는 게 뭔지도 모르겠고요."

"그래도 뭔가 취미가 있지 않을까요?"

"남이 추천해 주는 드라마만 가끔 보고 살아요. 이게 뭐랄까, 딱히 재미가 없는 내용은 아닌데 딱 내가 좋아하는 내용도 아니고. 그럼 난 뭘 좋아할까 생각하면 눈앞이 뿌옇고. 물건도 취미도 다 마찬가지예요."

"그럼 그걸 쓰면 되잖아요."

"그걸 쓰라고요?"

"네. 지루한 내 인생, 심심해 죽겠다. 이렇게 쓰면 되죠."

주혜가 피식 웃었다. 좋은 생각이라고 했다. 혹시 펜팔 편지지를 가져갈 수 있냐는 말에 효영이 편지지와 봉투를 주었다. 주혜가 펜팔 서비스 금액을 지불하고 말했다.

"다음 주 이 시간! 꼭 써서 올게요."

"네, 기다릴게요!"

주혜는 즐거운 숙제가 생겼다며 글월을 나섰다. 곧 있으면 서른을 앞둔 효영은 '9 TO 6'의 근무를 해 본 경험이 없었다. 일정한 시간에 규칙적으로 근무한 건 편지

가게가 처음이었다. 그전에는 광고 촬영 현장 알바를 뛰거나 시나리오과에 지망하는 학생들 과외로 용돈을 충당했다. 편의점 알바나 카페 알바도 당연히 해 봤고.

그런데도 그 시간이 '노잼 시기'로만 기억되지 않은 건 그 덕에 여러 사람을 만나 다양한 인간군상을 접했기 때문이다. 그때의 경험으로 시나리오를 썼으니 오히려 고맙고 재미있는 기억이 더 많았다.

효영은 진심으로 주혜가 노잼 시기를 돌파하고 나가길 응원했다. 세상은 끝까지 내가 원하는 대로만 흘러가지 않을 거고, 그럼 물살에 멋지게 올라타는 법을 배워야 했다. 사랑했던 영화가 평생의 연인이 아니었다는 걸 받아들여야 했던 것처럼. 대신 찾아온 편지 가게가 생각보다 자기에게 잘 맞는다는 걸 깨달은 것처럼.

주혜가 가고 얼마 지나지 않아 가족 손님이 찾아왔다. 30대 중반의 젊은 부부와 열 살과 여섯 살 남짓한 여자아이 둘이 있는 집이었다. 엄마가 먼저 동그란 볼 모양의 실버 자석을 집어 들며 냉장고에 해외여행 때 산 엽서를 붙여 두자고 했다. 고개를 끄덕인 아빠가 제비가 그려진 봉투를 집었다. 곧 추석이라 부모님께 드릴 용돈 봉투가 필요했는데 잘되었다고 했다. 아이들은 글월에 전시된 모든 것이 신기한 듯 하나씩 살펴보며 소곤댔다.

부부가 계산하려는데 첫째 아이가 할머니에게 편지를 쓰고 싶다며 엽서를 집었다. 그러자 둘째도 곧바로 언니를 따라 엽서를 골랐다. 언니가 하는 건 뭐든 따라 해 보고 싶을 나이였다. 그런 마음은 효영이 가장 잘 알았다. 엄마가 둘째를 향해 무릎을 살짝 굽히고 말했다.

"은율이는 한글 아는데, 해율이는 모르잖아. 그래도 쓸 거야?"

"응, 쓸 거야."

"그래, 그럼."

효영이 제품을 포장하려는데 첫째 아이가 엄마에게 말했다.

"엄마. 나 여기서 편지 쓰고 가도 돼? 색연필도 가지고 왔으니까 그림도 그릴래."

"나도, 나도!"

자매의 말에 엄마가 효영을 보았다. 효영은 당연히 괜찮다며 아이들이 편히 편지를 쓰고 그림을 그릴 수 있도록 화병을 잠시 치워 주었다. 엄마는 첫째와, 아빠는 둘째와 머리를 맞대고 편지 내용을 구상했다. 마치 진지한 가족회의를 하는 것 같아 보고 있으면 웃음이 났다.

효영이 글월 홈페이지에 들어가 인터넷 주문 내역을

확인하고 있을 때였다. 아빠가 눈썹 끝이 축 처진 표정으로 효영에게 다가왔다.

"어쩌죠. 저희 아이가 색연필을 쓰다가 테이블에 묻혀 버렸네요."

"아, 제가 닦을게요."

"아니에요. 혹시 물티슈가 있으면 주세요."

괜찮다고 재차 말했지만 아빠가 치우고 가겠다며 물티슈를 받아 갔다. 엄마와 아빠 둘이 테이블을 뽁뽁 문지르는 소리가 다급하게 들렸다. 흰 테이블이라 색이 남게 되었을지도 몰랐다. 효영이 테이블 쪽으로 가자, 역시나 테이블에 주황색 파란색으로 직직 그어진 자국이 보였다. 청소 세제 등을 묻혀서 지워야 할 것 같았다.

"죄송해요. 이게 잘 안 지워지네요."

"괜찮습니다. 나머지는 제가 정리하겠습니다."

첫째가 효영에게 배꼽 인사를 했다.

"죄송합니다!"

"아니에요."

효영이 밝게 응대하자 둘째도 꾸벅 인사를 보냈다. 가족이 글월을 떠난 뒤에도 효영은 물티슈로 테이블 얼룩을 몇 번 더 지우려 노력했지만 실패했다. 그냥 퇴근길 다이소에서 청소 세제를 사기로 했다.

2

잠에서 깬 영광은 아주 오랜만에 개운한 기분을 느꼈다. 잔잔한 바다에 둥둥 떠 있다가 눈을 뜬 느낌이랄까. 영광은 손에 쥐고 있던 향유고래 문진을 바라보았다. 묵직한 무게감이 영광의 불안감을 지그시 눌러 주는 것 같았다.

문진을 협탁에 올려 둔 채 거실로 나왔다. 부엌에서 물 한 잔을 마시고 소파에 앉아 텔레비전을 틀었다. 마감 임박의 태국 여행 패키지 상품을 파는 홈쇼핑 방송이 나왔다. 채널을 돌리니 음악 방송이 재방송되고 있었고, 영광은 손으로 머리카락을 정리한 뒤 암막 커튼을 열었다. 길 건너 글월에는 본 폴더로 편지봉투를 접고 있는 효영이 보였다. 청색 앞치마를 두른 모습은 처음이었다.

좋은 잠을 선물해 줘서 고맙다며 손이라도 흔들고 싶

었지만 방해하는 짓이라 관두었다. 영광은 커튼을 다시 닫은 채 화장실로 가 거울 앞에 섰다. 밤사이 자란 수염도 면도하고 머리도 감았다. 마음속, 암흑을 달리는 긴 터널은 여전히 끝이 보이지 않았으나, 그 안에 바람 한 점 정도는 부는 것 같았다.

연화아파트를 나선 영광이 따릉이를 타고 양화대교를 향해 달렸다. 9월 마지막 주, 슬슬 바람에 가을 냄새가 스미기 시작할 때였다. 이번 추석에도 안 오냐는 엄마의 메시지에 미안하다는 말만 보냈다. 엄마와 새아빠, 의붓동생에게 보낼 선물은 미리 골라 두었다.

처음부터 새아빠와 의붓동생에게 거리를 둔 건 아니었다. 웹툰으로 잘나갔을 때는 조금쯤 기세등등한 마음이 들었다. 따박따박 월급이 나오는 회사원으로 사는 건 아니지만 새아빠에게 손 벌릴 일은 없을 거라는 안심을 주고 싶은 마음이기도 했다. 하지만 지금처럼 하는 일이 잘 풀리지 않자 가족에게 다가가기가 어려웠다. 진짜 피를 나눈 가족이었다면 힘든 시기를 지나는 자기를 이들에게 드러내기가 쉬웠을까. 영광은 또다시 마음이 복잡해졌다.

40분이 넘게 자전거로 달렸다. 한강이 보이는 카페에 앉아 창밖 풍경을 스케치북에 담았다. 차기작을 그리기 전까지 부디 멘탈을 붙잡을 수 있도록 기원하면서, 건강한 몸과 마음을 위해 라이딩하는 사람들을 펜으로 옮겼다. 한 시간쯤 지났을까, 다섯 장의 종이가 한강 풍경으로 가득 찼다. 못해도 그림, 망해도 그림. 일단 스케치북에 무언가를 담아냈다면 아직 끝난 것이 아니었다.

　그렇게 연화아파트 앞으로 돌아온 영광은 편의점에서 얼음물을 사 마셨다. 고개를 들자 다시 글월의 창문이 보였고, 문득 오늘을 일기처럼 기록하고 싶었다. 글월 문을 여니 익숙한 숲의 향이 났다. 영광의 호흡도 고르게 변했다. 효영은 기분 좋은 일이 있는 것처럼 평소보다 더 밝게 영광을 맞이했다.

　"오늘 얼굴 좋아 보이네요?"

　영광이 건넨 말에 효영이 그렇다고 화답했다.

　"두 시간 전에 가족 손님이 왔다 갔거든요. 꼬마 손님 둘이 편지지에 그림을 그리겠다고 색연필을 쓰다가 테이블에 얼룩을 만든 거예요."

　"그래서요?"

　"온 가족이 물티슈로 열심히 닦아도 얼룩이 남아서 그만 가도 된다고 했더니, 30분 뒤에 세제랑 청소용 스펀지를 사 와서는 깔끔하게 닦고 가더라고요."

　"좋은 부모네요."

"맞아요. 같이 지우는 모습이 보기 좋더라고요. 애들도 군말 없이 따랐고요."

"좋아 보였나 보네요. 풍경이."

"명절이 다가와서 그런가, 그런 모습이 예뻐 보이네요."

효영은 깨끗해진 테이블에 창틀에 올려 두었던 화분을 다시 내려놓았다. 영광은 슬링백에서 종이 몇 장을 꺼내더니 그중 한 장을 턱턱 접어서 엽서 봉투에 넣었다. 그리고 곧바로 효영에게 편지봉투를 내밀었다.

"명절 안부 인사 편지예요."

"저한테요?"

영광이 고개를 끄덕였다. 효영이 고맙다며 편지를 받아 들었다.

"언제 썼어요?"

"오늘요. 한강에 바람 좀 쐬고 왔거든요."

영광은 사실 오늘도 편지를 쓰러 왔는데, 막상 와 보니 몸이 피곤해서 돌아가겠다고 했다. 두 시간 가까이 자전거를 타다 왔으니 그럴 만도 했다. 영광에게 인사를 건넨 효영은 곧바로 편지봉투를 열었다. 안에 든 것은 편지가 아니라 가느다란 펜 선으로 그린 그림이었다. 한강에서 돗자리를 펴고 앉거나 누워 있는 가족의 모습을 그린 풍경화.

영광의 웹툰을 볼 때랑은 또 다른 분위기였다. 프랑스 동화에 들어가는 삽화처럼 곡선이 예쁘게 떨어지는 그림이었다. 선호와 삼겹살을 먹던 날 대학 때 서양화를 전공했었다는 말이 기억났다. 효영은 창문을 향해 영광의 그림을 들어 올렸다. 빛을 받은 종이가 연노랗게 빛나자 따스함이 더 가깝게 느껴졌다.

　다음 날 아침, 효영은 안산에 있는 본가로 내려갔다. 오랜만에 맞이한 긴 휴일이었다. 고관절 수술을 한 엄마 대신에 아빠가 제사를 도맡아서 준비했다. 전보다 간소화되었지만 그래서 좋았다. 식사를 마친 가족은 밥상 앞에 둘러앉았다. TV에서는 명절 특집으로 연예인 씨름 대회가 방송되고 있었다.

　"효민이는 지금 강원도 쪽에서 학원 강사 중이란다."

　"안 물어봤어. 근데 또 학원 강사야?"

　"머리 좋고 착한 애가 할 수 있는 게 강사지, 뭐야."

　"빚은 잘 갚고 있고?"

　엄마가 그건 걱정하지 말라며 가볍게 나무랐다. 듣고 있던 아빠도 괜히 섭섭한 투였다.

　"넌 언니가 잘 지내는지는 안 궁금하고, 빚 잘 갚고 있는 게 궁금하냐?"

　"잘 지내겠지. 똑똑하잖아."

　"빈정거리지 말고."

　효영도 알고 있었다. 자기가 언니 얘기만 나오면 방어적인 태도로 실체 없는 뿔만 들이댄다는 걸. 그런데도 잘 고쳐지지 않았다. 여전히 언니가 그냥 미웠다.

　"알바는 언제까지 할 거야. 자취 생활도 계속할 거야?"

"둘 다 알 수 없음."

"아이고. 모르고 살아서 좋겠다, 야."

밤이 되자 효영은 오랜만에 자기 방으로 들어왔다. 책상 위에는 여전히 엄마와 아빠가 집요하게 올려 둔 편지봉투가 보였다. 불이 다 꺼진 방 안에서 효영은 아무거나 손에 잡힌 편지의 윗부분을 찢었다. 숨을 고르고 편지를 펼쳤다.

to. 효영에게

효영아.

어느새 너한테 보내는 다섯 번째 편지네.

전화도 문자도 못 하면서 편지에는 늘 쓸 말이 있다는 게 신기하다.

(…)

문밖에 인기척이 들리자 효영은 읽던 편지를 들고 침대로 뛰어 들어갔다. 그러곤 이불을 머리까지 덮은 채 휴대폰 화면을 불빛 삼아 남은 부분을 읽었다. 눈물이 나진 않았다. 그렇다고 아무런 감정이 느껴지지 않은 것도 아니었다. 그저 언니가 엄마를 보러 병원에 온 날이 떠오를 뿐이었다.

"집안의 기둥이다 뭐다 하고 키웠으면서. 지금 봐! 엄마는 이렇게 다쳤는데, 언니는 똥만 싸지르고 도망갔잖아!"

답답한 마음에 엄마 앞에서 소리를 꽥 하고 질렀을 때였다. 복도를 향해 열린 문 사이로 인영이 쓱 지나갔다. 회색 핸드메이드 코트와 짙은 남색의 양털 부츠. 언니일 거란 예상은 했다. 아니, 그때는 언니였으면 했다. 자기의 울분을 모두 듣고 마음이 갈기갈기 찢겨 아주 멀리 도망가 주길 바랐다.

"진짜 못됐긴 했네, 나."

혼잣말을 작게 읊조린 효영은 그대로 편지지를 접어 봉투에 넣었다. 더 읽고 싶은 마음은 들지 않았다. 그런데 웬일인지 오늘은 답장이 하고 싶어졌다. 단 한 문장도 써지지 않던 답장이.

효영은 방 안의 불을 켜고 서랍장을 하나씩 열었다. 세 번째 서랍장에 초등학생 때 산 선물 상자가 보였다. 안에는 외삼촌에게서 받은 기념주화와 학교에서 산 크리스마스 씰, 좋아하던 아이돌의 포토 카드와 문구점에서 뽑은 뽑기 장난감 등이 제멋대로 섞여 있었다. 그리고 언니와 찍은 사진 한 장도 있었다. 효영의 기억 속에 여전히 선명한 사진이었다.

효영은 코 가까이 사진을 대고 숨을 들이쉬었다. 미

세하게 인화지 냄새가 느껴졌다. 언니와 배를 깔고 바닥에 엎드려 크리스마스카드를 만들던 날의 사진이었다. 거실에 은은하게 퍼지던 밥 짓는 냄새와 언니의 스웨터에서 나던 섬유유연제 냄새, 분홍색과 노란색 크레파스 냄새 같은 것들이 떠올랐다. 진짜 그날 느꼈던 감각인지 이제 와 새롭게 덮어씌운 감각인지는 알 수 없었다. 그래도 그날 효영이 언니 옆에서 편안하고 안락한 기분을 느꼈다는 건 확실했다.

> 자요?

자정이 가까워진 시각, 효영은 처음으로 영광에게 메시지를 보냈다. 평소의 영광이라면 절대 잘 리가 없는 시간이었지만 효영은 내심 자기가 준 고래 문진이 효과가 있기를 바랐다. 하지만 그만큼 영광이 아직 잠들지 않았으면 하는 이중적인 마음도 있었다. 부탁할 것이 생겼으니까.

> 아뇨, 왜요?

다행히 영광의 답장은 빨랐다. 그래도 요즘은 새벽 1시에는 눈이 감긴다고 했다. 다 고래 문진 덕이라는 감사한 말도 해 주었다. 효영은 자연스럽게 화제를 꺼냈다.

고맙다면 뭐 좀 부탁해도 돼요?

뭔데요?

저한테 준 편지처럼 그림 편지를 하나
보내고 싶어서요.

누구한테요?

언니요. 사진이 한 장 있는데
그림으로 그려주실 수 있어요?

그럼요. 사진 보내 주실 거죠?

　효영은 곧바로 언니와의 사진을 휴대폰 카메라로 다
시 찍어 영광에게 전송했다.

이렇게 깜찍한 사진을 보낼 줄은 몰랐네요.

그려 줄 수 있겠어요?
엄청 잘 그릴 필요는 없어요.

무슨 말인지 알겠습니다. 저는 대충 그려도
잘 그리니까 부담 가지지 마세요.

선호의 부탁으로 하율이를 그린 영광을 생각하면 뭘 시켜도 대충 할 사람은 아니었다. 그래도 일단 언니에게 보낼 편지가 생겼으니 다행이란 생각이었다. 아직 모든 감정을 정리한 건 아니지만 과거에 우리에게 있었던 일들을 기억하고 있다고 전해 주고 싶었다. 언제든 돌아올 집이 있다고, 좀 더 용기를 내 보라고.

연희동으로 돌아가기 전 점심. 효영은 오랜만에 엄마표 잔치국수를 먹었다. 아침부터 끓인 멸치 육수에 쫄깃한 면발, 호박과 당근과 감자가 들어간 국수는 언제나처럼 변함없는 맛이었다. 엄마는 국수를 뚝뚝 끊어 먹으며 요즘에는 아빠가 가게 문만 닫으면 자기와 밤 산책을 한다며 수줍게 웃었다. 혼자 다니다가 사고를 당한 엄마를 의식해서인지 아빠는 눈에 띄게 엄마에게 친절해졌다. 부엌에도 곧잘 들어와 엄마를 도왔고 거실 청소도 도맡아서 했다.

"모든 일에는 좋은 면도 나쁜 면도 있는 거야. 너도 내 나이 돼 봐, 이 정도 일에는 금방 엉덩이 툭툭 털고 일어난다."

"그런 좋은 말을 왜 저한테 하십니까? 전 별로 필요가 없어요. 언니한테 하시죠?"

효영의 말에, 아빠가 엄지와 검지를 맞댄 손으로 자

기 입 위를 긋는 시늉을 했다. 입에 지퍼 좀 잠그란 뜻이었다. 효영은 보란 듯이 남은 면을 입안 가득 넣고 우물거렸다.

면발이 말끔히 비워진 면기를 들어 가족 셋이 뜨끈한 국물을 들이켰다. 면기를 테이블에 내리자, 효영은 맞은편 자리가 텅 빈 것이 생경하게 느껴졌다.

"곧 돌아올 거다. 그만큼 방황했으면 많이 했지."

아빠가 빈 옆자리를 흘끗 보고 말했다. 없는 살림에 똑똑한 언니를 키우겠다고 아빠도 노력을 많이 했다. 어느 정도는 언니의 성공에 자기도 이바지했다는 뿌듯함을 느끼고 싶었을 거다. 매일 반복되는 일상과 좀처럼 나아질 게 보이지 않는 가정 형편을 생각하면 그 정도의 허영은 괜찮을 거라고 생각했겠지. 그게 딸의 마음에 짐이 되었다는 걸 이번에야 깨달았을 테고. 딸이 사기를 당하고 나서야, 잠적하고 나서야, 다시 돌아올 엄두를 내지 못하고서야.

그러니 아빠의 마지막 말은 바람이었다. 엄마가 국수를 더 먹겠냐고 묻자 아빠가 고개를 저었다. 아빠는 효영과 엄마 앞에 있는 그릇을 들고는 등을 돌려 싱크대로 가져갔다. 쪼르르 흐르는 물 앞에서 설거지하는 아빠의 등이 미세하게 떨리고 있었다.

3

———

　며칠째 날씨는 여전히 여름이었다. 효영도 밤마다 얇
은 홑이불을 침대 밖으로 던지고 자기 일쑤였다. 그래
도 오늘은 아침 바람에 찬 기운이 들어 카디건을 꺼냈
다. 글월에 오자마자 창문을 열어 환기하고, 마른걸레
로 진열장의 먼지를 떨어 냈다. 창문 밖에서 아이들이
꺄르르 웃는 소리와 강아지가 짖는 소리, 스쿠터 소리
가 차례로 났다. 친구의 이름을 부르는 어린 소녀의 목
소리와 큰 소리로 통화를 하는 중년 남자의 목소리도
들렸다.

　바닥을 쓸던 효영이 고개를 들어 가로수를 바라보았
다. 곧 있으면 울긋불긋 단풍이 질 것이었다. 봄에 글월
로 와 여름이 지나갔고, 이제 가을이었다. 문득 사람을
알려거든 계절을 다 돌아야 한다는 말이 떠올랐다. 겨
울이 되면 글월을 더 잘 알게 될까. 그리고 겨울이 되면,

글월에 담긴 자신의 모습을 잘 알게 될까.

"안녕하세요! 저 숙제 다 했어요."

정오가 되기 전 주혜가 글월 문을 활짝 열고 들어왔다. 한 손에는 펜팔용 편지지를 들고 있었다. 아직 편지지를 접기도 전인 채로 주혜는 대뜸 카운터에 선 효영에게 자기 편지를 내밀었다.

"한번 읽어 봐 주실래요?"

"편지를요? 제가요?"

주혜가 입가에 은은한 미소를 띠고 말했다.

"쓰긴 썼는데 잘 썼는지 모르겠어요."

효영은 얼떨결에 주혜가 내민 편지를 받아 들었다. 하지만 효영 자신이 무슨 남의 편지를 봐준다는 말인가. 당황한 효영은 되는대로 입을 열었다. 어쩌면 자기 자신에게 하는 말일지도 모를 말이었다.

"부담 갖지 마세요. 편지는 편지예요. 그냥 마음만 담으면 되는."

"그게 제일 어렵지 않아요?"

주혜가 눈을 동그랗게 뜨고 효영을 바라보았다. 꼭 도토리를 찾은 다람쥐 같았다.

"전 진짜 마음을 담는 게 세상에서 제일 어려운 것 같아요. 그래서 제가 편지 쓰는 걸 어려워하는 걸까요?"

고개를 갸웃하던 주혜가 다시 한번 효영에게 편지를

내밀었다. 효영은 어쩔 수 없다는 듯 주혜의 편지를 읽었다.

TO. 고마운 분께

안녕하세요, 뭐라고 불러야 할지 모르겠지만 일단 제 얘기를 들어주시는 분이라 '고마운 분'이라고 써 봤어요. 열댓 개의 편지에서 제 편지를 뽑으신 분도 기쁘게 생각해 주세요. 이건 제가 처음으로 쓴 펜팔 편지거든요.

저는 매일 종이를 만지는 일을 해요. 어떤 일인지 자세하게 적을 순 없지만, 하루에 제 손을 거치는 서류와 종이 상자가 백 개는 넘을걸요? 이 많은 종이들을 만지다 보면 손에 수분이 날아가는 기분이 들어요. 손끝에는 버석버석한 종이 가루가 남고요.

그래서인지 집에 오면 꼭 뜨거운 물에 적신 수건으로 손을 싸매요. 그리고 나선 핸드크림을 바르고요. 물욕이 많은 편은 아닌데, 핸드크림은 늘 가장 비싼 걸 사요. 그래도 될 손 같아서요. 매일 고생을 많이 하잖아요.

집, 회사. 집, 회사. 오늘은 공과금 내는 날, 내일은 월세 나가는 날. 삶은 자꾸 단순해지는데 나는 자꾸만 복잡한 사람이 되고 싶어요. 남들과 다른 취향도 갖고 싶고 특별한 경험이 많은 사람이고 싶고. 근데 여전히 눈 뜨면 집, 회사, 집, 회사.

너무 불평만 늘어놓았나요? 그냥, 혹시 제 또래시라면 어떻게 사시는지 궁금해서 이렇게 써 봤어요. 무슨 일을 하시는지 같은 건 얘기 안 하셔도 되는데 혹시 좋은 취향을 만드는 방법이 있다면 저한테 알려 주시겠어요? 그럼 정말, 정말 감사할 것 같아요!

FROM. 편지 초보

PENPAL SERVICE

"뭐예요? 편지 못 쓴다면서 완전 거짓말이었네?"

"왜요? 잘 썼나요?"

"당연하죠. 글씨도 진짜 귀엽네요."

주혜가 기분 좋은 표정으로 어깨를 으쓱했다. 오타 하나 없이 반듯한 글씨를 보니 몇 번이나 연습한 건 아닐지 하는 생각이 들었다. 효영은 주혜에게 접어 보라며 본 폴더를 내밀었다. 주혜는 펜팔 편지를 반으로 접어 본 폴더로 조심스럽게 쓰윽 밀었다. 반듯하게 접힌 편지지를 봉투에 넣고 글월의 스티커로 입구를 봉했다.

"직접 펜팔함에 두셔도 돼요."

"가만있자, 어디가 좋을까!"

조금쯤 신이 난 몸짓이었다. 주혜는 알까. 고생한 자기의 손에 좀 더 좋은 핸드크림을 사는 것부터가 취향의 시작이라는 걸. 취향은 결국 나를 향할 때 탄생하는 것이었다. 남들이 좋는 물건에 수없이 시선을 빼앗기는 게 아니라.

"저 이거 가져갈게요. 왠지 제 또래일 것 같아요."

자기 전에 침대에서 읽어 보고 싶다며 주혜는 펜팔 편지를 토트백에 넣었다. 인사를 나눈 주혜가 글월을 나서려던 때였다. 글월 문이 열리고 하얀색 캡모자를 푹 눌러쓴 여자 손님이 들어왔다. 중단발에 볼드한 디자인의 하트 귀걸이를 했다. 펑퍼짐한 카고바지와 크롭티 차림이 꽤 패셔너블해 보였다.

"어머."

놀란 눈을 한 주혜가 곧바로 카운터로 다가왔다. 거의 상체를 카운터 안으로 집어넣을 기세로 효영에게 몸을 쭉 내밀고 속삭였다.

"저 사람, 연예인 아니에요?"

효영은 티 내지 않으려 서랍장에서 엽서를 구경하는 캡모자 여자를 흘끗 보았다. 옆모습이 익숙하긴 했지만 어디에 나온 사람인지 알 수 없었다. 고개를 저으며 눈을 동그랗게 뜨자, 주혜가 급기야 카운터로 들어왔다.

"편지봉투 접는 거 도와드릴게요. 저 이거 진짜 잘하거든요."

호기심이 생기면 곧바로 풀어야 하는 타입일까. 주혜는 본 폴더로 편지봉투를 턱턱 접으며 캡모자 여자의

움직임을 눈으로 좇았다. 그러다 떠올랐는지, 주혜가
카운터 테이블을 손바닥으로 탁! 치고 효영을 돌아보
았다.

"맞네, 문영은. <넥스트 싱어> 탑 쓰리까지 간 사람
이잖아요."

"오디션 프로요? 가수 문영은?"

"언니도 알죠? 저는 가끔 문영은이 진행하는 라디오
도 듣거든요."

린넨 커튼 뒤에서 귓속말을 주고받던 효영이 멈칫했
다. 아무리 그래도 손님 앞에서 계속 귓속말하는 건 예
의가 아닌 것 같았다. 효영이 응대라도 하려고 카운터
를 나서려는데, 주혜가 먼저 선수를 쳤다.

"어머! 문영은 가수님 아니세요? <밤 산책, 문영은입
니다> 저 이거 청취자예요!"

그제야 영은이 주혜를 보며 미소를 지었다. 이미 영
은도 이들이 자신을 알아봤다는 건 눈치챘지만 먼저
그렇다고 할 넉살은 없었다. 무대 밖에서는 자신이 평
범한 연희동 주민일 뿐이라고 생각했으니까.

"여긴 어떻게 오셨어요?"

효영도 살짝 신기한 마음에 질문했다. 글월에 연예인
이 온 건 효영이 알기론 처음이었다. 곧바로 업무 일지
를 띄우고 오늘 일을 적고 싶어졌다.

"연희동에서 20년 살았어요. 오랜만에 본가 온 김에 빵 심부름하다가 우연히 들렀네요."

효영은 영은의 손목에 낀 비닐봉지를 보았다. 1층 베이커리 로고가 찍혀 있었다.

"그러셨구나! 전 여기 연희동 우체국 직원이에요. 저도 연희동에서 10년 살았어요!"

주혜의 말에 영은이 고개를 갸웃했다.

"어? 여기 직원이신 줄 알았는데."

"단골이라, 이렇게 종종 언니를 도와줘요."

자연스레 거짓말을 하는 걸 보니 연기 실력이 보통은 아니었다. 효영은 헛웃음을 치며 주혜를 돌아보았다. 주혜는 혀끝을 살짝 내밀며 효영에게 윙크했다.

"이건 뭐예요?"

영은이 펜팔함을 가리켰다. 효영은 영은 옆으로 다가가 펜팔 서비스에 대해 설명했다. 흥미롭다는 표정을 짓던 영은이 곧바로 자기도 펜팔 편지를 써 보고 싶다고 했다. 곧 영은이 테이블에 앉았고, 효영은 연필과 만년필 등이 꽂힌 연필꽂이를 가져다주었다.

"편지 다 쓰고, 내 거 뽑아 갔으면 좋겠어요. 내 거."

주혜가 끝까지 효영에게 귓속말을 했다. 자기가 얼마나 영은의 노래와 라디오를 좋아하는지 병아리처럼 쉬지 않고 말을 이었다. 효영은 주혜가 이렇게 말이 많아서 편지를 쓸 필요가 없는 게 아닐지 하는 생각도 들었다. 그래도 효영은 글월에 항상 차분하고 조용한 사람만 모일 필요는 없다고 생각했다. 펜팔 편지봉투에 써진 형용사들만큼이나 다양한 손님이 찾아올수록 편지는 풍성하고 다채로워질 테니까.

영은은 테이블에 앉아 연필꽂이에 든 필기구를 하나씩 집더니 만년필을 꺼냈다. 펜촉을 이리저리 살피다가 효영이 내민 연습용 편지지에 죽죽 긋는 폼을 보니 만년필은 거의 사용하지 않았던 것 같았다.

작은 날숨을 내쉰 영은이 편지에 한 글자씩 무언가를 적어 내려갈 때였다. 주혜는 약속이 있다며 효영에게 작게 인사했다. 나가는 김에 마지막 귓속말도 잊지 않았다.

"영은 언니가 내 편지 뽑으면 연락해 줘요. 꼭!"

어느새 주혜의 세상에는 두 명의 언니가 생겨났다. 효영이 웃으며 고개를 끄덕였다. 주혜가 떠나가고 난 뒤 글월은 한층 더 고요해졌다. 영은이 숨을 들이마시며 펜을 움직이기 시작했다.

좋은 하루 보내고 계시나요?

저는 연희동에서 20년을 산 동네 주민입니다.

재작년부터 다른 동네에서 자취하고 있으니 20년 꽉 채운 건 아니지만,

그래도 달에 한 번은 연희동에 들러 연희동의 사계절을 관찰하고 있어요.

가을이 다가오는 연희동은 여름비에 얼굴을 말갛게 씻은 모습이네요.

곧 단풍이 들고 낙엽이 지고 동네 강아지들은 네 발로 바스락거리는 나뭇잎을

밟으며 신나게 산책을 즐기겠죠?

지금은 편지 가게에서 빌려준 만년필로 편지를 쓰고 있어요.

종이 위에서 바삭바삭 펜촉이 지나가는 발소리가 마음에 들어요.

말라가는 잉크에게도 습기를 살짝 머금은 가을의 흙냄새가 나는 것 같죠.

같이 음악을 하던 친구가 있는데, 딱 이맘때쯤 하늘로 갔어요.

같은 꿈을 꾸면서 경쟁도 하고 질투도 하고 존경도 한 친구였는데

그 친구가 언젠가 이런 말을 하더라고요.

첫 번째 앨범이 실패해 울적해하던 저한테 메시지를 보낸 거예요.

꿈은 다 거짓이고 진짜는 일상이라고, 내 일상을 돌보라고, 그게 전부라고.

그땐 나보다 일찍 성취한 친구의 말이라 하루부터 났어요.

자기는 이룰 거 다 이뤘으니 이런 무책임한 말을 할 수 있는 거라는 생각이

들어서요.

사실 그때 그 말은 나한테 아니라 자기 자신에게 한 말이기도 했는데,

제가 그걸 너무 늦게 알았어요. 바보같이

그 친구는 가장 힘든 순간에도 남에게 따뜻한 말을 건넬 줄 알았던 거죠.

하늘에 닿는 편지가 있다면 그 친구에게 꼭 온기를 담은 답장을 쓰고 싶은데

추운 겨울이 오기 전에, 한 번 더 누군가에게 따뜻한 말을 건네고 싶어 이

렇게 편지를 쓰게 되었습니다.

그럼 해가 가기 전 또 한 번 당신의 행복이 도착하길 바랍니다.

제 얘기를 들어주셔서 고마워요

FROM 동네 주인

PENPAL SERVICE

"이게, 답장이 오나요?"

"올 때도 있고 아닐 때도 있고요."

효영에게 펜팔 편지를 내민 영은이 우표에 자신의 표식을 그리며 고개를 끄덕였다. 영은의 표식은 '기타'였다. 작게 그려서 우쿨렐레처럼 보이긴 했지만 나름 귀여운 모양이었다.

"멀리서도 오나요?"

"네. 여행 중에 들러 주시는 분도 꽤 있어요."

"서울이면 가끔 올 순 있겠지만, 만약에 지방에서 오신 분이면 답장하러 오긴 어렵긴 하겠네요."

"우편 서비스도 있으니까 괜찮아요. 그리고……."

효영이 말끝을 늘이자, 편지지에 우표를 붙이던 영은이 고개를 들었다.

"저는 여기에 꼭 다시 올 가치가 있다고 생각해요. 편지니까요."

영은이 가볍게 미소를 지으며 고개를 끄덕거렸다.

"그러네요. 맞네요."

효영은 영은이 자기의 일을 존중해 준다는 기분이 들어 감사했다. 영은은 펜팔 편지를 골라 가겠다며 다시 펜팔함 앞으로 갔다. 잠시 고민하는 듯 손끝으로 입술을 톡톡 두드리다가 얼마 지나지 않아 편지봉투를 집었다.

"연희동이랑 잘 어울려요, 여기. 조용하고 따뜻하고 느리고."

"고맙습니다."

마지막 인사를 나누고 영은이 편지봉투를 뜯으며 천천히 글월을 나섰다. 계단을 내려가면서 읽을 모양이었다. 누군가는 글월에서 모조리 읽고 가고, 누군가는 가방에 넣어 두었다가 늦은 저녁 집에 들어가서야 봉투를 뜯었다. 효영은 종종 펜팔함에서 편지를 가져가는 사람들이 언제, 어느 시간에, 무얼 하면서 편지를 읽을지 궁금했다. 저녁 식탁 앞에서? 김이 모락모락 나는 카레를 먹으면서? 아니면 따끈한 물이 담긴 욕조 안에서나 밤 산책을 하다가 벤치에 앉아서나, 아침 일찍 일어나 창문을 열고 일인용 소파에 앉아서일지도?

그런 생각을 하던 차에 글월의 문이 다시 벌컥 열렸다. 가쁜 숨을 쉬고 있는 영은이었다. 무언가 두고 간 물건이 있을까 싶어 효영이 재빨리 주위를 두리번거렸지만, 아까 본 빵 봉지는 영은의 손목에 그대로 걸려 있었다. 영은이 효영을 바라보며 물었다.

"이거, 펜팔, 쓴 사람, 알 수 있을까요? 후우—."

4

사흘 전, 원철은 가족과 함께 중국집에 갔다. 교장 퇴임식을 끝내고 난 뒤였다. 방을 빌려 큰 원형 테이블 앞에 큰아들 부부와 아이들, 작은아들과 막내딸이 모두 모였다. 모두 일곱이었다. 둘째 아들과 막내딸까지 결혼하고 아이를 낳는다면 원철의 가족은 열 명이 넘어갈 것이었다. 더 늙어서도 외로울 일 없겠다며 친구들이 종종 부럽다는 소리를 한 게 이해되었다.

"그동안 고생 많으셨어요. 이제 골프도 치고 맛있는 것도 먹고 그러셔야죠."

"아버지 이제 환갑인데 뭘 놀아. 아버지! 공인중개사 자격증 이런 거 따 봐요."

"아빠, 그러지 말고 생산적인 취미 생활을 좀 해 봐. 아빠 글씨 잘 쓰니까 캘리그라피 같은 걸로……."

아들딸이 바싹 붙어 종알댔다. 원철은 헛헛한 기분이

들면서도 아직 자기가 진짜 퇴임을 했다는 사실이 믿기지 않았다. 당장 내일도 똑같이 7시에 일어나 머리를 빗고 모자를 쓴 채 연희초등학교로 가야 할 것 같았다. 30년이 넘게 해 왔던 일을 떠나보내고 이제 이 많은 시간을 어떻게 감당해야 할지 막막했다.

"생활 계획표는 내가 알아서 짤 테니까 잔소리 마라."

"적적하면 우리 집 오시고요. 만날 혼자 저녁 먹지 말고."

"됐다. 식사는 언제 나오냐?"

원철은 괜히 언짢은 척을 했다. 혼자 지내는 아빠를 걱정하다 보면 분명 떠난 엄마가 떠오를 테니까. 다행히 말이 끝나기 무섭게 요리가 나왔다. 탕수육과 양장피, 크림새우가 넓은 접시에 예쁘게 담겨 원형 테이블에 올랐다. 큰아들이 좋은 날이니 술 한잔하자며 고량주를 시켰다. 술 상대가 원철밖에 없어 원철도 별 거절 없이 술잔을 내밀었다.

"금방 또 가을이네요. 다음 달에는 엄마 만나러 가야죠, 아버지."

"그래, 그래야지."

딸이 크림새우를 젓가락으로 집고는 말했다.

"우리 엄마 대하 진짜 좋아했는데. 작은오빠 여친한테 차이고 다 같이 당일치기로 인천 여행 간 거 기억나? 그때 오빠가 새우 껍질 안 까진다고 갑자기 울어 서……."

"기억 안 나. 안 나, 인마!"

그날 작은아들은 아내가 까 준 대하를 날름 받아먹으 며 소주를 두 병이나 비웠다. 자식이 실패하고 미끄러 지는 꼴을 보면 가슴이 아프기는 하지만, 이게 다 사람 사는 데 필요한 재료라는 생각이 들어 어깨를 두어 번 두드려 주는 게 부모로서 할 수 있는 전부였다.

"아무튼 그때 오빠 때문에 엄마 대하 세 마리밖에 못 먹었다고!"

말을 마친 딸아이가 울음이 치미는지 곧바로 고개를 돌려 사이다를 꿀꺽 마셨다. 큰아들은 말없이 원철에 게 술잔을 내밀었다. 원철과 술잔을 부딪친 큰아들이 술을 단숨에 비우고, 작은아들은 크림새우 소스가 입 에 묻은 것도 모르고 새우를 우적 씹었다. 며느리가 아 이들 머리를 쓰다듬고 나서는 접시에 젓가락이 닿는 소리만 들렸다.

집까지 차로 데려다주겠다는 딸의 말을 거절하고 원 철은 지하철역으로 걸었다. 고량주는 딱 두 잔만 마셨 는데도 오랜만에 술이 들어가서 그런지 얼굴이 불콰했 다. 오전에 있었던 퇴임식에서 아이들에게 무슨 말을 건넸는지, 쓸모 있는 말이었는지, 나는 좋은 교장이었는지, 좋은 아빠였는지, 좋은 남편이었는지…… 오만가지 생각이 원철의 머릿속을 어지럽혔다.

지하철 의자에 앉아 친구들이 휴대폰으로 보낸 퇴임 축하 메시지를 읽고 하나씩 답을 해 줄 때였다. 명치까지 하고 싶은 말이 차오르는 기분이 들었다. 오전에 강당에서 길고 지루한 퇴임사를 건네고, 동료 교사와 후배 교사들과 한참 감사의 말을 주고받았는데도 그랬다. 원철은 집 근처 역에서 내리지 않고 두 정거장 전에 지하철 문을 나섰다. 시원한 바람이 그리웠다.

도로 표지판만 보고 무작정 걷다 보니 놀이터가 보였다. 이상하게 곧바로 집에 들어가고 싶지 않은 날이었다. 벤치에 앉아 열 살이 안 된 아이들이 뛰어노는 소리를 들었다. 오후 3시, 새로운 약속을 잡기에도 하루를 마감하기에도 애매한 시각이었다.

원철은 무심코 재킷 주머니에 손을 넣었다가 작게 접어 둔 종이를 꺼냈다. 학생들이 돌아가면서 적은 롤링 페이퍼였다. A4 크기의 분홍색 종이에 제각기 다른 글씨로 아이들이 한 줄씩 감사 인사를 전했다. '교장 선생님 건강하세요.' '항상 감사해요. 평생 교장 선생님 잊지 않을게요.' '사랑합니다, 금원철 선생님.' '교장 선생님의 가르침대로 좋은 어른이 되겠습니다.' 등등의 메시지였다. 원철은 삐뚤빼뚤한 아이들의 글자를 손바닥으로 쓸었다. 아직 글씨 쓰는 게 어려운 저학년 아이들도 있어 연필을 쥔 손에 힘이 바짝 들어간 게 느껴졌다. 꾹꾹 눌러쓴 글자 때문에 오돌토돌해진 종이 뒷면을 보면 알 수 있었다. 원철은 롤링페이퍼를 돌돌 말아 주머니에 넣고 일어섰다. 글월에 갈 참이었다.

◇◇◇◇◇

오늘도 선호 사장 대신 젊은 여자 직원이 자리를 지키고 있었다. 가벼운 미소를 보낸 여자 직원이 연필꽂이를 자리에 가져다주었다. 측면에 난 창문이 살짝 열려 있었는데, 여자 직원이 바깥에서 나는 소리가 소란스럽지 않으냐고 물었다. 원철은 고개를 저으며 펜을 집어 들었다.

원숙 씨에게.

잘 계십니까? 적적하진 않고요?
구름 한 점 없이 맑은 하늘이라,
혹시나 원숙 씨 얼굴이 보일까 싶어 한참 위를 올려다보았습니다.
결국 은행잎이 빰 위에 놀라듯 떨어지고 나서야 포기했지만요.

퇴임식을 한 뒤 오늘은 애들과 밥을 같이 먹었어요.

퇴임만 하면 원숙 씨랑 유람선 여행도 가고,

매주 한 번은 영화관에 가기로 했었는데, 기억나요?

돌이켜 보면 애번 이것만 하면, 이것만 끝내면,

뭐든 할 수 있다고 거짓말만 하고 산 세월인 것 같습니다.

시간이 늘 내 편인 줄 알았나 봐요.

당신이 자식 다음으로 예뻐하던 옥상 장아는 흐드러지게 잘 있습니다.

어느 밤, 장을 설치다가 바람이라도 쐬러 옥상에 올라갔는데,

하얀 장아가 달처럼 빛나는 걸 보았어요. 예쁘더라고요.

원숙 씨가 이 탐스러운 풍경을 보려고 그렇게 고생했나 싶고.

원숙 씨가 방사선 치료를 받던 날.

갑자기 내가 사과를 사 오겠다며 뛰쳐 나간 걸 기억하나요?

깡마른 당신이 포댓자루 같은 병원복을 입고 걸어가는 모습을 보다가,

울컥 눈물이 터질 것 같아 그랬습니다.

길가로 나가 일부러 소복이 쌓인 낙엽 더미로만 걸었습니다.

눈물이처럼 나뭇잎을 꾹꾹 지르밟으며

저것만 끝나면 원숙 씨는 나아야 한다, 나아야 한다.

누구한테 하는 협박인지 오를 협박을 하며 걸었어요.

그날 병실로 돌아온 내 운동화는 짓이겨진 낙엽들로 엉망진창이었습니다.

원숙 씨는 학교 선생이란 사람 골이 그게 뭐냐며 웃었잖아요.

그때 그 웃음이 그립습니다.

만날 인상만 찌푸리지 말고,

나도 원숙 씨 앞에서 더 웃어 줄 걸 아쉽기도 하고.

그래요, 뭐, 원숙 씨를 떠올리면 후회할 것이 한두 가지겠냐마는.

오늘따라 두서없이 이 말 저 말이 나옵니다.

새로운 생활에 익숙해질 때까지 당신이 조금 이해해 줄 수 있지요?

다음 달 초에 아이들이랑 찾아갈 테니,

오늘처럼 맑은 하늘 마련해 주세요.

또 보아요, 원숙 씨.

사랑을 담아서, 철.

PENPAL SERVICE

원철은 무슨 정신이었는지, 펜팔용 편지지에 아내 원숙에게 보내는 편지를 썼다. 펜팔함에 편지를 두면 언젠가 아내가 자기 편지를 가져가지 않을까 하는 생각이 들어서다. 봉투에 적힌 형용사에는 아내에게 해당하는 단어들로 동그라미를 쳤다. '아름다움을 좇는 원숙', '유쾌한 원숙', '착한 원숙', '성격이 급한 원숙'. 표식을 그리는 우표에 장미까지 그려 넣으니 딱 원숙을 위한 편지가 완성되었다.

원철은 자기가 쓴 편지가 누구 손에 건너가 어떤 울림을 주게 될지 전혀 예상하지 못했다. 하지만 그가 무심코 던진 돌이 만들어 낸 파문은 결국 누군가의 손에 닿았고, 감동을 주었고, 또 다른 이야기를 만들어 냈다. '진심'이라는 건 물속에 떨어진 한 방울의 잉크처럼 끝없이 퍼져 어딘가에는 도착하기 마련이었다.

과거의 영광

1

화요일 아침 글월. 선호와 효영이 카운터를 사이에 두고 이야기를 나누고 있었다. 며칠 전 가수 문영은이 글월에 찾아왔고, 펜팔 편지를 쓴 사람을 만날 수 있냐고 물었다. 자기가 진행하는 라디오에서 그의 사연을 전하고 싶다고 하면서. 어떤 내용인지는 모르겠지만, 원철의 편지를 읽고 크게 감명을 받은 것이다.

"당연히 땡큐 아냐? 손님은 뭐래?"

"직접 연락을 어떻게 해요, 펜팔인데. 그냥 답장으로 요청하라고 했죠."

"그렇네. 와, 우효영 똑똑해!"

키득거리며 웃는 모습이 아들 하준이를 쏙 빼닮았다. 선호는 카운터 옆에 코발트블루 색의 유리 화병을 올려놓았다. 화병에는 아내가 아침에 챙겨 준 보랏빛의 달리아를 꽂았다. 꽃잎이 풍성해 우아한 이브닝드레스를 보는 기분이 들었다. 글월의 기준으로는 평소보다 살짝 화려한 오브제였지만, 선호도 효영도 만족했다.

"마침 문영은 가수가 SNS로 글월 홍보도 해 줬어. 진짜 고맙다."

선호는 신이 난 얼굴로 폴로 셔츠 단추를 목까지 채웠다가, 효영이 답답해 보인다고 하자 금세 단추를 풀었다. 일상적인 대화를 나누는 와중에 선호가 자꾸만 벽시계를 확인하며 헛기침했다. 긴장한 것이었다.

오늘은 잡지사에서 선호를 인터뷰하러 오는 날이었다. 매거진 『HIM』이라는 잡지사였는데, 국방부의 후원으로 월마다 발간하는 군인들을 위한 잡지라고 했다. 생각해 보면 편지와 군인만큼 잘 어울리는 한 쌍도 없었다.

"요새는 일과 끝나면 휴대폰을 쓸 수 있다는데, 그래도 편지로 주고받는 마음이라는 게 있잖아. 나야 군에 있을 때 휴대폰 사용이 금지기도 했지만 인터넷으로 편지를 보낼 수 있는데도 종이 편지를 더 자주 썼어. 얇은 종이라도 시간이 지나면 쌓이는 게 눈에 보이니까."

선호가 군 시절을 떠올리며 우수에 찬 눈빛을 반짝였다. 편지의 잠재 고객들이 군부대에 깔려 있는데, 왜 이쪽으로 좋은 프로젝트를 생각하지 못했는지 살짝 아쉬워하기도 했다. 그래도 매거진 에디터가 감사히 글월로 연락해 주어 이렇게 인연을 맺게 되었다.

"늘 다른 사람 인터뷰만 했는데 드디어 나도 질문이란 걸 받아 본다, 효영아! 감격스럽지 않냐?"

"그러네. 그래도 무리해서 이상한 유머 뱉지 말고, 최대한 차분하게 대답해요. 글월답게."

"글월다운 게 뭔데?"

"음, 글월다운 거라……."

말을 뱉고 보니 효영도 딱히 할 말이 없었다. 굳이 따지자면 억지로 할 말을 만들지 않고 있는 듯 없는 듯 서 있어도 어색하지 않은 친구? 서로의 기분을 재지 않고도 각자의 온도로 대화를 나눌 수 있는 사이? 뭐 그런 것.

"효영이 네가 글월에 3월에 왔지? 벌써 10월이고."

"우앗, 벌써 8개월이 넘었어. 나 곧 있으면 아홉수야?"

"봄, 여름, 가을. 벌써 여기서 세 번째 계절을 만나네. 어때? 글월의 겨울도 궁금해?"

"아직까지는?"

효영이 살짝 미소를 짓고는 살구색 벽을 물끄러미 바라보았다. 반년하고도 두 달이 넘는 시간 동안 효영은 영화 시나리오 대신 글월의 업무 일지를 쓰고, 집착처럼 봐 왔던 영화를 끊고 글월의 창밖에서 구름이 지나가는 걸 감상하는 사람으로 바뀌었다. 효영이 이렇게 마음의 여유를 가질 수 있었던 건 자취의 영향도 컸다. 좁은 원룸에 꼭 필요한 물건을 고심해서 채우다 보면 내가 가질 수 있는 것과 없는 것, 진정으로 필요한 것과 그다지 필요하지 않은 것을 구분할 줄 알게 되었다. 일상에서뿐만 아니라 삶 전체에서, 이런 것들을 구분할 수 있는 능력을 갖추게 되는 건 인간에게 꽤 큰 위로가 되었다.

"형, 고데기랑 왁스."

이런저런 생각을 하는 와중에 글월로 영광이 들어왔다. 쇼핑백에 고데기와 각종 헤어 관리 용품을 챙겨와 카운터에 하나씩 꺼내 놓았다.

"이걸 직접 해 주러 온 거예요?"

눈이 휘둥그레진 효영이 영광을 보았다. 선호가 손재주 좋은 영광에게 인터뷰 전에 머리를 만져 달라고 부탁한 것이었다.

"얘가 원래 진짜 패셔너블해. 지금이야 이렇게 후줄근하게 하고 다니지."

"입 닫고 가만히 앉아 계세요, 손님."

영광 앞에 선호가 의자를 가져와 앉았다. 영광은 고데기 전선을 코드에 꽂고, 열이 오르기를 기다리는 동안 선호의 머리카락을 브러시로 빗었다. 자연스럽게 다시 원철과 영은의 이야기가 나왔다. 효영은 영은에게 들은 얘기를 전해 주었다.

"편지 내용은 자세히 못 들었지만, 영은 씨 말로는 세상을 떠난 아내분께 보낸 편지였대요."

"이야, 완전 로맨티스트네."

"그럼 매번 아내 얘기를 쓰러 글월에 오신 건가?"

효영은 원철의 펜팔을 집었던 민재가 떠올랐다. 파문이 일듯 감격하던 민재의 표정을 보며 원철이 편지에 어떤 내용을 썼는지 궁금했던 날이 있었다. 색도, 소리도, 맛도 나지 않는 글자로 누군가에게 감정을 불러일으킨다는 건 쉬운 일이 아니었다. 효영은 원철이 영은의 답장에 화답하길 바랐다. 그래서 영은의 라디오를 타고 더 많은 이들이 사랑의 메시지를 듣기를.

"아얏—! 머리 뽑히겠다, 영광아."

"아, 쏘리. 딴생각했어요."

"무슨 생각?"

"오늘 점심 뭐 먹을까?"

"이게!"

선호가 고개를 돌려 영광의 옆구리를 주먹으로 찌르는 시늉을 했다. 효영은 둘의 유쾌한 모습을 보다가 카운터 테이블의 유리를 다시 한번 닦았다. 청명한 하늘이 유리에 담겼다. 작은 창을 살짝 열어 가을바람이 들어오게 두자, 바람 사이로 낙엽 냄새가 났다. 산등성이는 지난주보다 노랗고 붉은빛을 더 많이 내어 보였고, 수십 번의 가을을 맞이했을 연희동의 주택도 살랑이는 바람에 선물 같은 고요를 머금었다.

효영은 두 남자가 미용에 푹 빠진 동안, 작은 창의 풍경을 찍어 편지 가게 일기를 썼다. 그래도 2주에 한 번씩은 올려서 벌써 게시글이 꽤 쌓였다.

 #편지가게일기

처음 글월에 들어오던 날, <제임스와 거대한 복숭아>라는 스톱모션 애니메이션이 떠올랐다. 사면을 꼼꼼히 칠한 살구색 벽을 보자, 커다란 복숭아 안에 들어온 기분이 들었던 것이다. 색이 불러오는 감각은 곧장 어릴 적 기억을 소환했다. 열 살 무렵 밤늦게까지 외출을 나간 부모 대신 다섯 살 터울의 언니가 나를 돌보던 날이었다. 기말고사 준비로 바빴던 언니는 거실 소파에 앉은 나에게 새우깡 한 봉지와 <제임스와 거대한 복숭아> 비디오를 던져 주었다. 더도 말고 덜도 말고 딱 두 시간만 조용히 해 달라는 뜻이었다.

　언니는 공부를 잘했으므로, 당시 우리 집에서 언니의 말을 거스르는 사람은 없었다. 나는 텔레비전 볼륨을 제일 작게 줄여 놓고 그 앞에 바싹 앉아 애니메이션을 보았다. 달콤한 복숭아 내부의 과육을 보고 있으면 침이 고였다. 그러다 나도 모르게 새우깡을 먹다 잠이 든 모양이었다. 눈을 뜨니 거실 텔레비전 앞에 그대로 누운 채였고, 어깨 위에는 언니가 가져다준 핑크색 밍크 담요가 덮여 있었다. 무언의 사랑이라는, 사랑의 또 다른 종류를 배운 날이었다.

　글월에도 종종 편지지 모양이나 무늬, 색 등을 보며 자기 과거를 소환하는 손님들이 있다. 결국 글이라는 건 과거라는 우물에서 길어 올린 물 한 동이라는 재료가 필요했다. 서툴고 부끄러워도 물 한 동이를 퍼내야 다음 할 말이 차올랐다. 그렇게 과거라는 우물을 정화한 사람은 현실에서도 자기 마음을 투명하게 볼 줄 알았다.

10월 24일

"벌써 11시 넘었다. 효영아, 식사하고 와."

"어, 넵. 푸핫!"

게시글을 올린 효영은 선호를 보고 웃음을 터뜨렸다.

"왜, 아, 왜 그러는데!"

"아니, 1층 빵집 사장님인 줄 알았어요. 머리에 소라 빵이……."

선호가 한숨을 푹 쉬고 거울을 보았다. 영광이 머리에 컬을 잔뜩 줘 놓아서 확실히 과해 보이기는 했다.

"이거 진짜 맞는 거냐?"

"맞……지 않나요?"

"아오! 너 그냥 나한테 맞자! 10분 뒤에 기자님 오신다고!"

키득키득 웃는 영광이 미안하다며 브러시로 머리를 내려 주었다. 그래도 컬이 조금 풀리니 소라빵에서는 조금 벗어난 것 같았다. 영광이 다행이라며 크게 숨을 내쉬고 말했다.

"아니야. 이제 확실히 괜찮아요. 자연스러워."

"후—. 진짜야? 효영아, 네가 말해."

"진짜, 훨씬 나아요."

그제야 얼굴에 화색이 돈 선호가 영광에게 머리 값이라며 법카를 내밀었다.

"많이는 못 드리고요, 1만 원 상당의 식사까진 허락

해 드리겠습니다. 효영이랑 같이 식사하고 오든지."

"아이고, 감사합니다, 사장님!"

콧노래까지 부르며 두 손으로 공손히 법카를 받은 영광이 효영에게 점심을 먹으러 가자고 했다. 최근 들어 가장 즐거워 보이는 모습이긴 했다. 불면이 끝난 건지, 새 작품을 들어가게 된 건지. 덕분에 효영도 괜히 힘이 나는 것 같았다.

◇◇◇◇◇

매거진 『HIM』의 에디터 이지상은 글월의 문을 열고 주위를 돌아보았다. 아는 언니의 추천으로, 인스타그램을 통해 글월을 알게 되어서 이렇게 찾아온 건 처음이었다. 작지만 있을 것은 다 있다는 생각이 제일 먼저 들었다. 공간에 '야무지다'라는 표현이 어울리지는 않았지만, 왠지 이 단어가 떠올랐다.

"찾아 주셔서 감사합니다. 먼저 편히 둘러보세요."

글월 사장, 선호가 지상에게 편지지와 책, 필기구를 찬찬히 설명해 주었다. 특히나 펜팔함 앞에서는 펜팔에 얽힌 경험담을 자연스럽게 꺼냈다. 지상은 정식 인터뷰에 들어가기 전에 녹음기를 켰다. 질문 없이 이어지는 선호의 설명도 글을 쓰는 데 많은 도움이 될 것 같았다.

"그럼 처음에는 연기 공부를 위해서 사람들을 인터뷰한 거네요?"

"그렇죠. 나와 다른 사람이 어떤 인생을 살았는지 어떤 고난을 맞이하고 어떻게 극복했는지. 이런 것들이 궁금했어요."

하지만 선호는 다른 사람의 인생 이야기를 듣는 것만큼이나, 다른 사람들이 자신의 이야기를 할 때의 표정과 몸짓을 관찰하는 게 좋았다고 했다. 카페나 회의실, 공원 같은 장소에서 대화를 나누는 것인데도 마치 자기 방에 앉아 있는 것처럼 편안한 표정을 짓는 사람들을 보는 게 좋았다고.

"나에 대해서 오래 생각하고, 타인에게 보여 주고 싶은 나의 모습을 정갈하게 꺼내 보이는 거요. 사람들이 그런 활동을 더 많이 했으면 좋겠다는 생각에 글월이 탄생한 거예요. 그게 편지니까요."

지상은 선호의 표정과 몸짓을 보면서, 그가 무슨 말을 하고 싶었는지 알 것 같다는 생각이 들었다. 이런 말을 하는 선호의 표정도 마치 자기 집 소파에 앉아 있는 것처럼 평화로워 보였으니까.

"그럼 인터뷰 시작할까요?"

테이블 앞에 앉은 지상이 선호에게 한 번 더 인사를 건넸다. 미리 메일을 통해 질문지를 보낸 터라 선호의 대답에도 막힘이 없었다. 편지를 어려워하는 사람을 위해서 편지 쓰는 방법을 가볍게 조언하거나, 편지가 담긴 책을 소개했다. 그러다가 선호 사장이 군 복무 시절 '곰신'인 여자친구에게 편지를 한참 보냈던 얘기가 나왔다.

"처음에는 편지지의 양이 여자친구에 대한 사랑을 보여 주는 거라고 생각했어요. 그래서 기상부터 취침 전까지 있었던 일을 막 적었거든요? 아침 점호, 식사, 오전 과업, 체력단련, 식사, 샤워, 점호 준비······. 근데 몇 개월 지나고 나니까 여자친구가 답장으로 딱 한 줄 보내더라고요."

"뭐라고요?"

"축구 얘기 좀 그만해, 라고요."

"푸핫!"

지상이 자기도 모르게 웃음을 터트리고는 손바닥으로 입을 막았다.

"근데 그게 진짜 유일하게 재밌는 얘기였다고요."

말을 끝낸 선호가 씁쓸한 미소를 지으며 고개를 저었다. 그렇게 두 달이 지나 곰신과 이별을 했다는, 새드 엔딩 스토리였다. 질문지에 없던 내용이지만 그래서 더 흥미로웠다. 지상은 글의 구성을 머릿속으로 재정리하며 선호의 한탄 섞인 말들을 마저 들었다. 그러다가 이제 선호가 지상에게 질문했다.

"에디터님은 어쩌다가 이번 호에 편지를 주제로 한 기사를 넣게 되신 건가요?"

지상은 천장을 보며 생각에 잠겼다. 10월이라 장병들의 옆구리가 시릴 시기라는 생각 잠깐, 책 읽기 좋은 계절이라는 생각 잠깐, 뭘 쓰기에도 좋은 계절일 거라는 생각 잠깐. 그러다 보니 '편지'라는 주제가 떠올랐다고 했다.

"이메일이나 톡이랑 달리 편지는 내용만 있는 게 아니라 글씨체도 있잖아요. 편지에 그림을 넣기도 하고요. 또 어떤 펜을 썼는지에 따라서 분위기가 달라지고요. 편지는 슥 봐도 쓴 사람마다의 개성이 드러나서, 그래서 더 진심이 담길 수밖에 없는 도구라는 생각이 들었어요."

지상은 시선을 반대쪽으로 돌리며 말을 이었다. 어느새 입가에 미소가 담겨 있었다.

"또 입영 날 가방에 우표와 편지지를 잔뜩 싸서 들어간 친오빠 생각도 잠깐 났어요. PX에도 편지지가 있긴 하지만, 저희 오빠가 시각디자인과를 나와서 그런지 취향이 좀 확고하긴 했거든요. 하핫."

"아, 맞아요. 편지지랑 우표 챙겨 가는 군인도 많았죠. 저도 우표 엄청 챙겨서 여기저기 나눠 주면서 동기들이랑 친해졌는데."

한 시간 남짓, 선호와 대화하듯 이어진 인터뷰가 끝
났다. 지상도 덕분에 오빠가 입영하던 날의 기억을 다
시 꺼내 볼 수 있었고, 여러모로 편안한 시간이었다. 글
월을 나서는 지상을 향해 선호가 고개 숙여 마지막 인
사를 건넸다.

"고맙습니다. 가을에 편지를 떠올려 주셔서."

◇◇◇◇◇

효영과 영광은 걸어서 10분 거리에 있는 고등어 정
식을 파는 집으로 갔다. 자취하면 밑반찬이 얼마나 귀
한지 깨닫게 된다는 두 사람의 공통된 의견을 반영한
메뉴 선정이었다. 감자볶음과 한입 크기로 썰어둔 계
란찜, 양배추샐러드와 깍두기, 무무침까지 있는 정식
이었다. 감격스러운 마음에 효영과 영광은 쉬지 않고
젓가락을 움직였다.

"와, 이거 싹 다 리필해서 싸 가고 싶네요."

"우체국 뒤편에 반찬 가게 있는데, 들렀다가 갈래요?
양이 너무 많으면 사서 반 나눠도 좋고."

"그럴까요? 안 그래도 연근조림 먹고 싶었는데."

배가 어느 정도 부르자 효영과 영광은 선호 얘기를
했다. 배우 출신이긴 하지만 사실 선호는 자길 꾸미고

부풀리는 일을 잘 못했다. 게다가 정말 좋아하는 것에 대해 말할 때는 자주 버벅대기까지 했다. 어찌 보면 이런 순수한 매력이 선호에게 예술성을 가져다준 것이긴 했지만, 글월 알바로서 조금은 걱정되는 부분이었다.

"괜찮아요. 동영상 인터뷰도 아니고, 지면에 실리는 건데."

"그렇죠? 기자님이 알아서 잘 정리해 주시겠죠? 아, 그냥 옆에 있어 줄 걸 그랬나."

"근데 언제 정직원 될 거예요?"

"네?"

"이 정도로 글월을 아끼는데 알바라고 하기엔 좀 어색한 것 같아서요."

효영이 입에 밥 한 숟가락을 넣은 채 우물거렸다.

"아니, 뭐. 그래도 같은 학교 다닌 동문이니까, 겸사 겸사, 걱정도 되고……. 어렵게 키운 편지 가게니까 좋은 이미지 잘 이어갔으면 좋겠고, 뭐, 그런 거죠."

"지금 효영 씨 말 되게 버벅댄 거 알아요?"

"아 네, 좋아하는가 봅니다. 여기를요."

효영은 숟가락을 내려놓고 두 손을 들었다. '내가 졌소.' 하는 모양새였다. 영광이 그런 효영을 보고 싱긋 웃더니 다시 말을 이었다.

"보냈어요?"

"뭐요?"

"내가 준 그림요. 언니한테 보내겠다고 했잖아요."

"아, 그게, 못 보냈어요."

"왜요?"

"보낼 주소를 몰라서요."

"언니가 어디 있는지 몰라요?"

영광이 눈을 동그랗게 떴다. 효영은 본의 아니게 영광과의 거리가 두 걸음쯤 가까워졌다가 한 걸음쯤 멀어지는 기분이 들었다.

"여기서 더 안 물어보면 우리가 좀 더 친한 사이가 될 수 있을 것 같습니다만."

"그럼 취소! 안 물어봤어요. 궁금하지도 않았어요, 진짜."

효영이 희미한 미소를 짓고 남은 밥을 먹었다. 사실 이틀 전에도 선호는 글월 정직원 자리를 제안했지만, 여전히 우물쭈물했다. 매듭짓지 못한 일이 있다고 생각해서였다. 새로운 일을 본격적으로 하겠다고 마음먹었을 때 여전히 언니 생각이 났다. 어딘가에서 멈춰 있는 언니를 두고 혼자만 앞으로 나가는 게 내키지가 않았다.

"진짜 가까운 사람한테 상처 준 적 있어요?"

효영은 밥그릇 바닥까지 싹싹 긁어 입에 넣고는 물었다.

"있죠. 당연한 거 아닌가. 사람 마음엔 사랑도 있지만 가시도 있잖아요."

"가시인 상태로만 살게 될까 무섭네요."

"전혀. 그런 걸 왜 걱정해요, 효영 씨가."

효영은 어깨를 으쓱하고는 마지막 남은 감자볶음을 먹었다. 물로 입을 가시는 중에 영광이 말했다.

"누군가의 밤잠을 걱정해 주는 사람의 마음이 가시일 리가 없잖아요. 언니한테 연락해요. 잠은 잘 자는지, 궁금한 거 아니에요?"

Geulwoll Shop Log   Letter Service in Seoul

— 일자: 11월 8일_평일

— 날씨: 회색 구름이 뭉게뭉게!

— 근무자: 강선호

— 방문 인원: 34명

— 카드 매출: 436,000원

— 현금 매출: -원

— 총 매출: 436,000원

— 품절 제품 리스트

: 원고지 세트 (편지지와 봉투 소량 남아 있습니다)

: 깃털 북마크 (소량 남아 있습니다)

— 필요한 비품

: 물티슈

— 특이 사항: 크리스마스 시즌 디자인 엽서는 다음 주 중에 도착할 듯. 도착하면 바로 컨셉 사진 찍고 SNS에 올려야겠어. 포장은 하는 데까지만 하고 바로 퇴근. 아내가 저녁에 퇴근하고 글월에 와서 포장 도와준다고 했으니까, 또 혼자 애쓰지 말라고! 그리고 내일 낮에 크리스마스트리 도착할 거야. 중형이니까 아주 크진 않아. 꾸미는 건 네 취향에 맞춰서 하쇼. 효영이 미적 감각 좀 믿어 보자. 어려우면 영광이한테 부탁하고.

난 오늘 병원 갔다가 대상포진 진단받고, 일지는 조기 퇴근 후 집에서 쓰는 중. 곧 있으면 제일 바쁠 땐데 미안하다. 목요일은 한 1주 정도 휴무로 둬야겠어. SNS 공지는 내가 올릴게. 신년 카드도 디자인 샘플 나왔거든? 메일로 공유해 줄 테니까 시간 될 때 의견 주고.

PS. 든든하다, 우효영. 너 없었으면 난 지금 울었ㅠㅠㅠ 흑흑규ㅠ

"아니, 무슨 대상포진 얘기를 업무 일지에 써?"

출근하자마자 메일로 온 업무 일지를 읽은 효영이 어이가 없다는 듯 헛웃음을 쳤다. 그래도 또 이게 강선호다웠다. 효영은 선호에게 빠른 쾌유를 빈다는 메시지를 보내고 선호가 없는 동안 해야 할 일의 목록을 정리했다. 그때 글월 문을 활짝 열고 주혜가 들어왔다. 그 사이 앞머리를 일자로 잘라 더 어려 보이는 모습이었다. 오늘도 근무 날이 아닌지 짧은 베이지색 트렌치코트에 회색 주름치마 차림이었다.

"영은 언니가 누구 편지 뽑았어요? 왜 내 건 안 뽑고!"

"그러게요. 주혜 씨 건 아직도 펜팔함에 있나 봐요."

"왜 안 가져가지? 봉투에다 그림이라도 큼지막하게 그려 놓을까 봐요."

효영이 피식 웃으며 고개를 절레절레 흔들었다. 모두의 편지가 화답을 받는 건 아니었다. 펜팔 편지를 집어 가서 답장하지 않는 경우도 흔했다. 모르는 사람과 반복적인 관계를 맺는다는 게 피로한 현대인들이 여전히 많았다. 익명인 사람과 편지를 나눈다는 건 조금쯤 설레고 조금쯤 걱정스러운 마음으로 안개를 걷는 것과 비슷했다. 나와 결이 맞는가, 나의 고민이 진심으로 전해지는가. 이렇게 각자의 기준으로 안개를 걷어 가며 인연을 만드는 것이었다.

"지난번에 뽑아 간 편지는 어땠어요? 답장은 안 하나 봐요?"

"아, 고민 중요! 따뜻한 마음을 가진 사람의 편지였어요. 응원도 받았고요. 지금은 제 방 벽에 붙여 놓고 소중하게 보관 중이랍니다."

주혜가 그날 뽑은 편지의 내용을 떠올리며 싱긋 웃었다. 펜팔 편지의 첫 줄이 딱 지금의 글월 풍경 같았다.

창문으로 들어오는 따스한 햇볕이 저를 참 기분 좋게 하던 날,
누군가에게 저도 그런 사람이 되어 주고 싶어 이렇게 마음을 적어 봅니다.
며칠 전, 온전히 저의 힘으로 비행기 티켓을 끊고 파리와 프라하를 다녀왔어요.
새로운 것을 도전하고 실행하는 것에 기대보단 걱정이 앞서던 저에게 이번
여행은 많은 것들을 알려 주었답니다.

새로운 도시… 새로운 사람들… 새로운 풍경…
모든 것이 다 새로움투성이인 곳에서 부딪혀 보고, 해결해 나가고, 계획했던 것
들을 실행해 나가고, 실패하고 하는 과정들이 생각보다 너무 재밌고 신나는
거예요!
제가 몰랐던 저의 새로운 모습을 발견해 나가며 잠시 좁아졌던 저의 시야
가 다시 넓어진 것 같아 참 신기하고도 값진 경험이었어요.

이런 걸 보면 우리는 해 보지 않아서 그렇지 생각보다 잘 해낼 사람이더라구요.
우리 걱정하기보다 즐기고, 새로움에 두려워 말고, 많이 행복해요.
그런 사람이 되길 저 멀리 어디선가 늘 응원하고 기도할게요.

-Thurs

PENPAL SERVICE

발신인의 표식은 'HAPPY'라는 알파벳과 함께 입을 벌리고 있는 단발머리 얼굴이었다. 시원한 가을 하늘을 닮은 파란 잉크로 쓴, 동글동글한 글씨가 매력 있었다. 효영은 주혜의 얼굴 앞에서 고개를 갸웃거리다가 오늘은 뭘 사러 온 거냐고 물었다. 그제야 주혜가 손뼉을 치고 효영에게 말했다.

"아! 편지요! 좀 튼튼한 편지 없어요?"

"튼튼한 편지는 왜요?"

"음…… 받는 사람이 제 편지를 오래오래 보관해 줬으면 해서요!"

말을 마친 주혜의 양 뺨이 오늘따라 글월의 살굿빛 벽 색깔과 비슷해 보이는 건 왜일까? 효영의 레이더에 뭔가가 걸렸다. 금세 놀리고 싶은 마음이 들어 주혜를 향해 얼굴을 쭉 내밀고 물었다.

"뭔데요? 누가 우리 주혜 씨 편지를 오래오래 보관해 줬으면 하는데요?"

효영은 순간 글월의 연애편지 세트를 떠올렸다. 봉투를 속이 비치는 트레이싱 종이로 제작해, 부끄러운 감정도 스스럼없이 비치게 만드는 '연애'라는 속성을 담은 편지였다. 촉도 왔으니, 손님에게 가장 어울리는 편지를 소개해야지. 효영은 신이 나서 연애편지 세트를 주혜 앞에 펼쳐 보였다.

"연애편지 세트……. 좋네요."

"네, 연. 애. 편. 지. 세트요."

주혜가 새초롬한 표정을 짓더니 검은색과 비취색 중에서 비취색 연애편지 세트를 집었다. 사랑하는 이에게 고백의 편지를 보내는 건, 주혜도 살면서 처음 도전하는 일이었다. 조금쯤 펜팔 발신인의 응원도 힘이 되었다. 새로움에 두려워 말고, 맘껏 행복해지려고, 주혜는 편지지를 샀다.

효영은 주혜의 얘기를 더 듣고 싶었지만, 손님들이 찾아와서 말을 멈추었다.

"그럼 다음에 와서 얘기할게요! 그나저나……."

주혜가 주위를 돌아보다가 효영 쪽으로 상체를 쭉 내밀고 말했다. 살짝 실눈을 뜨며 의심의 눈길을 보내는 것은 덤이었다.

"언니야말로 요즘 연애하죠? 저 지난주에 언니랑 어떤 잘생긴 남자랑 반찬 가게에서 반찬 사는 거 다 봤어요."

"어? 저, 저를 봤다고요?"

"점심시간에 연희동 우체국 일대를 돌아다니셨으면 제가 볼 가능성도 있지 않을까요? 호호호."

주혜는 뭐가 그리 신난 건지 의기양양한 표정으로 글월을 나섰다. 효영은 갑자기 얼굴이 뜨거워지는 것 같아 작은 창을 반쯤 열었다. 가을이라고 꺼내 입은 목티 때문인지 살짝 더웠다. 크리스마스 엽서는 언제 나오냐는 손님의 문의에 응대하고, 엽서와 만년필을 계산했다. 종이 영수증에 글자를 적는데 오랜만에 글자를 틀려서 다시 써야 했다.

◇◇◇◇

글월에는 우표를 구입하면 우체국 발송을 대신 해 주는 서비스도 있었다. 근처에 우체국이 없거나 편지 가게에서 편지지를 골라 쓰고 보내는 것까지 한 번에 처리하고 싶은 손님도 꽤 되었다. 선호 사장은 글월이 편지지가 모이는 사랑방 같은 공간이길 바랐다. 5년 사이 우체국도 많이 없어졌다고, 이제는 글월 같은 공간이 우체국의 기능 중 일부를 대신하게 될지도 모른다고 말했다.

하기야 우편과 택배 발송을 주로 하는 우체국은 자리에 앉아 편지를 쓸 공간이 부족하긴 했다. 쉴 새 없이 사람들이 드나들고 종이 상자를 접고 테이프를 붙이는 소리가 났다. 우체국 수가 적어지니 남은 우체국은 더 복작거릴 수밖에 없었다.

"조용히 뭘 쓸 공간이 부족했는데, 동네에 이런 게 있어서 좋네요."

두 아이를 키우고 있다는 동네 손님이 덕분에 다른

지역에서 살고 있는 고등학교 동창에게 편지를 쓸 수 있다며 웃었다. 결혼하고 가끔 메시지만 주고받던 사이인데, 둘째를 낳았다는 동창에게 진심을 듬뿍 담은 편지를 보내고 싶었다고 했다.

"마음을 꺼내서 보여 줄 시간이 없잖아요. 요즘엔 선물도 쿠폰 같은 걸로 슝 보내고."

"그러네요. 글월 찾아 주셔서 감사해요."

"그럼 편지는 언제쯤 도착해요?"

"오늘 접수하면 내일 오전에 출발할 거예요. 혹시 급한 건이면 빠른 우편으로 보낼까요?"

"아뇨. 일반으로요. 어차피 빠르게 전할 필요가 없는 말이라 편지를 쓴 거니까."

만족스러운 표정을 한 동네 손님은 눈을 감고 크게 숨을 들이마셨다. 글월의 숲 향을 마지막으로 흠뻑 느끼는 중이었다. 손님이 떠나고 효영은 어제오늘 받아 두었던 편지를 모아 손에 쥐었다. 글월 철제문에 잠시 우체국에 다녀온다는 메시지 카드를 붙이고 부지런히 계단을 내려갔다. 이럴 때는 우체국이 글월 가까이 있어 참 다행이라는 생각이 들었다.

주혜가 없는 우체국은 오랜만이었다. 대기표를 끊고 잠시 소파에 앉아서 들고 있던 네 통의 편지를 내려다

221

보았다. 크기와 디자인이 다른 편지봉투를 보다가 우표가 잘 붙어 있는지 꼼꼼하게 확인했다. 그러다 카디건 주머니에 있던 또 하나의 편지봉투를 꺼냈다. 봉투 한쪽에 '우효민'이라는 이름이 써진 편지였다. 영광이 그려 준 그림을 착착 접어 넣은 그림 편지였는데 아직 주소를 적진 않았다.

사실 어제저녁 엄마에게 언니가 있다는 학원 주소를 받았다. 묻지도 않은 정보를 엄마는 뜬금없는 시간에 뜬금없이 척척 보냈다. 딱히 할 말이 없어 답장도 하지 않았지만 엄마도 개의치 않아 했다. 언니가 지내는 곳은 속초 어딘가에 있는 논술학원이었는데 벌써 석 달이 넘게 일하는 중이었다. 효영은 대기표에 적힌 대기 번호와 우체국 창구에 뜨는 번호를 번갈아 보며 봉투에 주소를 쓸 시간이 있는지 가늠했다. 대기인 수는 7명. 시간은 충분했다.

효영은 돋보기와 볼펜, 딱풀 등이 정리된 스탠드 테이블로 향했다. 유리 테이블 아래 각종 서류와 종이봉투 등이 정리되어 있었다. 글월에서 쓰는 서랍장이랑 같은 듯 다른 모습이었다. 펜팔 편지를 이렇게 아래에 놓고 뽑아 쓸 수 있는 테이블이 있어도 재미있겠다고 생각하면서, 효영은 언니의 이름 밑에 엄마에게서 받은 학원 주소를 적었다. 언니가 어디에서 지내고 있는지 확실하게 알게 되자, 희미했던 언니의 존재가 생생하게 느껴졌다.

"일반으로 할까요, 빠른으로 할까요?"

우체국 직원이 상냥한 말투로 효영에게 물었다. 효영은 조금 전 자기와 대화하던 동네 손님의 말을 떠올렸다.

"이거 세 개는 빠른으로 보내주시고, 이거랑 이거는 일반으로요."

효영은 동네 손님과 언니에게 보낼 두 통만 일반 우편으로 보내기로 했다. 우체국 직원이 주소가 찍힌 스티커를 봉투에 붙였다. 계산을 마친 효영이 우체국을 나오자 울긋불긋 단풍이 진 연희동의 풍경이 눈에 들어왔다. 상쾌한 바람을 맞자마자 오래 묵혀 둔 방학 숙제를 끝낸 것처럼 마음이 편안했다. 기분이 좋아진 효영은 단풍이 진 가로수 사진을 찍어 가족 단톡방에 보냈다.

> 아주 네 말대로 힙한 곳에서 일한다더니 풍경도 힙하네!

> 점심은 먹었나?

아빠와 엄마에게 받은 메시지를 읽고 효영이 피식 웃

으며 다시 글월로 향했다. 연궁빌딩 입구에 도착하자마자 익숙한 얼굴을 만났다. 대학 동창 은채였다. 얼마 전 효영이 애써서 쓴 엽서의 주인공이었다.

"이야, 아주 아는 사람이 사장이라고 근무 시간에 농땡이 피우는 거 봐?"

"아니거든요, 손님. 우체국 다녀오는 것도 일이거든요?"

깐족대는 모습에 밝게 웃은 효영이 은채와 함께 4층으로 올라갔다. 글월의 철제문을 열자마자 은채가 아이처럼 소리치며 미소 지었다.

"뭐야? 선호 오빠가 이런 감각이 있었어?"

"아내분도 많이 도와주시긴 했다는데, 전체적인 이미지나 톤은 선호 선배, 아니 사장님이 잡았대."

"사장님? 이 오빠 진짜 출세했네."

은채가 신이 나서 글월 구석구석의 오브제들을 살폈다. 철제 우체통이나 벽걸이 달력, 화분 등을 보며 맘껏 감탄했다. 감정을 숨기지 않고 그대로 표현하는 점이 은채의 장점이었다. 그것 때문에 영화를 찍을 때 효영과 몇 번 트러블이 있었다. 왜 하고 싶은 말을 꾹 참느냐고, 감독이 그러면 배우들이 알아들을 수가 없다고. 답답한 은채가 이렇게 소리친 적도 있었다.

"말 안 하면 몰라!"

자기 딴에는 배려고 책임감이었는데, 지금 생각하면 은채의 말도 틀리지 않은 것 같다. 수많은 감정과 문장을 주고받는 편지 가게에서 일하며 언어의 중요성을 더 많이 체감해서 그런 건가.

"선호 오빠한테도 연락 안 하고 왔어. 오늘은 근무 안 해?"

"그렇기도 하고, 요즘 대상포진이라 집에만 있어."

"진짜? 아이고, 하기야 육아에 사업에 지치기는 하겠다."

연기 전공인 은채는 요즘에도 단역 일을 맡기 위해 엔터테인먼트나 영화사에 프로필을 돌리러 다닌다고 했다. 오늘도 프로필을 돌리러 가는 길에 들른 거라고.

"난 언제쯤 대사 있는 역할을 맡나 싶다. 나도 말할 줄 아는데. 아아—! 내 목소리 들리지?"

"들려. 그리고 이번에 독립 영화 찍은 거 상 받았다며."

"감독상이잖아. 난 이번에 진짜 연기상 받을 줄 알았는데."

"다음엔 받겠지."

"언제? 진짜 언제?"

한숨을 내쉰 은채가 서랍장으로 고개를 돌렸다. 자연스럽게 펜팔함까지 가서 펜팔 서비스 설명서를 조용히 읽었다. 뒤이어 커플 손님과 부부 손님이 각각 편지지와 선물을 사러 글월에 들렀다. 은채는 펜팔함에 놓인 봉투를 하나씩 집어 보다가 자기도 펜팔을 해 보고 싶다며 테이블 앞에 앉았다.

"편지지는 무료로 계속 드려요. 필요하시면 말씀하시죠."

"이걸 몇 장이나 쓰고 가는 사람이 있어?"

"네 장 넘게 거뜬한 손님도 많아요."

"오케이, 도전!"

손바닥을 맞대고 비비던 은채가 볼펜을 집었다. 직설적으로 말하길 좋아하는 성격이라 왠지 편지는 많이 안 써 봤을 거란 편견이 들었지만, 은채는 막힘없이 글자를 술술 적어 나갔다. 손님들이 구입한 물건을 포장하고 종이 영수증을 쓰는 와중에도 효영은 흘끗 은채를 지켜보았다. 벌써 세 장을 꽉 채우고 네 장째 쓰는 중이었다.

"안녕히 가세요."

"감사합니다."

손님 두 팀이 글월을 나가고 잠깐 숨을 돌릴 때였다. 은채가 드디어 다 썼다며 편지지를 들고 카운터로 왔다. 은채의 표식인 별을 펜팔 목록 한쪽에 그리고, 연락처와 이름까지 남겼다. 어느새 두툼해진 자기의 편지 봉투를 만지던 은채가 이제 익명의 편지를 뽑아 오겠다며 다시 펜팔함 앞으로 갔다.

은채가 뽑은 것은 주혜의 편지였다.

그로부터 며칠 뒤 주혜는 그토록 기다리던 답장을 받았다. 이 편지가 단조롭던 주혜의 일상에 새로운 기쁨이 될지, 효영도 궁금했다.

—Letter Service [geulwoll]

[Web 발신]
정주혜 고객님,
Penpal Service 편지에 답장이 도착하여 연락드립니다.
글월 운영 시간에 방문 부탁드립니다. 방문이 어려울 경우 택배 발송으로 도와드리고 있습니다. (…)

3

　글월의 주말, 오후 5시를 조금 넘긴 시간, 선호에게서 전화가 왔다. 다행히 증세가 많이 호전되었는지 목소리에 힘이 붙었다.

　―아이고, 혼자 고생이 많습니다. 잘 지내시죠?

　"고생은 무슨. 사모님이 저녁마다 꽃도 갈아 주고 포장도 거의 다 해 주셔서 별로 어려울 건 없었어."

　―내가 결혼을 잘하긴 했지? 우리 소희가 손이 진짜 야무지거든.

　"어이, 팔불출 사장님. 몸 나으셨으면 빨리 SNS 관리 좀 하시죠? 크리스마스 디자인 엽서랑 컨셉 사진 찍어 둔 거 다 메일로 보냈어요. DSLR 대여 끝나서 반납했고, 신년 카드는 사장님 피드백 주신 거 정리해다가 업체에 연락 완료했고요."

　―고마워, 효영아아아아.

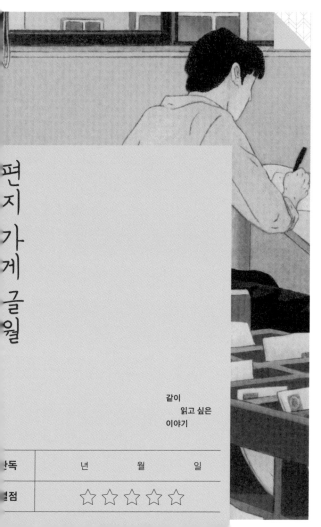

편지 가게 글월

같이
읽고 싶은
이야기

독	년	월	일
점	☆☆☆☆☆		

읽으면서 느꼈던 감정들

○ 기쁜   ○ 수줍은   ○ 쓸쓸한   ○ 놀라운

○ 그리운   ○ 흥분되는   ○ 피가 끓는   ○ 억울한

○ 벅찬   ○ 황홀한   ○ 괘씸한   ○ 난처한

○ 후련한   ○ 뭉클한   ○ 미칠 것 같은   ○ 골 때리는

○ 끝내주는   ○ 참담한   ○ 끔찍한

○ 전율을 느끼는   ○ 애처로운   ○ 진땀 나는

○ 따사로운   ○ 공허한   ○ 숨가쁜

○ 감미로운   ○ 외로운   ○ 막막한

○ 짜릿한   ○ 애틋한   ○ 소름 끼지는

○ 생생한   ○ 안타까운   ○ 충격적인

가장 와닿았던 문장은?	

가장 인상적인 캐릭터는?	

한마디로 이 책을 표현한다면?	

선호가 갑자기 우는 연기를 했다. 효영이 아무런 반응이 없자, 울음소리가 뚝 끊겼다. 선호가 다시 얌전한 목소리로 말했다.

─미안. 사실 소희가 고마운 건 돈으로 하는 거래. 사장일수록 더더욱.

"오호, 역시 배우신 분. 큰물에 계신 분이라 다르군요."

─다음 달부터 월급 오를 거야. 자세한 건 다음 주에 글월 가서 설명해 줄게.

선호는 지난주에 효영이 받아 둔 중형 크리스마스트리 얘기를 했다. 워낙 효영 혼자 바빴던 터라 상자에서 트리를 꺼내는 것도 엄두가 나지 않았었다.

"이제 해야지. 크리스마스 카드 홍보도 해야 하니까."

─영광이가 오너먼트 사다가 오늘 저녁에 들를 거야. 바쁜 일 있으면 먼저 퇴근해. 뒷일은 알아서 하겠대.

"영광 씨한테도 돈으로 고마움을 표현해야 하는 거 아니에요?"

─그래야지. 나보다 돈이 많을 것 같아서 짜증 나긴 하지만.

선호와 효영이 피식 웃고는 통화를 끝냈다. 업무 일지를 쓰고, 오랜만에 글월의 저녁을 담은 사진을 찍어 편지 가게 일기를 썼다. 마무리 정리를 하고 책장에 재고를 확인한 뒤 도서를 더 채워 넣었다. 다른 날 같으면 이쯤 되면 가방을 메고 글월을 나섰을 텐데, 오늘은 이상하게 몸이 굼뜨고 괜히 이것저것 신경이 쓰였다.

"이게 왜 여기 있지?"

창틀에 놓인 연필이 보여 가방을 다시 카운터에 올리고 연필을 정리했다. 그러고 나니 또 벽에 걸린 달력이 비뚤어진 것 같아 앞뒤로 걸음을 옮겨 가며 수평을 맞췄다. 곧이어 시간은 7시 40분. 저녁 먹을 시간이 다 되었는데도 효영은 글월을 떠나지 않고 있었다. 영광을 기다리는 건지, 크리스마스트리를 만드는 풍경을 보고 싶은 것인지. 아니면 둘 다일지도 몰랐다.

카운터에 등을 기대고 서서 작은 창을 내다보았다. 주택 창문마다 불이 하나둘씩 들어오는 게 보였다. 많이 기다렸다 싶어 가방을 메고 글월을 나와 철제문을 잠갔다. 터벅터벅 계단을 내려가는 길에, 아래층에서 올라오는 영광과 마주쳤다. 힘이 조금 빠졌지만 반가움이 느껴졌다. 희미하게 웃는 효영에게 영광이 물었다.

"늦게 퇴근하네요?"

"준비할 게 많아서요. 편지 가게는 연말이 제일 바쁘거든요."

"아하, 그렇겠네요."

"크리스마스트리 꾸미러 오신 거예요?"

영광이 들고 있던 초록색 상자를 살짝 들어 보였다. 전구와 오너먼트들이었다. 편집숍을 운영하는 친구네 가게에서 직접 사 온 거라고 했다. 이어서 잠깐의 정적. 효영이 먼저 몸을 돌려 계단을 올라가며 말했다.

"구경 좀 해도 되죠? 저 살면서 크리스마스트리 한 번도 안 만들어 봤거든요."

"진짜요? 한 번도요?"

탁탁. 탁탁. 효영과 영광이 계단을 오르는 소리가 연궁빌딩 안을 울렸다. 일정한 속도와 울림이 만들어 낸 소리는 꼭 심장 소리처럼 두근댔다.

영광이 선물처럼 열어 보인 초록색 종이 상자에는 진주처럼 반짝이는 미니볼과 눈꽃 모양의 유리 장식, 깜찍한 스웨터를 입은 곰과 자동차, 선물 상자, 색색의 샴페인 병 미니어처들이 있었다. 하나같이 깜찍해서 뭐부터 집어 들어야 할지 모를 정도였다.

"와, 나이가 들어도 로망은 죽지 않는 것 같아요. 진짜 어린애들처럼 심장이 두근거리네요."

"잘됐네요. 이 김에 같이 만들어 봐요."

영광이 카운터 한쪽 바닥에 눕혀 둔 크리스마스트리 상자를 가지고 왔다. 트리는 테이블과 철제문 사이에

둘 예정이었다. 영광이 접혀 있던 트리의 가지를 하나씩 펼치는 모습이 꼭 우산 살을 펼치는 것 같았다.

"효영 씨도 해 볼래요?"

"좋아요."

효영이 영광 옆에 털썩 앉았다. 차가운 맨바닥이지만 효영은 어쩐지 들떠서 추운 것도 몰랐다. 그러다가 오너먼트를 달기 좋은 위치가 어디인지 가늠하면서 무릎걸음으로 걸었다. 여기저기 신나게 장식을 걸었다가, 색감이나 장식 크기의 균형을 살펴 조금씩 위치를 바꾸었다. 빨간색과 초록색이 들어간 장식물과 실버 계열의 눈꽃 장식, 별 장식의 조화가 필요했다.

"너무 듬성듬성 있나요? 오너먼트가 생각보다 크기가 작네?"

효영이 미간을 살짝 찌푸리자 영광이 종이 상자에 챙겨 둔 시폰 재질의 하얀색 리본 끈을 꺼냈다. 마치 자기만 아는 비기라는 듯 털실처럼 말린 리본 끈을 풀어, 가위로 뚝 잘라다가 예쁜 리본을 만들었다.

"빈 가지에 이걸 달면 풍성해 보여요."

"오, 예쁘다! 영광 씨는 진짜 크리스마스트리 매년 만들었어요?"

"네. 아버지가 기독교를 믿으셔서 트리는 꼭 매년 만들었어요. 물론 쓰던 오너먼트를 대부분 재탕하긴 했지만."

"그래도 진짜 부럽다. 아직도 매년 만들어요?"

"아뇨. 아버지는 일찍 돌아가셨고, 어머니가 재혼했
는데 새아버지는 완전 불교."

"아."

효영은 달리 할 말을 찾지 못해 리본 끈을 가위로 끊
어다가 리본을 만들었다. 리본 표면에 눈꽃이 얇게 쌓
인 듯 펄이 반짝였다. 손으로 꽉 쥐면 바스락하고 부서
질 것 같았다. 영광이 이제 알전구를 걸 차례라며 자리
에서 일어섰다.

"이게 진짜 하이라이트죠."

"알전구! 저 이거 진짜 켜 보고 싶었어요!"

영광이 능숙하게 트리 사이사이로 알전구를 둘렀다.
새끼손톱만 한 작은 알전구였다. 빙글빙글 돌려 아랫
단까지 내려두고 나서 영광이 콘센트에 플러그를 꽂았
다. 그러고는 바닥에 둔 스위치를 가리켰다.

233

"여기 앉아서 스위치에 손 올리세요. 천장 형광등은
제가 끌게요."

영광이 곧바로 편지 가게의 불을 껐다. 눈이 어둠에
익지 않아 영광의 실루엣만 은은하게 보였다. 빛을 꿀
꺽 삼킨 어둠과 정적. 영광이 손으로 허공을 더듬다가
천천히 바닥에 주저앉아서 말했다.

"지금이에요. 켜요!"

반짝.

스위치 위에 올려 둔 검지에 힘을 주자, 수십 개의 알 전구가 금색의 빛을 반짝였다. 마치 작은 전구 요정들이 한꺼번에 환호성을 지르는 것 같았다. 알알이 빛나는 전구가 뿜어내는 온기에 효영은 마음이 달아오르는 걸 느꼈다.

짝짝짝. 누가 먼저랄 것도 없이 트리 곁에 둘러앉아 손뼉을 쳤다. 이렇게 아이처럼 기뻐해 본 적이 언제인지 기억도 나지 않았다. 효영은 노란 전구 빛을 받은 영광의 옆모습을 슬쩍 보았다. 환호 다음에 곧바로 어색함이 피어오르자, 효영이 벌떡 일어섰다.

"완전 만족! 저 이거 사진 찍을게요. SNS에 올리려고요."

"해시태그 편지 가게 일기? 저 그거 열심히 챙겨 보고 있어요."

"모른 척해 줘요. 가끔 투 머치 감성이라 올리고도 민망할 때가 있어요."

"왜요? 글 진짜 잘 쓰시던데? 글월에 백일장 시험이라도 보고 들어온 건가 했어요."

효영이 실없는 유머라며 피식 웃고는, 이리저리 구도를 살피며 휴대폰 카메라로 트리를 찍었다. 그 사이 영광이 주머니에서 네모난 성냥갑 같은 것을 꺼내 테이블 위에 올렸다. 효영이 사진을 찍다가 영광에게 물었다.

"그게 뭐예요?"

"라디오요. 혹시 선호 형한테 못 들었어요?"

"뭘요?"

"오늘 글월 손님 편지가 라디오에 소개되는 날이거든요."

효영과 영광이 테이블에 마주 보고 앉았다. 여전히 형광등을 끈 채 반짝이는 알전구 불빛에 의지한 둘이었다. 살구색 벽에 길게 늘어지는 그림자를 감상하면서, 효영은 <밤 산책, 문영은입니다>의 오프닝 곡을 들었다.

잔잔한 기타 음악에 맞추어 영은의 허밍이 더해지자 나른한 분위기가 났다. 맨발로 부드러운 벨벳 카펫을 걷는 기분이었다. 소음도 없이 조용조용, 낮잠을 실컷 자고 일어난 고양이의 걸음처럼. 영은의 노래가 그랬다.

아무 말 없이 라디오만 보고 있다가 효영이 괜히 기지개를 크게 켜며 말했다.

"선호 사장이 왜 나한테는 말 안 해 줬지? 치사하게!"

"정신없다 보니 잊었을 거예요. 저도 아침에 선호 형이 트리 만드는 거 도와달라고 전화했을 때 잠깐 들었어요. 그다음엔 하율이 울음소리에 인사도 못 하고 전화를 끊었네요."

"어쨌든 다행이다. 저도 손님이 이거 꼭 허락해 줬으면 했거든요."

"왜요?"

"좋은 에너지니까요. 많은 사람에게 위로가 될 것 같고."

영은이 부쩍 쌀쌀해진 11월의 날씨를 언급하며 청취자에게 인사를 건넸다. 니트를 세탁하는 방법이나 보관하는 방법, 머플러를 말리는 방법 등의 생활 정보를 나누며 수다도 잠깐 떨었다. 그러다 가을 특집이라며 최근에 산 책을 소개했다. 효영은 처음 듣는 책이었다.

—오가와 이토라는 일본 작가의 책, 『츠바키 문구점』입니다. 제가 어릴 적에 프랑스 일러스트레이터 장 자끄 상뻬의 책을 진짜 좋아했거든요? 근데 이 책의 표지도 뭔가 장 자끄 상뻬의 그림처럼 선이 부드럽고 오밀조밀해서 눈길이 갔어요.

제목처럼 문구점 이야기일 거라 예상한 것과는 달리, 『츠바키 문구점』은 오래된 문구점의 주인이자 가업을 물려받은 '대필가'가 손님들의 편지를 대신 써 주는 내용이었다. 대필가는 각자의 사연으로 직접 편지를 쓸 수 없는 사람들을 위해, 그들의 마음을 닮은 필체로 편지지에 글자를 옮겨 적는 멋진 직업이었다. 효영은 영은의 책 소개가 흥미로워 곧바로 메모장에 책 제목을 적었다.

—사실 제가 책을 많이 읽는 편도 아니고, 이 책도 두 달 전에 산 책인데 지금 소개하니까 좀 민망하긴 하네요. 아무튼 책을 읽던 중에 운명처럼 우리 동네에 있는 재미있는 가게를 알게 됐어요. 편지지를 파는 편지 가게요. 아, 참고로 저는 서울 연희동이 고향입니다.

"어? 이제 나오나 봐요."

영광이 활짝 웃으며 효영을 보았다. 효영도 눈을 초롱초롱하게 빛내며 라디오를 향해 고개를 살짝 기울였다. 효영의 그림자가 영광의 그림자와 반쯤 포개졌다.

—펜팔도 진짜 오랜만에 해 보는 거거든요. 중학생 때인가 영어 공부하겠다고 외국 사이트에서 한 번 해 보긴 했는데…… 아우, 지금은 기억도 안 나고. 아무튼 제가 여기 편지 가게에 갔다가 정말 감동적인 편지 한 통을 집게 된 것 아니겠습니까. 영광스럽게도요!

배경으로 흐르는 음악이 점점 줄어들었다. 영은의 목소리 톤도 한층 차분해져 있었다. 원철의 펜팔을 읽고 느낀 짧은 감정과, 원철에게 라디오에서 읽어도 좋다고 허락을 받은 사연들을 설명하던 영은이 곧장 펜팔을 읽었다.

—원숙 씨에게. 잘 계십니까? 적적하진 않고요? 구름 한 점 없이 맑은 하늘이라, 혹시나 원숙 씨 얼굴이 보일까 싶어 한참 위를 올려다보았습니다. 결국 은행잎이 뺨 위에 놀리듯 떨어지고 나서야 포기했지만요.

효영은 영은이 읽어 주는 원철의 이야기를 천천히 따라갔다. 영은이 다른 사람의 편지를 읽어 주는 것도 대필가의 마음과 닮은 구석이 있는 것 같았다. 온전히 그날의 감정을, 덜지도 보태지도 않고 담백하게 전달하는 일이 왠지 무척이나 멋지게 느껴졌다.

—그날 병실로 돌아온 내 운동화는 찢어진 낙엽들로 엉망진창이었습니다. 원숙 씨는 학교 선생이란 사람 꼴이 그게 뭐냐며 웃었지만요. 그때 그 웃음이 그립습니다. 만날 인상만 찌푸리지 말고, 나도 원숙 씨 앞에서 더 웃어줄 걸 아쉽기도 하고. 그래요, 뭐, 원숙 씨를 떠올리면 후회할 것이 한두 가지겠냐마는.

효영은 코끝이 시큰해지는 것을 느끼며 트리 그림자가 진 벽면으로 시선을 돌렸다. 길게 늘어진 나뭇가지의 그림자를 보고 있으면 꼭 시간이 이 모양 그대로 멈춰져 있는 것 같았다.

—또 보아요, 원숙 씨. 사랑을 담아서, 철.

영은은 물기를 머금은 목소리로 마지막 원철의 이름 한 글자까지 읽어 냈다. '크흠.' 하고 목을 가다듬는 소리와 편지지를 손끝으로 훑는 소리가 그대로 전파를 타고 효영에게 전해졌다. 일산 방송국 어디쯤 떨어져 있는 영은의 현재와 연희동 글월에 머무는 효영의 현재가, 정전기처럼 찌릿한 어떤 에너지로 연결된 기분이 들었다. 각기 다른 인생과 시간을 살아온 사람들이 하나의 사건으로 연결된다는 것도 커다란 위로라는 걸 깨닫는 순간이었다.

"이런 문장가가 글월의 손님이라니. 멋진데요?"

영광이 입꼬리만 살짝 올려 웃었다. 음영이 진 영광의 얼굴을 보며 효영도 고개를 끄덕였다. 영광은 떠나간 아버지를 떠올리고 있을까. 그림자가 진 마음에 어떤 감정이 숨어 있을지 효영은 그게 궁금했다. 하지만 섣불리 한 걸음 더 다가갈 생각은 하지 않았다.

영은이 마무리 멘트를 하는 동안, 영광이 라디오 윗면을 손톱으로 톡톡 두드리며 말했다.

"너무 아름다운 걸 보면요, 제가 한 작업물들이 아무것도 아니게 느껴질 때가 있어요. 이렇게 감동적인 게 세상에 이미 있는데. 내가 이런 걸 재현하려는 게 무슨 의미가 있을까 싶고."

효영도 공감되는 말이었다. 한때는 영광만큼 깊게 고

민한 부분이기도 했고.

"저도 시나리오 쓸 때 비슷한 생각을 한 적이 있어요. 그렇지만 생활에 담긴 아름다움은 종종 무언가에 가려지기 마련이잖아요. 피곤함과 권태, 염세적인 마음 같은 걸로요. 영광 씨가 만드는 창작물은 딱딱하게 굳은 마음을 풀어 줘서, 사람들이 다시 주위의 아름다움을 볼 수 있게 도와줄 거예요."

"와, 어떻게 그런 말이 바로바로 떠올라요?"

영광이 눈을 반짝이며 효영을 보았다. 효영은 괜히 민망한 마음이 들어 의자에서 벌떡 일어났다.

"편지 가게 일기를 너무 자주 쓰는 것 같아요. 좀 줄여야지."

"아뇨. 정말 좋았어요. 위로됐어요, 진짜."

"저 아직 저녁을 안 먹어서 배고픈데, 혹시 치킨에 맥주 어떠세요?"

"좋죠. 정말 좋죠."

효영은 반짝이는 트리의 스위치를 껐다. 글월 문을 닫고 계단으로 향하자, 영광이 곧바로 휴대폰 손전등을 켜서 효영의 앞길을 밝혀 주었다. 타박타박. 곧이어 계단을 내려가는 둘의 발소리가 불 꺼진 연궁빌딩을 울렸다.

4

___

화요일 점심, 선호가 글월에 찾아왔다. 다행히 컨디
션이 전보다 더 좋아 보였다. 대상포진보다 힘든 게 육
아가 확실하다며 선호가 너스레를 떨었다.

"오늘은 어떻게 육아에서 또 벗어나셨을까?"

"소희가 연차 써 줬지, 뭐. 매번 장모님한테 부탁드리
긴 또 그렇더라."

"별일 없는데 연차는 왜?"

선호가 씨익 웃으며 백팩에서 L자 파일을 꺼냈다. 슬
쩍 보여 준 서류는 임대 계약서였다.

"뭔데?"

"글월 2호점 계약을 마치고 왔지!"

지난여름부터 선호가 2호점에 관심이 생겼다는 건
알고 있었다. 편지의 거점을 만들어 주고 싶다고 했던
가. 전쟁 같은 육아와 쉴 틈 없는 사업과 예상치 못한 대

상포진의 공격 속에서도 편지 쓰는 문화를 만들겠다는 선호 사장의 사명감은 활활 타올랐던 모양이다.

"일전에 어디서 입점 제안을 받았다고 한 거 기억나? 사실 조건이 안 맞아서 불발됐는데, 몇 주 뒤에 소희 지인한테서 성수에 3층짜리 건물이 지어졌다는 소식을 들었어."

일종의 '공간 플랫폼'이라고 불리는 그곳은 카페와 패션숍, 편집숍 등이 어우러진 복합 공간이 될 거라고 했다. 서울의 강서 쪽에는 연희동이 있으니, 강동에 있는 성수가 두 번째 지점으로 제격이라는 생각이 들었다.

선호 부부는 매일 하준이와 하율이를 재우고 밤새 머리를 맞대며 고민을 거듭했다. 입점을 위해 제안 단계를 거치긴 해야 했지만, 진짜로 된다면 새로운 글월을 책임질 수 있을 것인가 고민이 되었다. 소희는 지금 시점에 2호점을 내는 것이 과연 옳은 선택인지 확신할 수 없다고 했다. 그러자 선호가 대뜸 노트북을 켜고 엑셀 표를 만들어, 2호점을 냈을 때 부부가 얻을 수 있는 것과 포기해야 하는 것을 나열했다. 결과는 7:6으로 '얻을 수 있음'이 1점 차이로 승리했다.

"꿈을 가진 아버지는 자식들의 본보기가 된다. 이게 2호점을 냈을 때 우리 가족이 얻을 수 있는 마지막 장점이었어. 물론 내가 뽑은 장점이지!"

선호가 거들먹거리는 표정으로 자기 가슴을 주먹으로 탕탕 쳤다. 아픈 덕에 혼자 있을 시간이 많아져서 글월 2호점에 맞는 분위기를 찾기 위해 열심히 연구했다고. 곧이어 구글맵에서 거리뷰를 열어 효영에게 2호점의 위치와 건물을 보여 주었다. 확실히 성수동은 연희동과는 다른 분위기를 풍겼다. 그레이 톤의 외벽이 만들어 낸 세련된 외관에서 현대적인 감성이 짙게 묻어나왔다. 이런 장소에 글월이 또 어떤 방식으로 녹아들지, 효영도 무척 궁금했다.

"괜찮네. 요즘 성수도 뜬다는데."

"여긴 따뜻하고 부드러운 분위기의 연희점과는 다르게 조금 더 도시적인 공간이 될 거야. 가구도 나무보다는 스틸을 사용할 거고."

"그럼 빨리 알바도 뽑아야겠네. 언제 오픈인데?"

"내년 2월이 목표다. 안 그래도 요즘 내가 가진 모든 인맥을 동원해서 서칭 중이야."

243

"SNS로 지원은 안 받고?"

"그것도 해야지."

흥얼거리는 선호가 크리스마스트리 앞에 섰다. 팔짱을 낀 채 요리조리 살펴보더니 천천히 고개를 끄덕였다.

"나쁘진 않네. 나쁘지 않아."

"뭘 나쁘진 않아. 퇴근 못 하고 고생해서 만들었건만."

"응? 효영이 너도 같이 만들었어?"

"그냥, 퇴근길에 마주쳐서."

선호의 눈빛이 지난주에 찾아온 주혜의 눈빛과 비슷하게 느껴지는 건 착각일까. 효영이 선호를 흘겨보자, 선호가 곧바로 몸을 돌려 펜팔함 앞으로 갔다. 펜팔 숫자를 세던 선호가 테이블에 앉으며 말했다.

"좋아! 오늘 같은 날에는 편지 한 통 써야지!"

"펜팔하게요?"

"응. 나 글월 운영하고 펜팔 서비스 직접 이용해 본 적 없거든. 대상포진 완치 기념 겸 2호점 계약 기념 겸 하나 써야지. 일기처럼."

효영이 편지지와 연필꽂이를 가져다주었다. 선호가 경건한 마음으로 잠시 눈을 감았다가 뜨더니, 볼펜을 집어 편지지에 '안녕하세요, 두 아이의 아빠입니다.'라는 문장을 써 냈다. 그다음 문장은 물 흐르듯 이어졌다.

TO. 미영의 수신자께

안녕하세요, 두 아이의 아빠입니다. 내년이면 초등학교에 들어가는 아들과 아직 돌도 지나지 않은 딸을 키우고 있지요. 행복은 두 배, 피곤함도 두 배입니다. 하하.

아내에겐 절대 말하지 않았지만, 사실 저는 제 인생에 결혼이 있을 거라고는 상상도 해 본 적이 없었어요. 늘 하고 싶은 게 많았고, 가고 싶은 곳도 많았고, 이루고 싶은 것도 많았거든요.

꿈을 잃는 게 가장 두려웠습니다. 반짝이는 불빛을 좇지 않고 이 망망대해를 어떻게 헤쳐 나갈지 막막했으니까요. 사실 그 마음 안에는 오만함도 있었어요. 세상에 태어났으면 뒤도 돌아보지 않고 질주하고 싶은 꿈을 가지는 게 당연하다고 생각했거든요. 꿈도 없이 공부하고 꿈도 없이 대학에 가서 직장에 자리를 잡는 사람들을, 조금쯤 재미없는 사람이라고 생각하는 바보 같은 생각을 한 적도 있어요. 뻣뻣하게 고개를 쳐들고 다니던 시절이었습니다.

그러다 드디어 제가 구부러진 겁니다. 연기라는 꿈을 잃었거든요. 뒤늦게 대학에 와서 배우는 모든 것들이 신기하고 즐거웠지만, 이곳이야말로 저에게는 재능의 부족을 처절하게 느끼는 장소가 되었어요. 왜 더 노력하지 않았어? 재능이 뭐가 문제야? 그냥 겁먹고 도망친 거 아니고? 누가 이런 질문을 하기도 전에 제가 먼저 저한테 물어봤죠. 그래서, 넌 이제 꿈 없이 살 수 있겠어? 이렇게도요.

하지만 찬란히 부서져 본 경험이 있는 사람은 절대 실패한 게 아니라고 생각해요. 찬란하게 부서졌다는 결과를 얻은 거죠. 물론 꿈을 상실한 시간을 견디는 게 쉬운 일은 아니었지만, 살다 보면 또 설레는 일은 생기거든요. 진짜, 언젠가는요.

지금은 새로운 꿈을 찾아 세상에서 가장 튼튼한 배를 타고 바다를 건너고 있어요.

파도가 없는 것도 아니고 폭풍우를 만나지 않은 것도 아니지만, 가족이라는 든든한 돛대가 늘 저에게 힘을 줍니다. 겁먹지 않고 앞으로 나갈 힘을요.

꾹꾹 눌러쓴 글자가 오늘따라 어떤 '선언'처럼 느껴지는 건 기분 탓일까요?

좋은 아빠와 좋은 남편, 그리고 진심을 담아 꿈을 이룰 나를 위해 몇 자 적어 보았습니다.

예쁘게 봐 주세요! :)

그럼 당신의 건강과 행복을 빌며 이만 편지 마칩니다.

FROM. SH

PENPAL SERVICE

편지지를 접어 봉투를 봉한 선호가 자리에서 일어났다. 그사이 손님 셋이 필기구와 엽서를 사고 나갔다. 글월을 찾아 주는 고마운 손님이 차근차근 늘어, 선호 말처럼 2호점이 생겨도 사업성이 나쁘지 않을 거라는 말에 동의했다. 연희와 성수면 각각 서울의 왼쪽과 오른쪽에 있어서 접근성도 훨씬 좋아질 것 같고.

"아, 효영아. 이거 받아."

선호가 카운터 앞에서 다시 백팩을 열어 L자 파일에 넣어 둔 서류를 건넸다. 시급을 올려 적은 고용계약서였다. 효영으로서는 마다할 리가 없는 조건이었다.

"여전히 아르바이트생 기준이기는 한데, 그래도 나름 많이 올렸어."

"알겠어요. 챙겨 줘서 고마워요."

"내가 더 고맙지. 빨리 알바 뽑아서 너한테 일 다 몰리지 않게 할게."

선호가 글월을 나서려던 그때, 문을 열고 영광이 들어왔다. 그사이 미용실에 다녀왔는지 귀를 덮던 옆머리가 깔끔하게 정리되어 있었다.

"뭐냐?"

"손님이요."

선호의 물음에 영광이 눈을 동그랗게 뜨고 말했다.

"웹툰은 안 그리고 왜 자꾸 글월에 오냐고. 너 업무 일지 보니까 글월에 꽤 자주 와?"

"업무 일지? 효영 씨 저 온 날 기록하고 그래요?"

영광이 효영을 보며 묻자, 효영이 당황한 목소리로 말했다.

"그게 아니라, 어차피 사장님이랑도 친하니까 겸사

겸사 쓴 거죠. 쓸 게 없을 때만 가끔."

"궁금하다. 뭐라고 썼는지."

영광의 말에 선호가 그의 옆구리를 콕콕 찌르며 장난을 쳤다.

"뭐겠어. 글월답지 않게 시끄러운 애가 와서 훼방만 놓는다고 썼겠지."

"와, 진짜 그렇게 적었으면 섭섭하다."

효영이 그럴 리 없으니 걱정하지 말라며 고개를 저었다. 영광은 옆구리에 끼고 있던, 돌돌 말아 둔 잡지를 꺼냈다. 접어 두었던 페이지를 펼치니 선호의 인터뷰 기사가 보였다. 한쪽 면 전체에 글월 카운터 앞에서 팔짱을 끼고 선 선호의 사진이 담겼다. 장난기 어린 모습을 숨긴 진지한 표정을 보자 웃음이 났다.

"인터넷으로 이미 본 사진이긴 한데, 이렇게 지면으로 보니까 더 웃기네요."

효영의 반응에 선호가 화를 내는 척 말했다.

"웃겨? 나 배우였어, 인마. 카리스마가 뚝뚝 떨어지지 않냐고."

"이미 다 떨어져서 없어진 것 같은데?"

영광이 놀리자 선호가 양손을 들어 영광의 머리칼을 잡는 시늉을 했다. 그때 글월에 또 다른 손님이 들어왔다. 교복을 입은 고등학생 커플이었다. 엽서를 고르던 커플이 영광을 보면서 슬쩍 수군댔다. 그러다 남학생이 먼저 영광에게 다가와 물었다.

"저, 혹시…… 웹툰 작가님 아니세요?"

"네?"

당황한 영광 대신에 선호가 먼저 그렇다고 대답해 주었다.

"우와! 저 <이웃집 연정이> 세 번 정주행했어요. 저희 둘 다 애니메이션고등학교 다녀요."

"아, 고맙습니다. 이렇게 독자님을 만나네요."

영광이 머리를 긁적이며 어색하게 웃었다. 팬들에게 곧잘 편지도 한다고 들었는데, 막상 팬을 직접 만나 고장 나 버린 모습을 보니 의외였다. 고등학생 커플은 웹툰 플랫폼에서 영광의 인터뷰 기사를 읽었다고 했다. 기사 사진 덕에 영광의 얼굴을 알아본 것이었다. 효영은 웹툰 독자는 아니어서 영광의 이력을 듣기만 하고 실제로 얼마나 대단한 작가인지 알지 못했다. 오프라인에서 알아보는 팬이 있을 정도면, 데뷔작이 성공했다는 말이 결코 예사말은 아닌 것 같았다.

"아, 팬카페 게시글에 써 주신 그 편지 가게가 여기였구나."

여학생의 말에 이때다 싶어 선호가 숟가락을 얹었다.

"그렇습니다. 스타 웹툰 작가도 다녀간 편지 가게가

여기! 앞으로도 많이 찾아 줘요."

노트에 영광의 사인을 받은 학생 커플이 횡재한 표정으로 기분 좋게 글월을 나섰다. 그러자 곧바로 선호의 반격이 이어졌다. 너도 인터뷰했으면서 왜 자랑 안 했냐, 스타 웹툰 작가면 저작권 수입이 얼마나 되냐, 연화아파트를 자기한테 양도할 수 있냐 등등. 대답할 가치가 없는 질문에 영광이 점점 뒷걸음질을 쳤다.

"오랜만에 드라이브 갔다가 서점에서 형 얼굴 보고 반가워서 가지고 온 건데. 어째 내가 더 놀림당하는 거 같네. 휴."

"반가운 건 눈곱만큼이고, 놀리려고 가져온 거 다 알아. 근데 어쩌냐? 내가 원래 부끄러움을 잘 몰라서."

"그래요, 저만 아는 것 같네요. 부끄러운 작가는 빨리 차기작을 준비하러 물러가겠습니다. 갈게요."

영광이 문을 나서자, 선호가 곰방대를 문 할아버지처럼 혀를 끌끌 찼다.

"젊은 놈이 실패를 두려워해서야 원."

"실패는 한 살에 해도 두려운 거예요. 하준이도 뛰다가 넘어지면 울잖아요."

"어허! 그래도 말이야, 라떼는 말이야……."

사장님도 그만 가시라며 효영이 선호의 등을 떠밀었다. 선호가 글월을 나가자마자 신기하게도 손님들이 끊이지 않고 찾아왔다. 부쩍 쌀쌀해진 날씨지만 연말은 한 해 동안 묵혀 둔 감사의 마음을 표현할 시간이었다. 연말 선물용 필기구를 사는 사람이나 긴 해외여행을 떠나기 전 친구에게 메시지 카드를 남기려고 온 사람들이 글월을 방문했다. 잠깐 손님이 뜸해질 시간에 효영은 쓰고 남은 종이 영수증을 꺼내 뒷면에 고마운 사람 목록을 적어 보았다.

강선호, 선호 아내, 하준이, 송은채, 차영광, 호박부동산 사장님 등등. 쓰고 나니 선호 사장과 은채를 제외하고는 근래 들어서야 알게 된 사람들이었다. 1년 만에 자주 만나는 사람과 주로 하는 대화, 관심사가 바뀌었다. 사람은 쉽게 바뀌지 않는다고 여기던 자신이었지만 그 믿음마저 변하게 되었다. 내가 어떤 공간에 담기느냐에 따라 내면의 모양과 풍기는 향이 달라졌다. 그런 면에 있어서 효영은 글월이라는 공간을 좋아할 수밖에 없었다.

퇴근길에 효영은 패딩 후드를 푹 뒤집어쓰고 종종걸음으로 걸었다. 저녁 바람에 손이 꽤 시렸다. 주머니에 손을 넣고 걷다가 무심코 낮에 만난 애니메이션고 커플과 팬들 앞에서 부끄러워 어쩔 줄 몰라 하던 영광이 떠올랐다. 효영은 휴대폰을 꺼내 영광의 데뷔작을 검색했다. 매 회차 댓글 수가 500개가 넘어갔다. 마지막 화에 들어가 댓글을 열어 보자 <이웃집 연정이>의 주인공에게 많은 위로를 받았다는 댓글이 베스트에 올라 있었다. 효영은 댓글을 쭉 읽다가 최근 댓글에서 멈췄다.

—언제 차기작 나옴? 이거 완결한 지가 거의 내년이면 2년이 다 되어 감.

—몰라. 아직 먹고살 만한가 봄.

—완전 과거의 영광이네. 차기작 자신 없나ㄲㄲㄲ

댓글마다 '싫어요' 버튼을 누르려다가 말았다. 그런다고 뭐가 달라질까 머쓱했다. 영광이 며칠 수염도 안 깎고 동네를 돌아다니는 걸 볼 때는 엄살이라고 생각했는데, 지금 생각해 보면 괜히 안쓰러운 마음도 들었다.

"넘어지지 않으려고 애쓰는 사람들을 보면, 좀, 안쓰러워. 나 같기도 하고."

효영은 언니가 대학 입시에 성공하고 함께 아이스링크장에 간 날이 떠올랐다. 언니는 하얀 얼음판 위에 조심조심 스케이트를 타는 사람들을 보며 나지막이 말했다. 하지만 다섯 살 터울이 나는 언니의 말을 이제 겨우 초등학교를 졸업한 효영이 알기란 어려운 일이었다. 효영은 늘 늦을 수밖에 없었다. 5년 뒤 언니의 나이가 되어 그날의 언니를 이해하고 나면 언니는 또 효영은 경험하지 못한 5년이라는 시간을 견뎌 낸 사람이 되었으니까.

글월의 크리스마스

1

——

12월 첫째 주. 글월에 반가운 얼굴이 찾아왔다. 회계사 성민재였다. 그레이색의 울코트를 입은 민재는 가죽 장갑을 하나씩 벗으며 효영에게 고개 숙여 인사했다. 크리스마스트리가 멋지다는 말에 효영이 미소로 화답했다.

"오랜만이네요. 요새 회사 일이 바쁘셨나 봐요."

"그것도 그렇고, 개인적으로 할 일이 생겼어요."

패션도 들고 온 브리프 케이스도 그대로인데 민재의 분위기가 뭔가 묘하게 변한 것 같았다. 주혜가 자기를 의심스러운 눈초리로 본 것처럼, 효영도 살짝 가자미 눈을 하고 민재를 보았다. 연애하는 것 같지는 않은데 뭔가 세상의 재미를 또 하나 찾아낸 사람처럼 얼굴에 생기가 돌았다.

민재는 연말 카드 몇 장을 고르고 펜팔 서비스를 신

청했다. 테이블에 앉자마자 브리프 케이스에서 가죽 필통을 꺼내고 만년필을 집어 들었다. 오늘은 하늘에 먹구름이 껴서 글월도 조금 어두웠다. 효영은 연필꽂이와 함께 글월에서 판매하는 버섯 모양의 램프를 가져다주었다. 민재가 효영을 돌아보며 물었다.

"혹시 지지난 주에 라디오 들으셨나요? 문영은이라는 가수가 글월 손님의 편지를 읽어 주시던데요."

"들었어요. 생방송으로요. 워낙 음색 좋은 가수라, 편지를 읽는 목소리도 정말 예쁘더라고요."

"맞아요. 곧 있으면 마흔이 넘어가는 나이인데, 집에서 혼자 라디오 듣다가 울었어요."

"어머, 저도 살짝 코가 시큰하긴 했어요."

효영은 이제 넉살이 늘어 손님에게도 편하게 말을 건넬 줄 알았다. 민재도 원철의 편지라는 건 짐작하고 있을 것 같았다. 영은이 뽑은 편지는 다른 내용이었지만, 그녀가 편지를 보며 엄청난 명필이라고 언급했던 것과 편지 내용에 장미 얘기가 있던 것을 들었다면 충분히 짐작할 만했다. 민재와 원철은 처음 펜팔을 주고받은 후로도 각각 두 번의 답장을 더 썼다.

"근데 진짜 곧 있으면 마흔이세요? 엄청 동안이네요?"

"고맙습니다. 유전이라."

푸핫. 효영이 입을 가리고 웃었다. 생각보다 유머러스한 캐릭터인 것 같았다. 자기도 모르게 민재에게 원철과 펜팔은 잘 주고받고 있냐고 물으려다 멈칫했다. 원철을 한 번도 마주친 적이 없을 민재에게, 자기가 아는 원철의 정보를 더 전달할 수도 있었지만 참았다. 순간 펜팔의 익명성을 지켜 주는 파수꾼이 된 듯 자부심이 솟았다.

효영은 민재가 편지에 집중할 수 있도록 말을 아끼고 카운터로 향했다. 마감 시간이 20분 정도 남아 있어서, 미리 글월의 업무 일지를 쓰고 있기로 했다.

— 일자: 12월 4일_평일

— 날씨: 구름 많음

— 근무자: 우효영

— 방문 인원: 29명

— 카드 매출: 319,000원

— 현금 매출: 2,800원

— 총 매출: 321,800원

— 품절 제품 리스트

: 크리스마스카드 Red (카드와 봉투 소량 남아 있습니다)

: 벨기에 다이어리 Black (소량 남아 있습니다)

— 필요한 비품

: 포장용 비닐봉지

— 특이 사항: 손님이 내민 신용 카드가 꽁꽁 언 얼음장처럼 차가운 하루입니다. 지난달에 메일로 팝업 스토어 제안을 준 롯데백화점 매니저가 직접 글월에 방문했어요. 글월 내부 사진도 몇 장 찍고 갔고요. 글월의 이미지와 비슷한 팝업 스토어면 좋을 것 같다고 해서 저희도 컨셉 거의 다 정리했다고 안내해 드렸습니다. 문구류를 파는 편집숍까지 해서 6개 정도의 스토어가 모일 예정이라고 합니다. 글월의 첫 팝업 스토어라 기대되네요.

라디오에 글월이 소개되고 나니까 전주에 바짝 손님이 올랐다가, 지금은 다시 평균을 유지하는 것 같아요. 날이 워낙 추워서 그런지 오프라인 손님보다는 온라인 손님이 늘었고요. 온라인을 통한 펜팔 서비스도 고려해 보시면 좋을 것 같아요. 오늘은 여기까지!

최근 들어 효영은 새로운 서비스 아이디어를 내는 일에 관심이 많아졌다. 테이블에 올라가는 화병을 보다 보면, 꽃과 편지를 함께 배달하는 서비스가 있으면 좋겠다는 생각이 들었다. 글월의 편지봉투에 새로운 형용사를 추가해 보자고 한 것도 효영이었다. 팝업 스토어 컨셉을 노트에 끄적이고 찍은 사진을 영광에게 전달했더니, 금세 그럴듯한 그림을 그려서 보내 주었다. 눈앞에 구현되는 이미지에 효영은 신이 나서 아이디어를 펼쳤다. 이런 일들이 재미있어지리라고는 올해 봄에는 전혀 예상하지 못했다.

"죄송해요. 그래도 10분 안에는 다 쓸 거예요."

민재가 손목시계를 들어 영업 마감 시간을 확인하고는 말했다. 효영은 오전에 노트에 써 둔 아이디어를 살피다가 민재를 보고는 말했다.

"괜찮아요. 여유 있게 쓰세요."

"그래도, 직장인한테 칼퇴는 황금과도 같은 건데."

"아, 그렇긴 하죠?"

효영이 장난스레 웃었다. 민재는 다시 진지한 표정으로 편지를 썼다. 아까보다는 속도가 붙었다. 사각대는 소리가 빠르게 반복되었다.

반갑습니다. 추운 겨울 따뜻하게 잘 지내고 계시나요?

벌써 12월이네요. 후회보다는 기쁜 일이 가득한 한 해 되셨기를 바라며,

올해의 마지막 펜팔을 적어 봅니다.

저는 글월에서 펜팔 서비스를 종종 이용하는 편입니다. 펜팔 만렙이에요,

하하. 어떤 사람은 두어 번 답장을 주고받다가 끝나기도 하고, 어떤

사람과는 벌써 반년째 인연을 이어가고 있어요. 덕분에 저는 편지지

위에서나마 조금은 더 솔직한 사람이 된 것 같습니다.

겨울은 사랑하던 사람을 떠나 보낸 계절입니다. 약 3년간의 결혼 생활에

마침표를 찍은 계절이죠. 아내가 저와 결혼한 지 1년 만에 다른 남자

를 만나게 되었거든요. 아내가 일하는 미술 학원 수강생하고요. 2년

이 지나서야 그걸 알고는 당연하게도 이혼 절차를 밟았습니다. 마비된

동물처럼 한동안 분노도 후회도 남지 않은 시간이 지나갔어요.

이혼하고 얼마 뒤 거실에 혼자 덩그러니 앉아 있다가, 한쪽 벽에 전처

가 걸어 둔 회화 한 점을 보았어요. 프리드리히의 〈안개 바다 위의 방

랑자〉라는 작품입니다. 지팡이 하나를 짚고 선 남자가 안개 낀 산등

성이와 바다를 바라보고 있는 그림이에요.

뒷모습뿐이라 어떤 표정인지 알 수가 없습니다. 그래서 더 남자의 심

정이 궁금해지더라고요. 어떤 날은 비관에 빠진 것 같고 어떤 날은 헛

된 희망에 찬 것 같고.

그러다 며칠 전에 다시 그림을 보았는데, 남자가 저에게 말을 거는

것 같더라고요. "고개를 들어, 앞을 봐. 안개 따위에 겁먹지 말고!" 이렇게요. 그림은 몇 년째 그 자리에 그대로 있는데, 남자의 뒷모습을 보고 이런 말을 떠올리는 걸 보면, 저도 얼마쯤 더 괜찮은 사람이 된 거라는 생각이 들었어요.

편지를 쓰면서 누군가를 위로해 줄 줄도 알고, 누군가에게 위로받을 줄도 아는 사람이 되었거든요. 그러니까, 저는 제가 올해 봄보다 더 좋은 사람이 되었다고 확신합니다.

조금 개인적인 얘기였지만 너무 무겁게 읽지는 않으셨으면 좋겠어요. 어쨌든 저는 전처가 남겨 준 그림 덕분에 뜻하지 못한 위로를 받은 기분이었거든요. 영원한 사랑을 지키지는 못했지만, 영원한 아픔이 없다는 것도 알게 되었으니까요. 그러면 충분합니다. 까마득한 안개 속을 걸어갈 이유로요.

당신에게 올해는 어떤 해였나요? 작은 질문 하나 던지며 편지 마칩니다. 메리 크리스마스! 아, 어쩌면 해피 뉴 이어요~!

FROM. 나비넥타이

PENPAL SERVICE

펜팔함에 자기의 편지를 가져다 둔 민재가 새 편지를 뽑아 들었다. 봉투에 햇빛을 받고 자란 새싹이 표식으로 그려져 있었다. 새해를 의미하는 상징으로 딱 맞았다. 'etc. 시골에 사는'이라는 글자를 읽으니 더 궁금증이 들었다.

X월 XX일 토요일.

서울을 떠났던 나는 2개월여 만에 친구를 만나러 왔다.

한동안 추위와 폭설이 계속되었던 만큼 두꺼운 옷차림으로 말이다.

서울을 떠나기 전 머릿속에는 "그만."이라는 말이 계속 맴돌았다.

무엇을 그만하라는 건지 모르겠지만 나를 둘러싼 것들에서 벗어나고 싶었나 보다.

그렇게 직장도 친구들도 서울의 모든 것들을 뒤로한 채 본가인 시골로 향했다.

시골에서의 나는 새로운 일을 하게 되었고 가족들과 강아지들과 함께하며 보다 안정된 삶을 살아가고 있다.

미래를 생각하면 현재의 시간이 옳은가 의문이 들기도 하지만 몸과 마음이 더 건강해진 지금의 내가 좋다.

길고 긴 인생에서 나는 어떻게든 답을 찾고 살아가겠지

그 시간 속에서 나를 잃지 말아야지. 행복해야지.

오랜만에 만나 반가운 나의 친구에게도 행복이 가득한 새해가 되기를 바래본다.

-시골에 사는 내가

PENPAL SERVICE

민재는 편지의 마지막 부분을 연거푸 읽었다. '그 시간 속에서 나를 잃지 말아야지. 행복해야지.' 어쩌면 민재 자신에게 가장 하고 싶은 말이기도 했다. 퇴근 후 노트북 앞에서 소설이나 소설 비슷한 것들을 쓰며 어떻게든 나를 잃지 않으려 했던 그날을, 편지를 보낸 이가 어루만지고 응원해 주는 것 같았다.

익숙해진 삶을 내려놓고 새로운 땅에 발을 디딘다는 게 쉬운 일은 아니었을 거다. 하지만 길고 긴 인생에서 어떻게든 답을 찾고 살아가겠지. 민재는 "그만."이라고 용기를 낸 이에게 마음으로 박수를 보내며 작은 미소를 지었다.

민재가 편지봉투에 편지를 넣자, 효영이 물었다.

"올해 안에 또 오시나요?"

"아마 어려울 것 같아요. 신춘문예를 준비하고 있거든요."

"신춘문예? 맞다, 12월이지!"

12월은 신춘문예 시즌이었다. 효영과 같이 시나리오를 쓰던 친구 중에 희곡 작가를 꿈꾸는 친구들도 많아서 알고 있었다. 신문사마다 마감 기한은 달랐는데, 제일 늦은 것은 12월 중순까지였다. 시, 소설, 동화, 희곡 등의 원고를 제출하고 나면 1월 1일 자 신문에 당선자의 작품과 인터뷰가 실렸다. 그래서 크리스마스쯤에는 당선자에게 개별로 미리 연락이 갔다.

"소설…… 같은 걸 쓰고 있습니다. 이미 하나는 냈는데, 한 군데 더 내 보려고 다른 작품을 수정 중이에요. 그냥, 도전."

"좋은 결과 있길 바랄게요!"

"고마워요."

초록색 나비넥타이 위에 체크무늬 목도리를 두른 민재가 천천히 글월을 떠났다. 그리고 얼마 지나지 않아 눈이 내렸다. 글월 전면 창에 사선으로 뿌려지는 하얀 눈. 효영은 소리 없이 웃으며 창밖을 바라보았다. 오늘 따라 길 건너의 연화아파트가 부드럽고 폭신한 케이크처럼 느껴졌다. 크리스마스가 가까이 오긴 왔나 보다, 생각하며 효영은 가방을 메고 퇴근했다.

눈이 오네요?

연궁빌딩을 나오는데 영광에게서 문자가 왔다. 효영은 곧바로 고개를 들어 아파트 5층을 올려다보았다. 베란다에 나온 영광이 효영을 향해 손을 흔들었다. 파란색 수면 바지에 반팔 티 차림. 눈이 오는데 춥지도 않나. 효영이 추우니 그만 들어가라며 손짓하다가, 감사 인사를 건넸다.

"그럼 고마워요!"

"뭘요! 언제든지 부탁해요!"

말이 길어지면 조용한 주택가가 소란스러워질세라 효영은 금방 고개를 돌려 집으로 발걸음을 옮겼다. 걸을 때마다 어깨와 소매를 툭툭 건들며 눈송이가 장난치듯 내렸다. 겨울 하늘은 초저녁에도 눈에 띄게 어두웠고 혼자 걷는 퇴근길이 오늘따라 이상하게 외로웠다.

자취방 문을 열자마자 효영은 현관에 둔 26인치 캐리어를 보았다. 엄마가 다녀간 것이었다. 떡하니 캐리어 위에 메모지도 붙여 놓았다. 갑작스러운 급습이 달갑지는 않았지만 효영은 피식 웃으며 메모지를 집어 들었다.

언니 겨울옷 좀 가져왔어

만날 시퍼런 검정 재킷만 입고 다니는 거 아니까 가져온 거야.

짜증 내지 말고 있어

효민이가 너 자취한다니까 자기 옷 가져다줘도 된다더라.

PS. 언니가 편지 고압대 원일로 내가 답장을 썼나?

"답장 아니거든!"

민망함에 혼잣말을 뱉은 효영이 메모지를 향해 입술을 삐죽이 내밀었다. 촬영 현장에 다니느라 늘 편하고 값싼 옷만 찾아 입었던 효영과 달리, 대학원에 다니던 효민은 반듯한 정장 스타일의 옷이 많았다. 보나 마나 가지각색의 핸드메이드 코트가 대부분일 터였다.

캐리어를 자취방 바닥에 눕히고 지퍼를 열었다. 효민이 대학교 졸업식에 입었던 베이지색 울코트와 논문 발표회 날 입은 카키색 무스탕도 있었다. 누가 세탁소 집 아니랄까 봐 전부 드라이클리닝을 끝내고 비닐에 곱게 싸 둔 상태였다. 하지만 하나같이 효영이 갖고 있는 옷과 신발과는 전혀 어울리지 않는 디자인이라 웃음이 났다.

"이걸 어떻게 입으라고."

효영은 효민의 외투를 척척 접어 다시 캐리어에 넣었다. 캐리어를 세워 냉장고와 서랍 사이 틈에 굴려 넣고는 곧장 창문을 열었다. 그사이 연희동에 눈이 소복이 쌓이기 시작했다. 건너편 지붕과 옥상에 찬찬히 올라간 눈을 보자 포근한 기분이 들었고, 하품이 나왔다.

2

"웬일이야! 아가씨, 나 자랑할 일이 생겼어."

누가 봐도 신이 난 표정의 은아가 글월에 찾아왔다. 그사이 커트와 파마를 새로 해서 더 젊어 보였다.

"내년에 태국 가기로 했거든. 우리 바깥양반이랑."

"어머! 정말요? 사장님이랑 해외여행 가는 거 처음이라고 하셨잖아요."

효영이 밝게 웃고 반응하자 은아는 대뜸 영은의 라디오 얘기를 했다. 은아의 남편인 빵집 사장은 가게 문을 닫는 시간마다 라디오를 틀었다. 딱히 즐겨 들어서는 아니었고, 바닥을 닦고 바구니에 담긴 빵가루를 치우면서 습관적으로 켜 두는 것이었다. 그러다 영은이 원철의 편지를 읽는 것을 무심코 듣다가 생각이 바뀌었다고 했다. 아내와 여행을 가야겠다고.

"누가 쓴 편지였는지 알 수 있어요? 안 되겠지? 몰라.

아무튼 난 너무 고마워!"

편지 속에 원철이 한탄하듯 써 놓은 문장이 떠올랐다. 바쁜 삶에 치여 아내와 제대로 놀러 간 적이 없어 후회스럽다는 말. 새벽같이 밀가루 반죽을 주무르며 성실하게 살던 은아의 남편에게도 생각할 거리를 던져 준 문장이었나 보다.

"내가 건강하게 옆에 있다는 게 얼마나 감사한지 이제 알았나 보네요. 아들 시켜서 이미 1월에 비행기 표까지 싹— 준비해 놓은 거 있죠? 아니 이렇게 쉬운 걸 십수 년을 답답하게!"

"얼마나 다녀오세요?"

"무려 4박 5일요! 이 양반이 큰맘 먹긴 했나 봐요. 5일이나 가게를 비우고."

"진짜 좋으시겠다. 연희동이 제일 추울 때 따뜻한 나라에서 쉬시겠네요."

"동남아를 가 본 적이 없어서 얼마나 좋은지 모르겠지만. 그래도 이미 표 끊어 놨다니까 뭐, 따라가 줘야겠죠?"

호호, 웃는 은아의 모습이 오늘따라 더 소녀 같아 보였다. 자랑은 이쯤이면 됐다면서 은아가 곧바로 화제를 돌렸다.

"원래 케이크를 가져오려고 했는데, 아가씨가 언제

퇴근인지를 몰라서. 날이 추워도 여긴 따뜻하잖아요. 1층에 보관해 뒀으니까, 퇴근길에 와서 얘기하고 가져가요. 내 선물!"

"에이, 12월에 케이크가 얼마나 귀한 건데 선물로 주시나요. 빵도 너무 자주 주셔서 죄송한데."

"글월 덕에 여행을 가는 거나 마찬가지인데, 케이크하나 정도야!"

효영이 감사히 먹겠다며 인사하자, 곧바로 부동산에서 은아를 찾는 전화가 왔다. 그만 가 보겠다는 은아를 잠시 불러 세운 효영이 글월에서 제작한 진녹색 다이어리를 건넸다.

"이건 제가 드리는 선물이에요. 메리 크리스마스!"

"메리 크리스마스!"

은아도 기분 좋게 선물을 받아 들고 글월을 나섰다.

269

◇◇◇◇◇

퇴근 시간이 지났다. 효영은 글월로 찾아온 선호와 선호 아내 소희를 맞이했다. 소희는 활짝 웃을 때마다 시원한 입매가 매력적인, 글월의 숨은 공신이었다. 선호가 대상포진에 걸리고 소희가 퇴근 후 종종 글월 관리를 도와준 덕에, 퇴근길에 몇 번 얼굴을 마주쳤다. 이미 8년 전 결혼식 때도 본 사이긴 했지만 이제 다시 인연이 닿아 친분을 쌓는 중이었다.

"글월 크리스마스트리가 그렇게 예쁘다고 해서 왔어요. 연말이라 회사가 바빠서 통 못 왔네요."

소희는 매번 시간에 쫓겨 효영을 마주치고도 대화를 별로 나누지 못해서 아쉬웠다고 했다.

"저도요. 사모님이랑 늘 얘기 나눠 보고 싶었어요."

"에이, 그냥 소희 언니라고 불러 줘요."

"그럴까요?"

효영의 애교 섞인 대답에 소희가 다시 시원한 입매를 뽐내며 미소 지었다.

"제가 매번 바쁘다는 핑계로 식사 한 번 대접 못 했어요. 선호가 늘 효영 씨가 일을 야무지게 잘한다고 칭찬하는 거 알죠?"

"에이, 제가 선호 사장님한테 늘 배우면서 일하죠."

"글월 잘 챙겨 줘서 감사해요. 혹시 시간 괜찮아요?"

소희는 곧바로 들고 온 와인 캐리어를 흔들었다. 선호와 마감 세일 중인 대형 마트에 들러 치즈와 연어 샐러드를 사 온 참이라고 했다.

"크리스마스트리 옆에서 밤 풍경도 보고 와인도 한잔할 겸. 효영 씨도 같이 마셔요."

"오랜만에 아이들 두고 외출하신 거잖아요. 두 분 데이트에 제가 껴도 돼요?"

잠자코 있다 싶던 선호가 불쑥 대화에 끼어들었다.

"왜, 짝이 안 맞아서 그래? 영광이라도 불러 볼까?"

"선배!"

킬킬거리며 웃는 선호를 뒤로하고 효영이 메고 있던 가방을 카운터에 다시 올렸다. 테이블 앞에 의자는 두 개뿐이라 카운터에 두었던 의자를 옮겨 왔다. 소희가 쇼핑백에서 플라스틱 와인 잔을 꺼냈다. 곧 달콤한 향이 나는 레드 와인이 와인 잔에 차올랐다.

"알바 뽑았어. 이번에 팝업 스토어에서 일해 줄 친구들 두 명."

"오, 그래도 금방 뽑았네. 일정이 빡빡해서 어려울 줄 알았더니."

"한 사람은 제 사촌 동생이에요."

소희가 브릭 치즈를 집어 먹으며 말했다. 다른 한 명은 글월에 가끔 오는 손님이라고 했다. 올해 수능을 본 고등학생. 펜팔 서비스도 종종 이용하며 글월의 지향성을 잘 이해해 주는 친구라고 했다.

"효영이 네가 스토어 첫날 알바 친구들 오픈하는 거 도와주고, 크리스마스 주에 수목금만 봐 주면 될 것 같아. 딱 4일."

"그동안 글월은 선호 사장님이 보고?"

"그치. 소희가 고맙게도 남은 연차를 다 써 주겠대."

"으악, 내 소중한 연차."

절규하는 척 울상을 짓는 소희가 와인을 마셨다. 선호가 소희의 어깨에 기대며 고맙다고 애교를 부렸다. 소희가 질색하며 몸을 뗐다.

"그만해. 창피하잖아."

그러자 선호가 효영을 보며 비장한 척 대사를 치듯 말했다.

"효영아, 내가 그랬지? 난 창피한 걸 모른다고."

효영이 피식 웃고는 와인을 마셨다. 달콤한 액체가 목을 타고 가슴께로 내려가자, 몸이 살짝 데워지는 게 느껴졌다. 밖이 충분히 어두워진 시간이었다. 선호는 와인 잔을 내려놓고 일어나서 불을 모두 껐다. 그러고는 크리스마스트리의 전구 스위치를 올렸다. 반짝이는 별이 트리 위에서 점점이 흩어져 빛났다. 어릴 적 시골에서 밤중에 맞이한 반딧불이를 보는 것 같았다. 아름답고 고요하고 따뜻했다.

"아니에요. 우리 선호, 창피한 거 잘 알아."

무슨 생각이 났는지 소희가 코를 찡긋하고 웃었다. 친구를 통해 우연히 선호를 만났고 두어 번 술을 마시며 친해졌다. 동갑이라 말도 잘 통한 데다가 서로 완전히 다른 분야에 있어서, 오히려 서로가 하는 이야기가 흥미롭고 신기했다. 그러다 선호가 먼저 소희를 마음에 품었다. 평소 얼굴에 철판을 깔고 사는 게 본인의 특기라고 믿고 살았던 선호는, 소희 앞에서 입도 제대로 떼지 못하는 자기를 보며 또 한 번 놀랐다. 결국 선호가 소희에게 고백하기 위해 선택한 것이 편지였다.

"저한테 고백하겠다고 편지를 썼는데 말이에요, 근데 그게……."

"소희야, 그게 언제 일인데 그러냐."

"겨우 손바닥만 한 편지 한 장 반을 채웠는데 맞춤법 틀린 게 아홉 군데였다니까요."

"아니야! 여섯 군데였어!"

선호가 고개를 푹 숙이고 한숨을 쉬었다. 효영도 선호가 진심으로 부끄러워 귀까지 빨개지는 걸 보는 건 오랜만이었다. 귀여운 허세가 있는 캐릭터라 자기가 가진 지식이 미천하다는 걸 들킬 때 이렇게 어쩔 줄 몰라하는 편이었다. 학교 다닐 때도 예술 이론에 대해서 논쟁하다가 진 날에는 악착같이 관련 논문을 읽고 와서 다음 날 싸움을 걸기 일쑤였다. 아내를 만나고 두 아이의 아빠가 돼서 그래도 많이 나아진 편이었다.

273

"그래서 제가 그랬죠. 고백은 받겠는데, 다음부터는 편지 보내기 전에 맞춤법 검사기 좀 썼으면 좋겠다고."

"푸하핫!"

효영이 결국 못 참고 크게 웃음을 터뜨렸다. 선호는

포기했다는 듯 연어를 두 점이나 집어 입에 가득 넣고 우물거렸다. 소희가 와인 잔을 내밀어 효영과 건배했다. 반쯤 남은 와인 병과 치즈 플래터, 플라스틱 도시락에 올라간 주홍빛 연어가 트리 전구의 불빛을 받아 은은하게 빛났다. 그 자체로 유화처럼 느껴지는 부드러운 풍경이었다. 마음이 저절로 차분해질 만큼.

와인을 한 잔 더 받았을 때, 소희의 주머니에서 휴대폰이 울렸다. 아이가 깼는데 투정이 심하다는 친구의 전화였다. 같은 아파트단지에 살아 잠시 부탁했는데 그만 들어가 보아야 하는 상황이었다. 소희가 테이블에 놓인 음식과 와인 병을 보며 민망하다는 표정을 지었다.

"미안해요. 음식이 남았는데 일어나서."

"그러네. 미안해서 어쩌냐, 효영아."

"그냥 두세요. 기왕 이렇게 된 거 남은 와인 처리하고 갈게요."

효영이 밝게 웃으며 선호와 소희를 배웅했다. 효영은 와인을 병째 들어 홀짝 마시고는 전면에 난 큰 창가로 향했다. 선호와 소희가 손을 꼭 잡고 조심조심 거리를 걷는 게 보였다. 선호가 쓴 초록색 비니와 소희가 두른 머스터드색 머플러가 어두운 와중에도 눈에 띄었다. 위에서 내려다본 선호와 소희 커플은 그 자체로 귀여운 모습이었다.

이렇게 된 김에 분위기를 한껏 내 보고 싶어진 효영은 노트북을 켜고 캐럴을 틀었다. 트리의 전구도 모드를 바꾸어 반짝이게 설정하니, 연말 파티에 온 것 같았다. 효영은 무심코 창문에 손을 올렸다. 손바닥에 오른 찬기가 팔꿈치까지 빠르게 전해졌다. 춥다기보다는 눈이 번쩍 뜨이고 뒷목이 시원해지는 느낌이 들었다.

영광의 그림 덕에 답장 대신 답장 비스름한 것을 언니에게 보낼 수 있었다. 글자 하나 없이, 옛날 사진을 따라 그린 그림이지만 언니가 그 안에서 한 줌의 위로라도 받길 바랐다. 밤중에 혼자 조용한 공간에 남겨져 있어서 그런 걸까. 효영은 언니도 속초 어딘가에서 혼자 이렇게 밤하늘을 보고 있을 것만 같았다.

언니가 그렇게 밉지는 않았어. 사람은 누구나 다 실수하니까. 아니, 사실 잘 모르겠다. 그날, 혼자 학원에서 언니를 기다릴 때는 진짜 좀 미웠는지도. 버려진 것 같은 기분이 들었거든. 이제는 내가 도망치고 싶기도 해. 언니가 날 찾아서 사과라는 걸 할까 봐. 평생 실패 같은 건 해 볼 일 없을 줄 알았던 언니가 나한테 사과한다면, 나도 진짜 어쩔 줄 몰라서 사라져 버릴 것 같아. 그냥 강하게만 남아 주지. 강하고 똑똑한, 우리 집의 자랑으로 남아 주지.

파열음처럼 툭툭 터지는 문장들만 머릿속에 떠올랐다. 효영은 미약한 두통을 느끼며 카운터로 향했다. 그리고 다짐하듯 입을 말했다.

"우효영. 글쓰기 대회에서 받은 상장만 스물두 개. 왜 못 써. 왜 못 쓰겠냐고!"

어쩌다 취기인지 오기인지 모를 상태가 되어 펜팔용 편지지를 꺼냈다. 언니가 아니라, 익명의 사람에게 보내는 편지는 왠지 막힘없이 쓸 수 있을 것 같았다. 효영은 연필꽂이에서 잡히는 볼펜을 아무거나 움켜쥐고, 곧바로 편지를 썼다. 반짝반짝 귀여운 빛을 내는 트리 전구의 요정들이 힘을 내라며 손뼉이라도 쳐 주는 것 같았다.

'봐 봐, 글 쓰는 법을 잊어버린 게 아니라니까!'

TO. 한 해를 마무리하는 분께

크리스마스를 기다리고 있는 겨울입니다.
제 편지를 읽고 계신 당신께선 따뜻한 나날 보내고 계시나요?

누군가에게 다정한 인사를 건네는 것만으로도 몸 안에 온기가 느껴지는 걸 보면,
다정한 말에는 추위를 이길 값비싼 연료가 담긴 것 같다는 생각이 들어요.

사실 캐럴을 듣다가 제 어린 시절이 떠올라서 편지를 쓰게 되었습니다.

크리스마스를 사흘 앞둔 날, 동네 친구네 집에 놀러 간 적이 있어요. 친구가 스케치북을 찢더니 크리스마스카드를 만들자고 했습니다. 보낼 사람도 없는데 일단 만들자면서요.

친구와 함께 크레파스로 트리랑 선물 상자, 눈사람과 산타 할아버지를 그렸어요. 카드 안에도 '메리 크리스마스!'나 '행복하세요!' 따위의 짧은 문장만 적은 조악한 카드였죠.

친구와 열몇 장 되는 카드를 들고 나와서 이웃집 우편함에 무작정 넣었습니다. 옆집, 앞집, 뒷집 가리지 않고요. 뭐 하러 알지도 못하는 사람들에게 카드를 보내냐고 물었더니, 친구가 이렇게 말했어요. "열 명 중의 한 명은 기뻐하겠지, 뭐"

가끔 그날을 떠올리면서 친구 말대로 열 명 중 한 명은 크리스마스카드를 보고 웃었을 거란 상상을 합니다. 아니 어쩌면 둘이나 셋 정도는 더 웃지 않았을까요?

그렇게 무작정 타인에게 다정한 말을 건넬 수 있었던 때가 그립기도 합니다. 지금은 가까운 사람에게도 잘 자라는 말을 전하는 게 민망할 때가 많거든요. 이런 모습으로 어른이 되고 싶지는 않았는데, 어쩌다 보니 이런 모습이 되었네요.

끝까지 읽어 주셔서 감사해요. 제 어린 시절을 누군가에게 전달하는 것도 무척 재밌는 경험인 것 같아요. 저에게도 당신의 이야기를 나누어 주신다면 소중한 편지, 오래오래 간직하겠습니다. 그럼, 메리 크리스마스 앤드 해피 뉴 이어!

FROM. 편지를 사랑하는 사람

PENPAL SERVICE

편지지를 가득 채운 자신의 글자들을 보며 효영이 흐뭇한 미소를 지었다. 꼭 초등학생 때 백일장에서 상장을 받던 날 지은 웃음 같았다. 효영은 지갑에서 만 원짜리 지폐를 꺼내 카운터에 넣었다. 그러고는 포스트잇에 '업무 일지에 현금 매출 만 원 추가할 것'이라는 문구를 써서 카운터에 붙여 두었다.

효영은 펜팔함에 편지를 두고 다른 편지를 집어 들었다. 편지를 쓴 이의 표식은 선물 상자였다. 리본 끈으로 예쁘게 포장된 상자를 보니 크리스마스 선물 같았다. 게다가 '덤벙대는'과 '성격이 급한', '그리움이 많은'에 동그라미를 표시한 게 마음에 들었다. 그 세 가지 단어를 한 덩어리로 합치면 딱 효영이었기 때문이다. 효영은 설레는 마음으로 편지봉투를 열었다.

〈타이페이 익스체인지〉라는 영화를 아세요? 〈타이페이 카페 스토리〉라는 제목으로도 알려져 있는 영화예요. 영화 속 주인공이 운영하는 카페엔 여러 사람들이 각자의 이야기가 담긴 물건을 놓고 간답니다. 손님들은 그 물건을 본인의 것과 교환해 갈 수도 있는 곳이에요. 사람 냄새가 잔뜩 풍기는 그 카페의 모습이 좋아 카페가 실제로 있다는 대만까지 날아가 보았지만, 물물교환은 그저 영화 속 이야기라 살짝 실망했던 적이 있어요.

그 영화에 대한 그리움이 저를 글쓰로 이끌었답니다. 서로의 이야기를 주고백을 수 있다니 얼마나 낭만적인 공간인가요!

편지봉투에 있는 키워드 중 '그리움이 많은'에 가장 먼저 눈길이 가더라구요. 저는 그리움이 많은 사람이에요. 물건에도 쉽게 정을 쌓고 흘러간 시간도 자주 꺼내 봅니다. 가만히 앉아서 편지를 쓰는 것도 저에게는 그리운 영역 중 하나예요. 어느 순간부터는 컴퓨터와 핸드폰으로 손글씨가 많이 대체된 것 같아서요.

그래서 지금 여기, 글월에 가만히 앉아 건너편에 앉은 친구의 종이가 쓱쓱거리는 소리를 들으며 모르는 이에게 제 이야기를 적어 보는 순간이 참 좋아요.

아마 오래도록 기억에 남고 그리워질 순간을 보내고 있는 건 아닐까요.

편지지가 끝나갑니다.

얼굴도 이름도 모르는 분이지만 이 글을 읽으시는 지금,

제가 느끼는 행복과 포근함이 조금이라도 전달되기를,

그래서 오늘과 내일이 좀 더 기분 좋은 나날이 되기를 바랍니다.

PENPAL SERVICE

효영은 달콤한 음료를 마신 듯 편지의 문장을 음미하며 입맛을 다셨다. <타이페이 익스체인지>는 효영이 대학에 들어가고 얼마 지나지 않아 은채와 함께 본 영화였다. 영화 연출 전공과 연기 전공 학생이 짝을 지어 독백 영상을 찍는 과제를 하게 되었는데, 은채가 먼저

다가와 팀을 하자고 제안했다. 그때 레퍼런스로 함께 본 영화가 <타이페이 익스체인지>였다.

은채의 자취방에서 팝콘을 집어 먹으며 본 장면이 떠오르자, 효영에게도 '그리움'이라는 감정이 피어올랐다. 장마였고, 좁은 원룸은 습기로 가득했고, 팝콘은 금세 눅눅해졌다. 하지만 계륜미의 말간 얼굴에서 느껴지는 잔잔한 감정과 카페를 비추는 오후의 햇살, 대만의 야경 등은 여전히 효영의 기억 속에 남았다.

편지를 쓴 사람의 기억이 효영의 기억을 살살 간질여 깨웠다. 어쩌면 '많이 그립다.'라는 말은 '많이 행복했다.'라는 뜻일지도 몰랐다. 글월에서 편지를 쓰던 날의 기억이 훗날 그리움으로 남는다면, 그 시간이 그만큼 포근하고 아름다웠던 것이리라.

효영은 마지막으로 한 모금 남은 와인을 마시고 펜팔 편지를 다시 봉투에 넣었다. 뜨끈한 기운이 명치까지 번지자, 자기도 모르게 얼굴에 미소가 지어졌다.

효영은 어둡고 추운 밤하늘에 점점이 박힌 주택과 아파트 불빛을 바라보았다. 그러자 손끝이 간질거렸다. 아까의 편지가 일종의 '마중물' 역할을 했을까. 아직 쓸 말이 한참은 더 남아 있는 기분이었다. 크리스마스트리의 전등 스위치를 꺼 버렸지만, '그리움'이라는 전구는 여전히 반짝였다. 효영은 카운터로 가서 포장되지 않은 편지지 하나를 집어 들었다.

3

롯데백화점 3층, 천장 전체가 종이로 만든 하얀 눈꽃으로 가득한 널찍한 이벤트 홀이었다. 스누피처럼 동글동글한 강아지 캐릭터가 그려진 오두막 컨셉의 잡화점과 유리 온실처럼 꾸려진 테이블웨어점 사이에 글월의 팝업 스토어가 있었다. 선호와 효영의 아이디어에 영광의 디테일이 살짝 얹어진, 60년대 서양식 우체국 컨셉의 스토어였다.

마치 빈티지 호텔 카운터를 연상시키는 진녹색의 카 운터와 덤불 장식이 눈에 띄었다. 벽면에 보이는 나무로 된 메일함은 시대와 장소를 초월한 편지의 안식처로 보였다.

"조금 촉박하게 준비하긴 했지만, 잘 나왔지?"

선호가 복도로 나와 팝업 스토어를 한눈에 훑어보면서 물었다. 효영도 만족스럽다는 듯 고개를 끄덕였다.

"저기 저 친구가 우리 알바. 연우, 서연우."

"잘 부탁드립니다."

스토어 카운터에 서 있던 연우가 효영에게 꾸벅 인사했다. 짧게 깎은 생머리에 코끝에 작은 점이 있었다. 이제 수능을 끝낸 학생이라 앳된 분위기가 물씬 풍겼다. 그래도 목소리가 굵고 낮아서 진중해 보이는 느낌도 들었다.

"처음 보는 건 아닐걸? 펜팔 서비스 이용했다던 친구가 이 친구야."

효영은 익숙한 듯 익숙하지 않은 연우의 이름을 중얼거리며 고개를 갸웃거렸다. 연우가 살짝 웃으며 글월에서 펜팔 서비스는 세 번 정도 이용했다고 말했다.

"그럼 답장도 받아 봤어요?"

"네, 최근까지도 주고받았어요. 지금은 펜팔 친구가 소설 쓰는 중이라 내년에 답장 준다고 해서 기다리고 있어요."

"아하!"

효영은 누군지 알겠다는 듯 고개를 끄덕이며 의미심장한 미소를 지었다. 그 모습을 본 선호도 어깨를 으쓱했다.

"그럼 난 연희동으로 갈게. 무슨 일 있으면 연락하고."

"네네, 알겠습니다. 사장님!"

"연우는 사람들 얼굴 안 나오게 현장 사진 좀 찍어서 보내 주시고!"

"네, 사장님."

선호가 떠나자 효영과 연우 사이에 살짝 어색한 시간이 흘렀다. 연우는 대하기 어려운 스타일은 아니었지만 '대화'라는 게 사람 사이에 꼭 중요한 도구는 아니라고 여기는 사람처럼 느껴졌다. 그래서 효영도 가벼운 말을 건네려다가 편지지를 정리하고 손님을 응대하는 데에만 에너지를 쓰기로 했다.

"인스타 보고 왔는데, 사장님은 안 오세요? 훈남이시던데."

"아, 사장님은 지금 연희동 글월에 계셔서."

"아쉽다!"

연희동보다 훨씬 많은 사람이 모이는 백화점이어서 그런지 손님들도 무척이나 다양했다. 글월의 종이 영수증을 사고 싶다는 손님도 있었고, 자기가 가르치고 있는 학교 학생들에게 나눠 주고 싶다고 감사 카드 서른 장을 한꺼번에 사 가는 손님도 있었다. 다 그런 건 아니지만 확실히 글월의 차분함보다는 백화점의 화려한 에너지를 닮은 사람들이 많았다.

"와, 글씨가 진짜 예쁘시네요."

"감사합니다."

연우가 쓴 종이 영수증을 보고, 함께 온 여성 손님 둘이 감탄했다. 서른 살쯤 되어 보이는 회사원들이었다. 백화점 근처에 회사가 많다 보니 점심시간을 맞아 식사를 끝내고 잠깐 들른 회사원이 꽤 되었다. 효영은 흐뭇한 표정으로 열심히 손님을 응대하는 연우를 보았다.

"혹시 이 편지 좀 보관해 주실 수 있나요?"

"네?"

효영을 부르며 봉투를 내민 손님은 목소리가 나긋나긋한 중년 여성이었다. 투피스 정장을 입고 한쪽 팔에 핸드메이드 울코트를 걸쳐 든 채였다.

"제 친구가 한 시간 뒤에 여기 팝업 스토어에 올 거라고 하는데, 저 대신 편지 좀 전해 주실 수 있나 해서요. 제가 다음 약속이 있어서 친구를 기다리기가 어려운 상황이라."

어려운 일도 아니니 효영은 그러겠다고 편지를 받아 들었다. 사실 편지를 보관해 주는 서비스야말로 글월이 마땅히 해야 할 일처럼 느껴질 정도였다. 중년 여성 손님이 고맙다며 몇 번 더 고개를 숙이고 스토어를 떠났다.

◇◇◇◇◇

한 주가 지나고 크리스마스를 이틀 앞둔 날이었다. 효영은 팝업을 운영하며 든 단상들을 글월 노트에 끄적였다. 얼마 지나지 않아 선호에게서 전화가 왔다.

—잘하고 있냐?

"어. 정신없긴 한데, 그럭저럭?"

—다행이네. 연우는?

"연우도 알아서 일 잘하지. 말수는 적어도 무뚝뚝한 애는 아닌 것 같더라."

—그치? 내가 사람 참 잘 봐!

전화기 너머로 만족스러워하는 선호의 음성이 들렸다. 자기애라는 늪에 발을 푹 담근 선호의 표정이 어떨지, 효영은 안 봐도 뻔했다.

"이번이 팝업 처음이고 생각보다 반응이 좋아서 고맙기는 한데, 다음엔 이벤트도 좀 준비해 보고 싶어."

—어떤 거?

효영은 말이 나온 김에 선호 사장에게 자기 아이디어를 가감 없이 꺼냈다.

"곧 연초니까, 연말에 자기한테 한 다짐을 편지로 써서 내년 봄에 받는 건 어때? 갓생 살고 싶은 건 모든 현대인의 바람이니까. 그리고 이래저래 나 자신도 돌보고 점검하라는 의미에서 말이야."

—야, 그거 좋다. 아이디어 접수!

선호는 크리스마스이브 날 팝업 마감을 직접 하겠다며 효영과 근무 장소를 바꾸기로 했다. 통화를 끝내고 나니 팝업 스토어 앞에 선 민재가 보였다. 여전히 와이셔츠 위에 나비넥타이를 한 민재가 스토어 사진을 휴대폰에 담고 있었다.

"SNS 보고 오셨나요? 팝업 스토어까지, 진짜 단골 인증이네요."

"그쵸? 사실 회사랑 가까워서 걸어왔어요."

백화점이 큰 회사가 많은 곳에 있어서 그럴 만도 했다. 효영은 민재에게 신춘문예는 잘 냈는지 가볍게 물었다.

"이쯤 되었는데 연락이 안 오는 거 보면 뭐, 포기해야죠."

민재의 희미한 미소와 축 처진 어깨를 보니 효영은 뭐라고 위로해야 할지 입이 떨어지지 않았다.

"크리스마스에는 그럼 뭐 하세요. 그건 그거고, 크리스마스는 즐겨야 하는 거잖아요."

마흔이 가까웠다고 하니 결혼은 했나? 애인은 있을까? 무례한 질문일 것 같아 그동안 물어본 적은 없었다. 효영도 종업원으로 일하는 것은 처음이라 단골과 얼마큼의 거리를 유지해야 하는지 배우는 중이었다.

"바다랑 안개를 보면서 쉬려고요. 따뜻하게."

"어디 놀러 가시나 봐요?"

"아뇨, 집에서요."

집에서 바다랑 안개를 보겠다고? 서울 사는 거 아니었나? 고개를 갸웃한 효영을 향해 싱긋 웃은 민재가 신년 인사 카드를 골라 카운터로 향했다. 효영의 시야로 민재와 연우가 한 번에 담기자, 효영의 얼굴에 묘한 미소가 지어졌다. 펜팔로 연락을 주고받는 사이겠지만 서로의 정체를 모른다는 게 재미있었다. 이 모든 걸 알고 있는 게 자기 혼자라는 사실도.

"계산이요."

연우가 꾸벅 고개를 숙이고 포장용 종이봉투를 꺼냈다. 민재가 고른 신년 인사 카드 세 세트를 넣은 뒤에 'Safe&Sound'라는 글자가 프린트된 머스터드 빛깔의 카드를 추가로 넣었다. '무사히'라는 뜻을 지닌 메시지 카드였다.

287

"이건 크리스마스 선물입니다. 100번째 손님마다 드리고 있어요."

연우의 말에 효영이 또 한 번 고개를 갸웃했다. 팝업스토어를 열고 일주일 동안 해 본 적이 없는 이벤트였다. 어쩌면 효영과 민재의 대화를 연우가 들었을지도 모른다는 생각이 들었다. 신춘문예를 준비하고 있는 단골이라는 말에, 민재가 자기의 펜팔 친구라는 걸 눈치챘을 가능성도 있었다. 그렇다면 꽤 귀여운 친절이었다. 무뚝뚝한 연우에게 이런 면모가 숨겨져 있다니.

"와, 글월 단골이 된 보람이 있네요?"

밝게 웃은 민재가 연우와 효영을 번갈아 보며 웃었다. 연우가 내민 종이 영수증과 함께 민재가 스토어를 떠났다. 효영이 다음 말을 기다릴 필요도 없이 연우가 입을 열었다.

"저랑 펜팔 하던 분 같아요. 그분도 소설가 지망생이라고 했거든요."

"그래? 언제? 상상하던 거랑 이미지가 달라?"

"멋진 형일 거라고 생각했어요."

"그런데?"

"진짜 멋진 형 같네요. 나비넥타이라니."

효영은 민재의 표식이 나비넥타이였다는 걸 떠올리고 다시 한번 웃었다. 효영이 주고 싶던 작은 위로를 연우가 대신 해 준 것 같아 다행이라는 생각이 들었다.

"아까 드린 엽서는 알바비에서 제해 주세요."

"됐어. 선호 사장님한테 그렇게 말하면 사장님 가오가 안 산다고 할걸?"

연우가 입꼬리만 올렸다 내리고 다시 편지 포장 일을 계속했다. 효영이 연우에게 물었다.

"근데 왜 아는 척 안 했어? 인사 한번 하지."

"펜팔 친구가 저란 걸 알면 더 이상 편지에 솔직한 말을 담지 않을지도 모르니까요. 저도 그렇고."

"음, 일리가 있어."

효영이 고개를 주억였다. 선호가 연우를 소개하며 글월의 지향성을 잘 이해하는 친구라고 말했던 것이 떠올랐다.

"고3이라고 했지? 내년에는 대학 가?"

"붙은 곳이 있긴 한데 고민 중이에요. 갈지 말지."

"재수?"

"재수는 안 하고요. 그냥 대학이 나한테 지금 필요한가를 고민하고 있어요."

담담하게 말하지만 깊게 고민하고 있을 거란 생각이 들었다. 날이 갈수록 많은 사람들이 대학이 답이 아니라는 말을 입 모아 하고 있지만, 여전히 대학으로 서열을 가리는 시선은 남아 있었으니까.

"그래, 고민이 많겠네. 여기저기 신뢰 가는 사람들한테 조언 들어 봐. 아, 선호 사장은 말고. 워낙 자기 감대로 사는 사람이라."

"그렇게 사는 것도 멋지던데요. 그래서 글월이 나온 거잖아요."

연우는 선호 사장의 잡지 인터뷰를 읽어서 이미 글월

의 탄생 배경을 알고 있다고 했다. 하지만 갑자기 손님
이 몰리는 바람에 대화는 여기서 끝났다. 효영은 편지
로 이어지는 인연들에 문득 감사함과 뿌듯함을 느꼈다.

크리스마스이브였다. 선호가 롯데백화점에서 팝업
스토어 마지막 날을 맞이하는 동안, 효영은 연희동 글
월을 지켰다. 크리스마스트리는 곧 있으면 비로소 자
신의 날이라고 자랑하듯이 더없이 반짝였고, 글월로
찾아온 손님들은 크리스마스 분위기를 한껏 느끼며 여
기저기 사진을 찍고 평온한 시간을 보냈다. 그리고 주
혜가 찾아왔다. 남자친구와 함께.

"메리 크리스마스예요, 언니. 여긴 제 남자친구."

효영이 어색하게 인사를 건넸다. 주혜, 얼굴 보는구
나. 이렇게 장난이라도 걸고 싶을 정도로 훤칠한 남자
였다. 매서운 추위에도 가죽 재킷을 걸친 폼이 본새가
나서 딱 그 나이대 애들끼리 만나는구나 싶었다.

"아, 지난번에 와서는 오래 보관할 편지지를 달라고
하더니. 여기가 그 주인공?"

"그때 한창 제가 얘한테 고백을 앞두고 있어서 엄청
튼튼하고 예쁜 편지지가 필요했거든요. 오래오래 간직
하라고요."

"낭만적이네요, 주혜 씨."

주혜가 히죽거리며 웃더니 말했다.

"우리 남친 있잖아요, 제가 보낸 편지 읽고 울었어요!"

"뭔 소리야. 안 울었어."

주혜의 말에 남자가 멋쩍은 미소를 지었다. 둘은 각자의 부모님에게 보낼 때 쓰겠다며 편지지 세트를 하나씩 골랐다.

"근데 요즘은 그 키 크신 분이랑 점심 안 드세요? 통 안 보여."

"아니, 점심시간에 뭐, 저만 찾아다녀요?"

"직장인의 소소한 취미랄까요."

주혜의 톡톡 튀는 에너지가 글월의 고요함을 살짝 흐트러뜨렸다. 효영은 그런 주혜의 캐릭터가 좋았다. 어떨 때 자기가 주혜처럼 직설적인 성격이었다면 언니에게 섭섭한 마음을 맘껏 표현하고 더 빨리 관계를 회복할 수 있지 않았을까 하는 생각도 했다. 하지만 서른 살이 가깝게 유지했던 성격을 하루아침에 바꾸는 건 어려운 일이었다.

퇴근 시간을 30분 앞둘 무렵, 손님들이 드문드문 오다가 어느새 한산했다. 하늘이 어둑해지다가 포슬포슬한 하얀 눈이 떨어지기 시작했다.

"화이트 크리스마스다!"

창밖에서 누군가가 크게 외치는 소리가 들렸다. 어둑어둑해진 밤하늘로 하얀 눈이 내리고 있었다. 효영은 본 폴더를 내려놓고 천천히 창문 앞으로 다가갔다. 작은 눈송이지만 바닥에 쌓이는 속도가 예사롭지 않았다. 하늘이 수다스럽게 느껴질 정도였다. 창문을 살짝 열고 손바닥을 허공에 내밀었다. 쌀알처럼 떨어지는 눈송이가 효영의 손을 간지럽혔다. 눈이 녹아 촉촉해진 손바닥을 허벅지에 문질러 닦고 났을 때였다. 글월문을 열고 영광이 들어왔다. 깎지 않은 수염이 푸릇푸릇했고, 정돈되지 않은 머리에 하얀색 캡모자를 쓴 채였다.

"저기, 밑에서 누가 편지를 전해 달래요."

"편지요? 누가요?"

"아마, 효영 씨 언니인 것 같아요. 물어보지는 않았어요. 편지만 전해 달라고 하고 바로 사라지셔서."

영광에 말에 효영이 빠르게 편지를 뜯었다. 효민의 편지가 맞았다. 마지막 문장을 다 읽기도 전에 효영은 편지를 꼭 쥔 채 계단을 내려갔다.

4

한 시간 전, 침대에 누운 영광은 효영이 선물로 준 고
래 문진을 심장 위에 올렸다. 화물업을 하던 새아빠가
운전 중 사고를 내는 바람에 3개월째 일을 쉬는 중이라
고 했다. 저축한 돈으로 생활비를 까먹고 있다는 것을
의붓동생에게서 들었다. 얼마큼의 돈을 동생에게 보내
고 나니 새아빠의 나이가 적지 않다는 것이 실감 났다.
큰 사고는 아니지만 앞으로도 여기저기 뼈가 시큰거려
예전처럼 일하기가 쉽지 않을지도 몰랐다. 영광의 엄
마는 아들에게 부담을 주고 싶지 않았는지 한마디도
하지 않았다. 며칠 전 안부 차 통화를 했을 때도 갈비를
재워다 보내 주겠다고만 했다.

> 학원은 문제 없이 다니는 거야?

영광이 동생에게 문자를 보냈다. 읽었다는 표시가 났는데도 5분 넘게 답장이 오지 않았다. 동생도 점점 엄마를 닮아 가고 있었다.

> 이번 달까지만. 다음 달부터는 혼자 해도 돼. 인강도 있고.

이제 스무 살이 된 동생은 재수 중이었다. 인생의 가장 중요한 시기에 뒷받침도 못 해 주는 형이 되고 싶지는 않았다. 동생에게 학원비가 얼마인지 물었더니 이번엔 답장이 오지 않았다. 영광은 가슴 위에 둔 고래 문진을 협탁에 올려놓고 안방을 나왔다.

착—.

거실로 나와 암막 커튼을 활짝 열었다. 유리창은 바깥이 보이지 않을 정도로 뿌옇게 김이 서렸다. 손바닥을 들어 유리창을 맨손으로 닦았다. 정신이 번쩍 들 정도로 얼음장처럼 차가운 기운이 온몸에 번졌다. 와이퍼가 지나간 듯 부채꼴 모양으로 물기가 지워진 자리에 겨울의 찬 공기를 흠뻑 빨아들인 연희동 건물들이 보였다.

"춥겠네."

영광은 전봇대 옆에 바짝 붙어 서 있는 행인을 보며

낮은음으로 읊조렸다. 검정 롱패딩에 후드를 깊게 쓴 모습이었다. 행인은 누군가를 기다리는 건지 슬쩍슬쩍 발을 구르며 제자리에 서 있었다. 금방이라도 눈이 내릴 듯 하늘이 어두웠다. 날이 이렇게 어둡지만 않았다면 산책이라도 할 생각이었는데 포기해야 할 것 같았다. 영광은 으슬으슬 떨리는 몸을 느끼며 난방 온도를 높였다.

낮게 깔린 회색 구름이 산등성이에 걸쳐 있을 무렵, 영광은 해외여행을 다녀온 친구에게 받은 잎 차를 꺼내고 물을 끓였다. 혼자 마실 만큼만 끓이려다가 문득 베란다 창밖으로 눈길이 갔다. 연궁빌딩과 연화아파트 사이의 매서운 추위를 상상하다 보니 문득 효영에게 차 한잔을 대접하고 싶어졌다.

김이 모락모락 나는 연녹색의 우롱차였다. 영광은 오랫동안 쓰지 않은 보온병을 꺼내 깨끗이 닦고 유리 주전자에 담긴 우롱차를 조심스럽게 부었다. 패딩을 입고 보온병을 꼭 껴안은 채 연화아파트를 나오자마자 매서운 바람이 느껴졌다. 영광은 캡모자가 날아가지 않도록 재빠르게 모자를 손으로 붙잡았다.

길을 건너려던 영광이 갑자기 멈춰 섰다. 이틀 사이 자란 턱수염을 깎지 않고 나온 걸 이제 알았다. 까슬까슬한 턱을 매만지며 다시 들어가서 면도를 해야 하나

고민이 되었다. 그렇게 멍하니 글월의 창문을 올려다보던 때였다. 누군가 작은 목소리로 영광을 불렀다.

"저기요."

영광은 소리가 나는 쪽으로 고개를 돌렸다. 전봇대 옆에 검정 롱패딩을 입은 여자가 보였다. 단발이었고 작은 얼굴에 마스크를 써서 이목구비를 확실히 알 수는 없었지만, 영광은 여자의 눈만 보고도 무슨 상황인지 짐작할수 있었다. 효영의 언니가 효영을 찾아왔다고.

"혹시 저기에 가시는 건가요? 저기 4층이 편지 가게라는데."

"네, 맞아요. 글월 찾아오셨나요?"

생각해 보니 30분 전부터 전봇대 옆에 서 있던 사람이었다. 스웨이드 장갑을 낀 손에 무언가를 꼭 쥐고 있었다. 자세히 보니 편지봉투였다.

"아뇨, 그건 아니고. 혹시 편지 가게 가시는 거면, 저기서 일하시는 분께 이것 좀 전해 주실 수 있나요?"

"편지요?"

"네, 편지예요."

직접 전해 주면 되지 않냐는 말은 나오지 않았다. 이미 추운 겨울 전봇대 옆에 서서 동생을 보고 갈지 말지 몇 번이나 고민했을 거니까. 그러다 결국 글월에 방문하려는 손님이 나타나기만을 한참 동안 기다렸을 테고.

"그럴게요."

"고맙습니다. 정말 고맙습니다."

영광이 봉투를 받자 여자가 몇 번이나 감사하다며 고개를 숙였다. 그때, 영광과 여자 사이로 눈보라가 쳤다. 쌀알 같은 눈송이가 영광의 속눈썹에 여자의 어깨 위에 쌓였다. 영광이 손바닥으로 눈꺼풀을 비비고 눈을 떴을 때였다. 몸을 돌린 여자는 이미 저 멀리 빠른 걸음으로 작아지고 있었다.

"화이트 크리스마스다!"

이제 겨우 중학생이 되었을 나이의 여자아이가 하늘을 보며 소리쳤다. 포슬포슬 하얀 눈가루가 연희동 구석구석에 소복이 쌓였다. 영광은 편지가 젖지 않도록 곧바로 패딩 안주머니에 편지봉투를 넣었다. 효영에게 분명 소중한 편지일 거란 직감이 일었다. 성큼성큼 걸어 한달음에 계단을 올라 글월 문을 열었다. 자기도 모르게 흥분되는 마음을 가라앉히고 효영에게 또박또박 말했다.

"저기, 밑에서 누가 편지를 전해 달래요."

효영이 영광에게 받은 편지봉투를 거칠게 뜯었다. 편지를 읽는 효영의 아랫입술이 미세하게 떨리는 것이 보였다.

-효영에게

엄마 아빠를 보러 왔다가 네 생각이 나서 몇 자 적어 본다.

잘 지내고 있지?

편지 가게에서 일한다는 얘기를 들었어. 정말 다행이야.

나 때문에, 그리고 영화를 관두어서 혼자 자취방에 우울하게 갇혀 있

을까 걱정했거든.

그래도 넌 나랑 달리 씩씩하고 야무져서 금방금방 뭘 해야 할지 아는

구나 싶어.

나도 너처럼 삶이 바뀌는 걸 두려워하지 않았다면 어땠을까 부럽기도

하고.

남들이 보기에는 내가 똑똑한 줄 알지만 넌 알잖아.

내가 얼마나 허술한 사람인지.

작년 이맘때였나? 아니, 12월 초쯤.

엄마가 고관절 수술을 받고 병원에 입원했을 때,

사실 그날 엄마를 보러 병실로 갔었어.

못난 년한테 욕이라도 실컷 하시라고 갔다가 병실 앞에서 네 목소리를

들었지.

하나도 틀린 말이 아닌데, 부끄럽더라고. 말 한마디 못 뱉을 만큼 창피

함에 얼굴이 벌게져서 빨리 어딘가로 숨어야겠다는 생각뿐이었어.

미안해, 효영아.

벌써 몇 통의 편지를 보냈는데도 미안하다는 말이 나오기까지 1년이 넘

게 걸렸네.

너한테는 늘 믿음직스러운 언니이고만 싶어서,

그동안 조금의 실수도 힘든 모습도 숨기고만 싶었던 것 같아.

공부 좀 한다는 이유로 너무 많은 아빠의 사랑과 기대를 받았어.

그것 때문에 네가 종종 서운함을 느꼈다는 것도 알고.

그래서 더 내 실패를 용납하지 못했던 거야.

좋은 언니가 되어서, 너한테 내가 받은 혜택을 전부 돌려주고 싶었거든.

지금 와서 이게 다 무슨 얘기인가 싶다.

이렇게까지 해서 난 뭘 지키고 싶었던 것인지,

그걸 몰라서 여태껏 도망만 쳐 왔는걸.

미안.

크리스마스 기념으로 편지를 쓰고 싶었는데, 또 이런 말만 하네.

금방 돌아갈게. 돌아가서 내가 책임지지 못했던 것들 다시 다 책임질게.

사랑해, 내 동생.

메리 크리스마스!

                                        -진심을 담아, 언니가

탁탁탁탁.

계단을 내려가는 효영의 발소리가 연궁빌딩에 크게 울렸다. 뒤따라 내려가는 영광도 숨이 찰 정도로 빨랐다. 건물을 나온 효영이 고개를 좌우로 돌리며 언니를 찾았다. 이미 보이지 않을 만큼 멀리 사라졌을 시간이었다.

"어디 있어, 어디 있냐고!"

효영이 크게 소리쳤다. 눈가에 눈물이 그렁그렁했다. 입술을 꼭 다문 효영이 들고 있던 편지지가 구겨질 정도로 꼭 붙잡았다. 편지봉투는 글월 카운터에 던져 둔 채였다.

"우효민! 어디 갔냐고!"

다시 한번 소리를 빽 지른 효영이 그대로 주저앉았다. 엉엉 우는 소리에 영광이 아무 말도 건네지 못하고 어정쩡하게 서 있었다. 거리를 지나는 사람들이 그런 효영과 영광을 흘끗 보고 지나갔다. 영광은 효영의 머리 위로 떨어지는 눈송이를 보다가 자기가 쓰고 있던 캡모자를 벗어 효영의 머리에 씌워 주었다.

"우롱차를 타 왔는데 지금 올라가면 그래도 미지근할 것 같거든요?"

효영이 울음을 그치고 코를 훌쩍이는 소리가 들렸다. 영광이 효영의 팔뚝을 슬쩍 붙잡고 일으키며 말했다.

"그리고, 아직 퇴근 시간 20분 남으셔서……."

"픕."

기어코 효영의 웃음을 터뜨리는 영광이었다. 눈물이 그렁그렁한 효영이 영광을 돌아보자, 영광도 화답하듯 미소를 지었다. 작은 눈송이 하나가 효영의 콧등을 간질이며 떨어졌다.

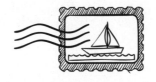

누구에게나 부치지 못한 편지가 있다

1

1월의 첫째 주. 글월에 가수 문영은이 다시 찾아왔
다. 새해가 주는 힘찬 기운 덕인지 지난번보다 더 밝고
건강한 모습이었다. 한창 새 앨범을 준비 중이라는 영
은은, 요즘 들어 책과 영화 등을 열심히 보며 감성을 끌
어올리는 중이라고 했다.

"물론 글월의 편지도 많은 도움이 되었고요."

"저희야말로요. 영은 씨 덕분에 홍보가 많이 되었어
요."

서로 고맙다며 인사를 마치자 영은이 펜팔 서비스를
신청했다. 당분간은 본가에 올 일이 없어서 나름대로
자기의 의지를 다지기 위해 편지를 써야 할 것 같다고
했다.

효영은 테이블 앞에 앉은 영은에게 연필꽂이와 펜팔
용 편지지를 건넸다. 영은은 창밖 건물에 쌓인 눈을 한
참 보다가 편지지에 무언가 적기 시작했다.

안녕하세요, 연희동 주인입니다.

늦여름인가 초가을에 글월에서 펜팔을 해 보았는데, 이번이 두 번째네요.

사실 작년 여름에 제가 오랜 동안 키우던 고양이 라임이가 무지개다리를 건넜어요.

이미 나이가 있을 때 제 품으로 와서, 저랑은 짧은 날들이만 보낸 친구예요.

외출하고 돌아왔더니 작은 털뭉치가 미동도 없이 몸을 말고 눈을 감았더라고요.

마지막 가는 길을 지켜 주지 못해서 요즘도 종종 라임이 사진 앞에서 미안하다는 말을 건네고는 합니다.

소중한 생명을 떠나보낸 경험이 처음인 것도 아닌데,

상실이라는 건 몇 번을 겪어도 익숙해지지 않는 것 같아요.

라임이가 분홍 헛바닥으로 저의 볼을 핥을 때의 그 까슬까슬한 감촉이 그리워요.

기타를 치는 저를 보면서 작은 머리통을 갸웃거리던 귀여운 표정도요.

이 친구와 같은 시간 같은 공간에서 온기를 나눌 수 있다는 건 축복이었어요.

라임이를 잃고 난 후에 저에게 남은 삶이 참 길게 느껴지더라고요.

나는 살아서 몇 번이나 더 많은 이별을 견뎌야 하는 걸까.

무지개다리를 건너 임종가 나를 기다리는 시간이 천방처럼 길면 어떡하나.

그런 생각을 하면서 우울한 시간을 보냈던 것 같아요. 아무것도 하지 않고요.

그런데 최근에 글월에서 누군가와 펜팔을 하게 되면서 많은 위로가

되었어요.

사랑하는 아내를 잃고, 아내에게 보내는 편지를 쓰셨더라고요.

하늘에 보낼 편지를 글월의 펜팔함에 넣다니, 낭만적인 것 있죠?

저와 똑 같은 사연은 아니지만, 누군가는 소중한 사람이 떠난 마음의 공

터를 이런 식으로 어루만지고 있었구나. 그런 생각이 들었어요. 각자의 방식으로

어떻게든 자기 몫의 삶을 살아간다는 게 경건하게 느껴지기도 했죠.

저도 저만의 방식으로 아픔을 이겨 내면

누군가에게 위로가 되지 않을까요?

그런 사람이 되고 싶어서, 새해의 다짐을 쓸 겸 글월에 오게 된 것입니다.

저의 신년 목표를 읽어 주셔서 감사합니다.

제 편지를 읽어 주시는 당신도 힘찬 새해를 맞이하길 기원할게요.

FROM 연희동 기타리스트

PENPAL SERVICE

영은은 다 쓴 편지지를 반으로 접어 봉투에 넣었다. 펜팔함에 자기의 편지를 올려놓고 다른 사람의 편지를 골랐다. 편지를 쓴 날짜 밑으로 '조금 덜 추운 날'이라고 쓰여 있었다. 표식은 쿼카 그림. 미소를 짓고 있는 쿼카 얼굴 옆으로 '쿼칸데ㅎ'라는 설명을 붙여 웃음이 났다. 그리고 무엇보다 '반려동물이 있는'이라는 글자에 밑줄을 그어 둔 것도 마음에 들었다. 영은은 더 고민하지 않고 편지봉투를 열었다.

이 시간이 영원했으면 좋겠어요. 당신은 어떤 시간 속에 있나요?

나랑은 다른 삶이겠죠. 다른 사람들은 어떤 생각을 하며 살아가는지 모르겠어요.

무슨 생각 하고 있어요? 궁금한 게 많은데 물어볼 수 없어 슬프네요.

우리 집엔 고양이와 강아지가 각각 한 마리씩 있어요.

고양이는 아메리칸 숏헤어와 페르시안이 섞인 친구로 두 살쯤 되었어요.

강아지는 말티즈인데 벌써 여섯 살이나 먹었네요.

강아지가 엄청 순해서 둘이 장난도 치고 나름 잘 지내고 있어요.

이 친구들은 나에게 많은 기쁨을 주었는데, 그래서 나는 고맙다고 말도 하고 표현도 해 줄 수 있는데, 나는 그들을 알 수 없어요.

무슨 생각을 하는지, 어디가 어떻게 아픈지, 오늘 하루는 어땠는지 궁금한 게 참 많은데 물어볼, 대답을 들을 방법이 없어요.

그럴 땐 참 미안하고 가슴이 먹먹한데, 지금도 그래요.

당신은 어떻게 살아가고 있는지, 힘든 건 없는지, 내가 도와줄 수 있는 건 없는지 묻고 싶었나 봐요. 전에 만났었을 리가 없는데 오랜 친구에게 편지를 쓰는 것 같아요.

왜 그러지…?ㅎㅎ

처음 해 보는데, 왠지 모르게 익숙하고 편안한 느낌이에요. 제가 또 이걸 쓸 수 있게 된다면 꼭 다시 묻고 싶네요.

어떻게 지내요?

PENPAL SERVICE

영은이 손바닥으로 편지지 위를 쓸었다. 글월의 작은 테이블에 앉아 예쁜 글자를 하나씩 정성 들여 적는 누군가의 손을 떠올렸다. 반려동물에게 많은 것들을 묻고 대답을 듣고 싶은데, 그럴 수 없어 미안하고 먹먹하다는 부분이 특히나 공감이 갔다. 라임이가 아팠을 때도 그 조그마한 발을 조물조물하며 어디가 아픈지 제발 말해 달라고 한숨을 쉬던 날이 있었다.

'나도 그래요. 전에 만났을 리가 없는데, 우리 되게 친구 같네요.'

영은은 작게 미소 지으며 편지지를 접어 봉투에 넣었

309

다. 집에 가면 다시 한번 읽게 될 것 같았다. 카운터 앞으로 가 효영에게 인사했다. 아마 꽤 오랫동안 글월에 오지 못할 것이다. 이제 영은의 방식으로 세상에 편지를 보내기로 했으니까. 영은의 목소리로, 영은의 노래로, 진심을 담아.

영은이 떠나고 얼마 지나지 않아 점심시간이 왔다. 우체국 직원복을 입은 주혜가 활짝 웃으며 효영을 찾았다.

"새해 복 많이 받으세요!"

효영은 10분 전 가수 영은이 왔다 갔다며 아쉽다는 표정을 지었다. 사실 반쯤은 귀여운 주혜를 놀려 주고픈 마음도 있었다. 아니나 다를까, 주혜는 눈을 똥그랗게 뜨며 입술을 삐죽였다. 주혜 같은 인물이라면 친동생이어도 좋았겠다 싶었다.

"아, 왜 하필! 그러고 보니 언니 제 번호 모르죠?"

주혜가 효영의 휴대폰을 뺏다시피 하더니 자기 번호를 콕콕 찍어 저장했다.

"다음에 영은 언니 오면 연락해 줘요. 당장 튀어올 테니까."

"직장인이 이래도 되는 거야?"

이젠 자기도 모르게 반말이 튀어나올 정도였다.

"제가 평소에 진짜 성실해서, 5분 정도 튀어나오는 건 괜찮아요."

효영은 한숨 쉬듯 웃음이 나왔다. 주혜는 계속해서 편지를 구경하다가 벽에 걸어 둔 캘린더를 보았다. 새해를 맞이해 글월에서 직접 제작한 캘린더였다.

"이거 좋네요. 디자인도 깔끔하고. 요즘 글월에 새 제품이 많아지는 게 다 언니 덕분인가?"

"알바를 뽑아서요. 일손이 좀 늘어서 사장님도 해 보고 싶은 걸 실행할 시간이 많아졌거든요."

크리스마스 팝업 스토어가 끝나고, 연우는 일 년 정도 글월 2호점에서 알바를 하기로 했다. 당장 대학에 갈 생각이 없어서 성수동 일대에서 지내며 성수의 길거리 패션을 연구해 볼 참이라고. 선호는 마침 연우의 꿈이 패션디자이너라 자기가 설득하기도 전에 홀랑 넘어왔다며 횡재라도 한 듯 말했다. 연우는 요새 한창 선호를 도와 글월 2호점의 오픈을 준비 중이었다.

"에이, 그래도 언니가 연희동을 굳건히 지켜 줘서 그런 거죠. 하여간 사장님한테 언니가 복덩이야!"

코를 찡긋하며 웃은 주혜가 펜팔함을 슬쩍 보더니 말했다.

"안 그래도 빨리 답장 써야 하는데."

"펜팔 답장?"

"네. 연말연시에는 우체국도 정신이 없어서 답장을 못 썼어요."

지난번 주혜가 쓴 펜팔 편지는 효영의 친구 은채가 가져갔다. 그 후로 은채가 택배 배송으로 글월에 답장을 준 것이 떠올랐다. 지방에서 단역 배우로 촬영에 들어간 터라, 글월에 직접 찾아오기에는 어려웠다.

"편지 잘 받았어요? 주혜 씨랑 뭔가 결이 맞는 사람이었나?"

"음, 어느 정도는?"

활달한 주혜와 직설적인 은채라면 그래도 대화가 통하지 않을까 하는 기대가 있었다. 주혜가 펜팔함에서 몸을 돌려 효영이 있는 카운터로 다가와 말했다.

"근데 좀 우울한 사람 같았어요."

"우울해?"

은채가? 효영은 하고 싶은 말을 꾹 참고 주혜의 말을 들었다.

"단역 배우 일을 하고 있다는데, 이 길이 맞을지 모르겠대요. 실력 있고 개성 강한 배우들이 너무 많아서 아무리 기다려도 자기 차례가 오지 않는다고."

"그렇구나."

"저는 잘 모르는 분야라 배우로 유명해지는 게 얼마나 힘든지 모르겠지만, 그래도 꿈을 가진다는 게 쉬운 일이 아니라는 건 알아요."

주혜가 진지한 표정을 지으며 말을 이었다.

"제가 글월에 처음 왔을 때 기억나요? 집이랑 회사만 다니는 노잼 인간이라, 재미있는 일이 하나도 없었다고."

"아, 기억나요."

"그래서인가, 꿈을 가진 사람들이 포기하지 않았으면 좋겠어요. 그거 진짜 귀한 거거든요. 힘들지만 세상에서 나를 설레게 만드는 게 존재한다는 거요."

효영은 주혜가 타인의 마음을 세심히 읽고 소중하게 곱씹는 사람이라 고마웠다. 그런 사람이 효영의 절친한 친구인 은채의 편지를 읽어 줘서 다행이었다. 기분 좋은 미소를 지은 주혜가 효영에게 인사하며 글월 문을 나섰다. 주혜 덕에 은채 생각이 난 효영이 메시지를 남기려고 할 때였다. 갑자기 주혜에게 부탁할 일이 떠올랐다. 효영은 반쯤 닫힌 문을 향해 소리쳤다.

"주혜 씨! 잠깐만요!"

곧 있으면 선호가 온다고 했다. 중요하게 할 얘기가 있어 자리에 있어 달라고 했는데, 마침 오늘이 편지를 부치러 우체국에 가는 날이었다. 잠시 자리를 비운다는 안내문을 붙이고 다녀올까도 했지만 주혜가 찾아온 덕을 누리고 싶은 마음이었다.

"주혜 씨!"

계단으로 나온 효영이 난간에 얼굴을 빼꼼히 내밀고 한 층 아래에 있는 주혜를 내려다보았다. 그러고는 손에 들고 있던 파우치를 흔들며 외쳤다.

"혹시 이것 좀 대신 발송해 줄 수 있어요? 글월 손님이 맡기고 간 편지예요. 비용도 파우치 안에 현금으로 넣어 뒀어요."

"당연하죠!"

주혜가 손을 뻗어 효영이 내민 파우치를 받았다. 흰색 린넨 천으로 만든 글월의 굿즈였다.

"파우치는 가지셔도 됩니다, 선물!"

"나이스!"

주혜가 효영을 올려다보며 맑게 웃었다. 안락하고 귀한 1월의 일상이었다.

선호는 생각보다 늦었다. 성수에서 연희동으로 넘어오기 전에 집에 들러 화병에 꽃을 새 꽃을 가지고 오느라 시간이 더 걸렸다고 했다.

"2호점은? 진짜 다음 달에 오픈 가능한 거야?"

"인테리어도 끝났고 제작한 가구도 날짜 맞춰 들어올 거야. 이제 사람만 있으면 돼."

"매장은 연우가 주중에 다 봐 주고, 소희 언니 사촌이 주말 봐 주고. 그럼 됐네."

선호 아내 소희가 없었다면 어려울 일이었다. 소희에게서 브랜드 디자이너를 소개받은 덕에 일이 일사천리로 진행되었다. 그렇지만 선호도 마냥 타인의 도움을 받은 것만은 아니었다. 장모님께 읍소해서 하율이를 맡기는 시간을 늘리고 밤마다 도서관에서 디자인과 가구 관련 도서를 읽고 공부하며 감각을 키웠다. 요즘 선호는 누가 뭐래도 어엿한 사장님의 태가 났다.

"지난번에 계약서 도장 찍은 거 무르고 다시 찍자."

"왜?"

"정직원으로 다시 계약서 썼어. 급여도 그때보다 더 올렸고."

"빠르기도 하셔라."

"사업은 사람 잘 들이는 게 반이야."

효영은 선호가 다시 내민 계약서를 받아 들었다. 정직원이 되어도 언제든 관두면 그만이긴 했지만, 효영은 이 계약서에 사인을 하면 이제 진짜 영화와의 인연은 끝이라는 생각이 들었다. 미련이 남은 건가. 자기가 무슨 마음을 안고 사는 건지 여전히 모른다는 게 갑자기 부끄러워졌다.

"언제든 돌아가."

"뭐?"

"영화를 계속할 수 있을까, 이런 거 생각하는 거 아냐?"

"돌아간다고 해도 의미 없지 않을까. 난 감독은……."

"감독은 안 어울려. 맞아."

선호는 효영에게 너처럼 남의 의견 다 들어 주다가는 영화 한 편이 완성되기까지 10년이 걸릴 거라고 말했다.

"그런 감독이 만드는 영화에 누가 투자하냐. 맺고 끊는 걸 잘해야 사람을 적재적소에 배치할 수 있는 거야. 나도 글월 운영하니까 이제 알겠더라."

"너무 맞는 말이라 반박할 수가 없네."

"근데 그게 또 네 장점이잖아. 여러 사람의 말을 자기 얘기처럼 들어 주는 거."

선호가 맑게 웃으며 효영을 보았다. 선호의 눈에 효영은 새내기 때와 별반 다르지 않았다. 타인의 감정을 소중히 여길 줄 아는 사람만이 할 수 있는 일이 분명히 있었다.

"시나리오를 계속 써. 글월에서 일하면서 딱 일 년만 공모전 준비해 보자. 포기할 거면 그때 포기하시고!"

효영이 피식 웃었다. 직원의 진로까지 고민해 주는 사장이라니. 글월에 자꾸만 좋은 사람이 모이는 이유는 확실했다. 좋은 사람 곁에 좋은 사람이 모이는 법이었다. 효영은 더 이상 빼지 않고 계약서에 사인했다.

"근데, 선호 사장님. 요즘 은채랑 연락해요?"

중요한 일도 끝냈겠다, 효영은 화제를 돌렸다. 사실

조금 전 주혜의 말에 은채가 걱정된 것이었다.

"응, 하지. 알바하던 곳에서 잘려서 요새 생활비 버느라 애쓰더라."

"알바를 잘려? 왜?"

"모르지. 며칠 전에도 나 통해서 엑스트라 알바 구했어. 추운 날에 야외촬영 보조하느라 손발이 벌게졌더라고. 그걸 또 자랑이라고 사진을 보내데?"

허허 웃던 선호가 효영의 굳은 표정을 보며 말을 이었다.

"너 또 은채가 왜 나한테 말 안 했을까, 그 생각 하지?"

"내 맘 좀 그만 읽으시죠?"

"너무 섭섭해하지 마. 내가 은채여도 너한테 말 안 해."

"왜?"

효영이 억울하다는 듯 눈을 동그랗게 떴다. 그동안 해결하지 못한 문제가 있긴 했지만, 효영에게 있어 은채가 가장 소중한 친구라는 사실은 변하지 않았다.

"나도 너한테 무슨 일이 생긴 건지 속속들이 알지는 못하지만, 갑자기 집 뛰쳐나와서 가족 얘기 일절 하지 않고 있으면 대충 감이 오지. 애한테 내 짐까지 들어 달라고 할 수는 없겠구나."

317

"치."

선호가 챙겨 온 꽃을 화병에 꽂더니 카운터 위에 올

리고는 말을 이었다.

　"효영아, 인간관계는 이 정물하고 똑같아. 자기가 서 있는 위치에서 보이는 면이 다라고. 인간한테 투시 같은 능력은 없어. 그러니까 그런 걸 초능력이라고 부르는 거지."

　"무슨 얘기가 하고 싶은 건데."

　"그러니까, 말 안 하면 모른다고."

2

효영은 잠시 한가한 틈을 타서 크리스마스 팝업 스토어 때 떠오른 아이디어를 노트북에 정리했다. 선호에게도 제안했던, '1월에 쓰고 6월에 보내는 편지'였다. 새해를 앞두고 곧바로 시작하고 싶었지만, 이미 한 해 동안 많은 이벤트와 신제품을 기획하다 보니 이제 좀 더 시간을 들이며 서비스를 만들어도 좋을 것 같았다.

새해의 마음가짐은 한 해의 중반이 지날 즈음 잊혀집니다.
사랑하는 사이에 나누었던 마음이나
이번 해는 기필코 해 보겠다고 다짐하던 개인적인 일들을
기록으로 남겨 두기 위해 시작한 서비스입니다.
마음이 풀어질 때쯤 현재의 기록을 다시 받아 보세요.

서비스를 안내하는 글귀를 적고 나서 선호에게 서비스의 기획 의도와 홍보 방안을 적은 문서를 메일로 보

냈다. 글월의 무드를 이어갈 예시 이미지로는 뭐가 좋을지 레퍼런스를 찾고 있는데, 갑자기 마우스 포인트가 멈췄다.

"약이 떨어졌나?"

효영이 건전지를 찾으려 카운터 서랍을 뒤적이고 있던 때였다. 두 번째 서랍이 텅 빈 것을 보자마자 뭔가 좋지 않은 예감이 들었다. 원래 글월 손님들이 우편 서비스를 신청하고 가면 편지들을 보관해 두는 곳이었는데, 효영은 손님들의 편지를 전부 파우치에 곧바로 넣어 두었다. 크리스마스가 오기 전, 선호 부부와 와인을 마시다가 술기운에 언니에게 쓴 편지와 구분해 두기 위함이었다.

"어?"

이틀 전 주혜에게 손님들의 편지를 대신 부쳐 달라고 파우치를 줬으니, 서랍 안에는 언니에게 쓴 편지만 남아 있어야 했다. 술에 취해 필름이 끊긴 날, 원망과 그리움이 부글부글 끓다가 어떤 오기가 생겨 채워 넣은, 꽤 긴 분량의 편지. 다음 날 편지에 담긴 유치한 문장을 피식거리며 읽다가, 왠지 버리고 싶지 않아 서랍에 넣어둔 거였다.

"아! 아악!"

그날 편지지에 썼던 문장들이 효영의 머릿속에 꿈틀

댔다. 시간이 지날수록 새록새록 떠오르는 기억, 속수무책의 수치심. 무엇 하나 창피하지 않은 문장이 없었다.

만약 그 파우치 안에 언니에게 보낸 편지가 들어갔다면. 편지는 지금쯤.

"안 돼!"

효영이 머리를 양손으로 쥐어짜며 소리쳤다.

◇◇◇◇

쿵쿵쿵쿵.

영광은 현관문을 두드리는 소리에 눈을 떴다. 다시 한번 쿵쿵 문을 두드리는 소리가 들리더니 이제는 초인종 소리가 들렸다. 잠옷 차림으로 안방을 나와 현관문을 열었다. 문밖에는 다급한 표정의 효영이 서 있었다.

"효영 씨?"

"차 있어요?"

"있죠. 한 잔 드려요?"

"아니! 자동차요!"

영광이 알아들었다며 효영을 소파로 안내했다. 까치집이 된 머리 정도는 정리하고 대화를 나누고 싶었다.

"물 끓일 시간도 없을 만큼 급하신 거 같네요."

"맞아요. 지금 당장 속초로 가야 하거든요."

"속초는 왜요?"

"편지를…… 잘못 보냈어요."

영광이 당장 소파에서 일어나 안방으로 갔다. 옷을 갈아입고 오겠다고 했다. 머리를 빗으로 대충 빗고 캡모자를 얹었다. 청바지와 연두색 스웨터를 입고 그레이색 숏패딩을 걸쳤다. 급한 상황인 것 같으니 중요한 얘기는 차 안에서 들어야겠다 싶었다. 거실로 나오자 효영이 이미 신발을 신고 현관에 서 있었다. 영광이 신발장 위에 올려 둔 차 키를 집어 들며 말했다.

"일단 가면서 얘기해요."

검정 SUV에 오르자마자 영광은 히터를 켰다. 다리가 시리도록 추웠다. 덜덜 떠는 효영에게 뒷좌석에 던져 두었던 담요를 집어 건넸다. 무릎에 담요를 덮고 한참 말이 없던 효영은 잠시 뒤 작은 목소리로 고맙다고 말했다. 영광은 효영이 무슨 말이든 할 수 있도록 입을 다물고 기다려 주었다.

"이틀 전에 우체국에서 일하는 직원이 글월에 왔어요. 글월 단골이거든요."

"그런데요?"

"마침 우체국에 보낼 편지가 있어서 급하게 파우치에 담아서 전달했어요. 글월을 비우기가 어려워서 대신 발송을 부탁한 거죠."

신호를 기다리던 영광이 조수석에 앉은 효영을 슬쩍 보았다.

"근데 실수로 파우치에 보내면 안 될 편지를 넣었어요."

"어떤 편지요?"

"언니한테 보내는 편지요."

평일 낮이라 종로를 지나고 나서는 서울을 빠져나가는 게 꽤 수월했다. 고속도로에 진입할 때쯤 영광은 효영의 사연을 전부 듣게 되었다. 사적인 대화가 처음은 아니었지만 차 안이라는 좁은 공간에서 이렇게 쉬지 않고 얘기를 나눠 본 적은 처음이었다. 어색함이 담긴 대화가, 영광은 싫지 않았다. 효영의 언니가 가족에게 어떤 존재였는지, 효영에게 어떤 존재였는지. 그랬던 언니가 어떤 바보 같은 선택으로 가족들을 불행으로 이끌었는지. 효영의 말에는 얼마큼은 여전히 언니에 대한 원망이 남아 있었지만, 그 바닥에 깔린 사랑이 영광에게 충분히 전달되었다.

―언니, 조심히 잘 가고 있어요?

그때 주혜에게서 전화가 왔다. 효영은 오늘 아침에 있었던 일을 다시 떠올리며 한숨을 쉬었다. 언니에게 편지를 쓰던 그날도 복기했다. 선호 부부가 자리를 뜨자 혼자 감상적인 마음이 되어 편팔 편지를 적었고, 하필 또 뭔가를 더 쓰고 싶은 생각에 편지지를 꺼냈다. 그리고 무작정 '언니에게'로 시작하는 편지를 쓰게 된 것이다.

'어떻게 파우치에 들어간 거냐고. 편지에 발이 달린 것도 아닌데!'

어쩌면 글월에 들른 선호나 소희 언니일까. 아님 정말 효영을 음해하려는 우주의 힘이 편지에 발을 만들어 파우치 속에 들어가도록 조종한 걸까.

주혜는 자기 잘못도 아니면서 미안하다고 말했다. 보내는 김에 한 번 더 확인해 볼 걸 그랬다면서. 효영은 절대 주혜의 잘못이 아니라며, 걱정하지 말라고 재차 말했다.

"응. 다행히 운전할 수 있는 지인이 있어서 차 타고 가는 중이야."

―진짜요? 아, 그 썸남?

"끊을게! 근무 열심히 하고!"

―아, 안 놀려요, 언니. 쏘리.

"우체부 아저씨는 어디쯤 가셨어? 혹시 알 수 있어?"

―아뇨. 근데 출발한 시간 생각하면 3시나 4시쯤에는 발송이 완료될 것 같아요.

"그럼 잘하면……."

─잘하면, 아마 언니가 먼저 찾을 수도 있을 거예요. 파이팅!

통화를 끊자마자 효영은 자기도 모르게 콧바람이 크게 나왔다. 내비게이션을 보자 속초까지는 약 두 시간 정도가 남아 있었다. 학원 강사 일이면 서울 근교에도 많은데 뭐 하러 멀리까지 가서 지내는 건지. 그 정도로 언니도 자기가 서 있던 곳이 지긋지긋했나.

잠자코 운전만 하던 영광이 효영을 돌아보고 물었다.

"그래도 그때는 언니한테 편지를 보내려고 주소까지 쓴 거 아니에요? 주소는 또 어떻게 알고."

"그런 마음이긴 했죠. 술기운 덕이었지만. 가족 단톡방이 있는데 엄마가 언니 일하는 학원이라고 주소를 보냈거든요. 제발 답장 좀 하라고."

"편지 내용이 그렇게 마음에 안 들어요?"

"네."

효영이 숨도 안 쉬고 대답하자 영광이 웃음을 터뜨렸다. 남은 심각한데 왜 웃느냐고 효영이 매섭게 째려봤다. 영광은 곧바로 미안하다며 고개를 돌렸다. 그렇게 고요 속에서 효영은 빠르게 지나가는 창밖 풍경을 멍하니 바라보았다. 흰 눈이 쌓인 들판과 비닐하우스를 아무 생각 없이 보다 보니, 조금씩 마음이 안정되었다.

홍천휴게소 주차장에 차를 세웠다. 영광은 먼 길을 가

는 건데 식사도 하지 않고 갈 수는 없다며 식당으로 가
자고 했다. 효영은 어이가 없다는 투로 말을 뱉었다.

"아니, 지금 한시가 급하다니까요?"

"3시 안에는 충분히 도착해요. 저 믿어 보세요."

"정말이에요?"

"시간마다 우체통 보는 사람이 어디 있어요. 게다가
학원이면 퇴근할 때까지 안에만 있을 텐데."

효영이 입을 꼭 다물고 영광을 빤히 보았다. 영광은
춥다며 패딩 주머니에 손을 집어넣고 말했다.

"저 그리고 일어나서 한 끼도 못 먹었단 말이에요."

영광이 입을 열 때마다 호호 입김이 나오는 것까지
이상하게 얄미운 효영이었다.

"시간이 몇 신데 한 끼도 못 먹어요?"

"그러게요. 생각해 보니까 화장실도 한 번 못 갔어요."

영광이 히죽 웃으며 빠른 걸음으로 남자 화장실로 들
어갔다. 효영은 늦게 출발하더라도 고속버스를 탈 걸
그랬나 한숨이 나왔다. 입김이 흩어지는 모습을 보다
보니 언니가 언젠가 자기에게 보낸 편지의 한 구절이
떠올랐다.

─답장도 없는 편지를 보내다 보면 내가 보낸 편지가 입김처럼 허공 속에 사
라지는 걸 보는 기분이 들어.

효영은 시리도록 하얀 겨울 하늘을 올려다보며, 언니가 보낸 편지가 허공을 훌훌 날다가 연기처럼 날아가 버리는 장면을 상상했다. 자기가 왜 그렇게 바보 같은 선택을 했는지 말할 사람이 없었을 거다. 얼마나 억울했고, 얼마나 창피했고, 얼마나 미안했는지. 벽 말고는 자기 말을 받아 줄 곳을 찾지 못했을 거다. 효영은 언니가 보낸 편지를 움켜잡듯 주먹을 꼭 쥐었다. 곧이어 돌아온 영광이 효영의 어깨를 툭툭 쳤다.

"우리 아버지가, 먼 산은 너무 오래 바라보는 거 아니랬어요."

"왜요?"

"답이 없는 생각만 하게 된다고요."

효영이 알아듣겠다는 듯 고개를 끄덕였다. 또래지만 영광에게는 확실히 어른스러운 면이 있었다. 영광을 글월에서 처음 만나던 날, 그를 실없는 참견쟁이라고 생각하기도 했었는데. 그때를 떠올리면 웃음이 났다. 확실히 선호의 말대로 인간관계는 정물과도 같았다. 이렇게 다른 장소에서 다른 각도로 영광을 바라보니, 그의 새로운 면이 드러나는 걸 보면.

327

영광은 한우국밥을, 효영은 김치우동을 시켰다. 널찍한 식당에는 손님이 듬성듬성 앉아 있었다. 식사가 나오자 영광과 효영은 뜨거운 국물을 마시며 부지런히 추위를 몰아냈다. 따뜻한 음식이 들어가니 마음도 한결 말랑말랑해졌다. 문득 효영은 혼자서 먼 길을 가지 않게 된 것이 다행이라는 생각이 들었고, 자기도 모르게 우동을 우물거리며 영광에게 고맙다고 말했다.

"뭐라고요?"

"고맙다고요. 힘들게 운전까지 해 줘서."

영광이 티슈로 입가를 닦고는 말했다.

"아니에요. 저도 오랜만에 여행 가는 기분이라 좋아요. 불러 줘서 고마워요."

효영은 어느새 말끔히 비운 우동 그릇을 내려다보았다. 하고 싶은 말이 목 밑에 걸려 있었다. 말한다고 해서 속이 후련해질지 아닐지 알 수 없었지만 이상하게 혀 끝이 간지러웠다.

"있잖아요, 영광 씨."

영광이 효영을 빤히 보았다. 두 손을 공손하게 식탁 위에 올려 둔 채였다.

"언니가…… 결혼한 남자를 좋아했던 것 같아요."

작년, 초가을. 효영은 수업이 끝나고 효민이가 새로 꾸리던 학원으로 찾아갔다. 지난번 효민이 효영의 학교 근처에서 저녁을 먹자며 연락했던 것이 떠올라서였다. 마침 영화 시사회에 참석한 날이어서 거절했던 게 괜히 마음에 걸렸다.

"다음 달에 오픈이라면서 뭐가 이렇게 아무것도 안 되어 있어."

효영은 문도 잠기지 않은 학원으로 들어섰다. 낡은 벽지가 여기저기 뜯겨 있었고, 허름한 소파와 책장 옆에 기대어 둔 화이트보드는 얼룩이 지워지지 않은 채였다. 카운터 위에도 서류와 필기구가 아무렇게나 흐트러져 있었다. 효민 혼자 준비하는 것도 아니면서 왜 이렇게 진행이 더딘 건지 의아했다. 그래도 여전히 언니가 사기를 당했다는 생각은 하지 못했다.

대학에 들어가면서 효영과 효민의 관심사는 점점 더 달라졌다. 효영은 영화 볼 시간에 논문 한 편을 더 읽는 게 좋다는 효민을 이해할 수 없었고, 효민은 밑 빠진 독에 물을 붓듯 예술에 젊음을 바치는 효영을 이해할 수 없었다.

삶의 목표와 취향이 다른 자매의 삶은 단순한 관계로 변모할 수밖에 없었다. 같이 옷을 사러 간다거나 전시를 보러 가는 일은 한 번도 없었지만, 효영은 언니와의 사이가 늘 나쁘지 않다고 여겼다. 효영도 효민도 자기가 할 일을 척척 잘 해내고 있었으니까.

그래서 효영은 학원에서 느껴지는 의심을 모른 척한 것이다. 언니가 알아서 잘할 거였다. 늘 그렇듯 효영은 효민과 적당한 거리에서, 적당한 응원과 박수를 보내면 그만이었다.

효영이 푹 꺼진 소파에 앉아 언니에게 전화를 걸려던 때였다.

"너야? 네가 우효민이야?"

유리문을 발칵 열고 40대로 보이는 여자가 들어왔다. 다짜고짜 효민을 찾는 매서운 목소리에 효영이 벌떡 일어났다.

"어, 저는 아니고요, 제 언니인데……."

"네 언니 불러. 빨리!"

여자가 목을 쥐어 짜내듯 소리를 질렀다. 무슨 일인지도 모른 채 겁을 먹은 효영이 곧바로 효민에게 전화를 걸었지만 받지 않았다. 여자는 바닥에 주저앉아 훌쩍이더니 효영에게 자기 휴대폰을 건넸다. 효민의 이름으로 누군가와 메시지를 주고받은 것을 캡처한 사진이었다. 누가 봐도 연애 중인 연인들의 대화였다. 둘은 9월에 개원을 마치고 반년간 자리를 잡고 나면 양가 부모에게 정식으로 인사를 하고 싶다는 말을 주고받았다.

"김종화, 유부남이에요. 저랑 4년 넘게 결혼 생활하는 남자라고요."

"어, 언니가 그럴 리가 없는데."

"어떻게 알겠어. 많이 배운 년이 숨기고 싶은 거 하나 못 숨길까."

효영은 마취라도 된 듯 얼굴 근육이 전혀 움직이지 않았다. 늘 이성적이고 정확하고 바르기만 한 언니는, 효영이 아는 한 지구에서 '불륜'이라는 단어와 제일 어울리지 않는 사람이라고 생각했다. 남에게 상처 주지 말고 살아야 한다는 말은 효영이 아닌 매번 효민의 입에서 나왔으니까.

"메시지 보내 놓을게요. 뭔가 착오가⋯⋯."

"뭐 하는 년인데 동생 전화도 안 받아. 무슨 자매가 그래!"

언니, 전화 좀. 뭐 해. 연락해 줘. 빨리. 효영은 부르르 떨리는 손끝으로 효민에게 문자를 보냈다. 여자가 학원을 나서고도 한참 동안 효영은 벽에 기댄 자세로 언니를 기다렸다. 그렇게 30분쯤 지났을까. 드디어 효민에게서 답장이 왔다.

-나중에 얘기해.

3

"저희는 특별히 역사를 통해 논리를 배우는 한국사 논술반도 운영하고 있어요."

효민이 한국사 논술 문제집을 펼쳐 학부모가 있는 쪽으로 내밀었다. 초등학생들에게 왜 문해력이 중요한지 논리적 사고가 문제 풀이에 어떤 도움을 줄 수 있는지 상세하게 설명했다.

"우리 학생들, 공부 때문에 독서 시간 부족하죠? 저희는 다양한 글감을 접할 수 있게 도와주면서 자연스럽게 독서의 흥미를 끌어내는 걸 목표로 합니다."

학부모가 활짝 웃으며 효민을 보며 고개를 끄덕였다. 다음번에는 아이와 함께 방문해 레벨 테스트를 받겠다며 흡족한 태도를 보였다.

"우리 딸도 선생님처럼만 컸으면 좋겠어요."

학부모의 말에 카운터로 나온 원장이 효민의 등을 쓰

다듬으며 말했다.

"효민쌤 서울대 국사학과예요. 대학원도 나온 수재!"

"어머, 정말요? 진짜 훌륭한 선생님이 오셨네."

학부모가 학원을 나서자 점심시간이었다. 효민은 원장과 함께 1층으로 내려가는 엘리베이터를 탔다. 로비 왼편에 벽면 가득 철제 우편함이 보였다. 5층 빌딩에 입점한 가게와 학원은 총 열두 개. 효민이 일하는 4층 학원의 우편함 입구에 편지 한 통이 세로로 꽂혀 있었다. 원장이 먼저 발견해 발걸음을 멈추고 말했다.

"뭐야? 지로용지인가?"

효민이 우체통에 다가가려던 그때, 원장이 말을 이었다.

"됐어요, 효민쌤. 식사 먼저 하고 봅시다."

뽀얀 국물이 우러난 대구지리탕이었다. 원장은 아이들을 가르치는 일이라 효민에게 좀 더 밝은색 옷을 입으면 좋겠다고 조언했다. 보글보글 끓는 지리탕을 국자로 젓던 효민이 천천히 고개를 끄덕였다.

"사람 속은 알 수가 없는 거니까. 부탁 좀 할게요. 사람이 다 겉만 보고 판단하잖아. 밖으로 풍기는 분위기가 우울하면 아이들이 말을 못 붙이거든."

"그럴게요."

원장이 효민에게서 국자를 받아 들고 앞접시에 대구 두 덩이를 펐다. 그러고는 앞접시를 효민에게 건네고 말했다.

"많이 먹어요. 어째 처음 봤을 때보다 더 마른 것 같아."

"감사합니다."

효민이 속초에 온 지는 다섯 달 정도 되었다. 첫 한 달은 친구 집에서 신세를 졌다가 학원에 취직하면서 원룸을 구하게 되었다. 대학에 입학했을 때는 2인 기숙사에서 생활했고, 대학원을 다닐 때는 생활비를 아끼려 본가에서 긴 통학 시간을 견뎠다. 효민에게도 자기만의 공간을 갖게 된 건 오랜만의 일이었다. 혼자 지내게 된다는 건 시간을 엿가락처럼 자유자재로 늘이고 줄일 수 있게 되었다는 뜻이라는 걸 알아가는 중이었다.

"눈이 아니라 비네. 비가 와, 효민쌤."

원장이 맑은 국물을 숟가락으로 호로록 마시고 말했다. 비가 오니까 지리탕이 더 맛있다고 했다. 효민은 아까부터 몸이 으슬으슬했다. 습한 기운에 찬 바람까지 쐬니 당장 감기라도 걸릴 듯 기분이 좋지 않았다.

"원장님, 저 오후 수업만 끝내고 일찍 들어가도 될까요?"

"왜요? 무슨 일 있어?"

"아뇨, 몸살기가 있는 것 같아서."

원장이 걱정 어린 눈길로 효민을 보았다. 조금은 보수적이고 꽉 막혀 보일 때도 있지만 원장은 기본적으로 따뜻한 사람이었다. 가끔은 효민을 자기가 가르치는 학생처럼 여길 때도 있었는데, 효민은 그게 싫지 않았다.

"국물 더 들어요. 오후 수업은 확실히 들어갈 수 있는 거예요?"

"네. 당장 감기에 들린 건 아닌데, 오늘 쉬어야 내일 수업을 다 할 수 있을 것 같아요."

"그래요, 자기 몸은 자기가 알지."

원장이 뜨거운 국물을 앞접시에 덜고 고개를 돌려 창밖에 비가 내리는 풍경을 보았다. 소리가 들리지 않는 안에서는 비가 내리는 모습이 꼭 혼잣말하는 것처럼 고요하게만 느껴졌다. 토독토독, 이라고 효민은 자기도 모르게 혀를 작게 움직이며 비 내리는 소리를 흉내 냈다.

"뭐라고요?"

"네?"

"뭐라고 하시지 않았어요?"

"아, 고맙다고요, 원장님."

학원으로 돌아가는 길에 원장은 호빵을 함께 파는 만 둣집 앞을 들렀다 가자고 했다.

"쌤 하나 나 하나. 그리고 애들 줄 거 한 봉지."

만둣집 앞에 선 효민은 원장이 건넨 호빵 봉지를 껴안았다. 그러자 배가 금세 뜨끈해졌다. 원장은 작게 미소를 지으며 김이 모락모락 나는 호빵을 반으로 쪼개 호호 불어 먹었다. 딱히 스트레스가 쌓이지도 우울하지도 않은 일상이었다. 그래도 가끔 마음이 답답해질 때는 부지런히 걸어 바다를 보러 가기도 했다. 효민이 꿈꾸던 성공한 삶은 아니었지만 이렇게만 산다면 적어도 누군가에게 나쁜 사람은 되지 않을 것 같다는 안도감이 들었다.

그렇게 학원으로 돌아와 마지막 오후 수업을 마쳤다. 학교를 일찍 끝마치고 온 저학년 학생들의 수업이었다. 새 부리처럼 작은 입을 옹알거리면서 똑똑하게 말하려는 모습을 보면 미소가 멈추지 않았다. 늘 고등학생들만 가르쳐서 그런지 분위기가 완전히 달랐다. 이 친구들이 자라서 어른이 되고 직장인이 되고 또 몇은 부모가 된다는 게 신기할 지경이었다.

"쌤! 용진이 오늘 여자친구랑 헤어졌어요!"

"야! 말하지 말랬잖아!"

자기 몸만큼 큰 책가방을 멘 남자애 둘이었다. 이제 겨우 2학년생이지만 부끄러움은 어른만큼 예민하게 느

껐다. 효민은 못 들은 척 남자애들에게 손을 흔들었다.

"건널목에서 뛰지 말고. 바로 집으로 가!"

수업 기록서를 작성하고 난 뒤 곧바로 외투를 입고 목도리를 둘렀다. 엘리베이터를 타고 1층에 내려가는데 점심시간에 우편함에 우편물이 있던 것이 떠올랐다.

403호. 조용히 읊조리며 철제 우편함에 다가갔다. 하지만 세로로 꽂혀 있던 편지봉투가 보이지 않았다. 입구에 손을 넣어도 차가운 밑바닥만 느껴질 뿐이었다.

"잘못 발송된 거였나?"

고개를 돌리자 로비 복도 벽에 몸을 숨기고 효민을 보며 키득거리는 남자애 둘이 보였다. 방금까지 효민의 수업을 듣던 친구들이었다.

"뭐야, 너네들 거기서 뭐 해?"

효민이 부르자 간지럼을 타듯 까르르 웃던 남자애들이 복도를 뛰어 후문을 향해 달렸다.

효민은 자기가 운이 좋은 축에 속한다고 믿었다. 남들보다 적게 공부하고도 시험을 잘 볼 만큼 이해력이 좋았고, 여유롭게 성취할 수 있으니 그 시간에 다른 걸 더 공부하기도 쉬웠다. 효민은 자기가 공부 머리가 좋은 건 부모보다는 고등학교 수학 선생님이었던 할아버지의 머리를 닮아서라고 생각했다. 반대로 쉽게 감정적으로 반응하는 효영은 부모를 빼다 박아 보였고. 그러니까 비교적 이성적인 판단을 할 줄 아는 자신이 집안을 일으키는 게 당연하다는 생각까지 했다.

그 첫 번째 단계는 교수가 되는 것이었다. 서울대에 들어가고 나니 여기서 공부를 끝내기가 아깝게 느껴졌다. 교수까지 시간이 조금 걸리겠지만 자기가 목표로 한 것을 이루지 못할 일은 없다고 생각했다. 교수가 되면 자기 때문에 알게 모르게 서운함을 느끼며 자랐을 효영에게 힘이 되어 주고 싶었다. 낯부끄러워 효영에게 말한 적은 없지만, 효영이 좋아하는 영화 공부를 끝까지 할 수 있게 유학도 보내 줄 생각이었다.

하지만 대학원에 들어가 겪은 일들은 효민의 이성으로는 이해할 수 없는 것투성이였다.

"들었어? 이번 강의 최 교수님이 진수 준 거?"

대학원에 들어가 논문을 하나둘씩 통과해 가며 자신감을 얻던 때였다. 강사 자리가 났다는 공지와 함께, 교수는 분명 논문 성과에 배점을 크게 두고 강사 자리를 뽑겠다고 선언했다. 모두가 효민이 제일 먼저 강의를 받게 될 거라고 말했지만 결과는 달랐다.

"왜? 효민이가 아니라?"

"진수 이번에 연구 성과 애매하지 않나?"

효민은 동기인 진수가 교수 집안의 자제고, 자기와 달리 최 교수에게 싹싹하며, 명절 때마다 부정행위로 걸리지 않게 남의 이름을 빌려 교수 집에 한우나 차가버섯 등을 보낸다는 소문을 모른 척했다. 겨우 그런 것들에 자기 커리어가 정당하게 평가받지 못할 수 있다는 걸 인정하고 싶지 않았던 것이다.

"너도 좀 뭐라도 해 봐. 뻣뻣하게 있지 말고."

"면허 좀 따. 교수님 MT 가실 때 네가 운전하겠다고 손이라도 들라니까."

효민이 두 번이나 강사 자리에서 물을 먹자, 다른 동기들은 답답하다는 듯 그녀를 채근했다. 동기들의 말대로 효민은 자기가 사회생활을 잘 모른다는 걸 인정했다. 자기 손때가 탄 학생을 밀어주는 게 전담 교수라면 어느 정도는 모른 척 따라가는 게 편한 것도 맞았다.

결국 효민은 스승의 날 백화점상품권을 끼워 놓은 책을 들고 최 교수의 방으로 향했다. 복도에는 이미 최 교수와 진수가 서 있었다. 효민은 본능적으로 벽 뒤에 몸을 숨겼다.

"지난 강의 덕에 많이 배웠습니다, 교수님."

"그래, 교수 평가도 나쁘지 않더구먼."

"교수님께 배운 대로만 한 거죠, 하하."

교수실 문을 연 최 교수가 진수의 어깨를 툭툭 치며 웃었다. 곧이어 듣고 싶지 않은 말이 들렸다.

"하여간 넉살도 좋아. 너 요즘 질투 좀 받는다며?"

"아무래도 동기 중에서 강의를 제일 먼저 따는 바람에……."

"공부만 하는 것들은 사회생활이 뭔지 모르더라고. 효민인가? 걔는 네가 남자라서 됐다고 말하고 다닌다며? 웃기지도 않아."

효민은 들고 있던 책을 핸드백에 넣고 곧바로 학교를 나왔다. 그 뒤로 연거푸 자기가 쓴 논문이 통과되지 않자, 효민은 대학원을 휴학하고 학원 강사 일을 시작했다.

돈을 버는 재미는 무서울 정도였다. 고등학교 정규 과정만 익혀서 학생들에게 전달하는 일은 식은 죽 먹기였다. 아이들의 이해력을 돕기 위해 자료를 정리하고 콘텐츠를 만드는 것도 생각보다 더 재미있었다. 원장은 서울대 대학원에 다니는 효민을 제대로 대우하겠다고 약속했고, 학생 수가 늘 때마다 효민에게 인센티

브가 지급되었다.

"대학원에 언제 돌아가? 벌써 1년이나 쉬었잖아."

하지만 아빠의 마음은 달랐다. 서울대 대학원에 간 딸이 당연히 교수가 될 줄 알았다. 매달 소고기를 사주고 비싼 옷과 의료기기를 선물하는 효민이가 계속 공부하기를 바랐다. 효민은 가족에게 대학원을 떠난 이유를 얘기할 수 없었다. 정당하지 않은 대우를 받았다고 해도 강사 임용 경쟁에서 자기가 밀렸다는 걸 인정하고 싶지 않았다.

"아빠, 내가 여기서 버는 돈이 교수 월급보다 많아."

"누가 너보고 돈 벌래? 지금껏 공부한 게 아깝지도 않아?"

"지금껏 공부 때문에 쓴 돈이 아까우니까 벌어 오겠다는 거잖아. 효영이나 나나, 솔직히 마음 편히 공부만 해 본 적 없어. 그럴 형편도 아니었고."

효민은 결국 아빠에게 상처를 주는 방식으로 자기의 상처를 숨겼다. 지금 생각하면 모든 것이 오만이었다. 자기의 판단이 늘 옳다는 오만. 나만이 가족을 행복하게 해 줄 수 있다는 오만. 가족에게 물질적 풍요를 선물하는 것만이, 교수라는 꿈을 상실한 효민에게 유일한 보상이 되어 버린 때였다.

그런 효민의 마음을 이해해 준 것이 종화였다. 효민

보다 1년 먼저 학원에 들어온 입시 논술 강사. 철학과를 졸업해 효민처럼 대학원에 다니다가 교수 임용에 실패하고 학원에 온 케이스였다. 언젠가 회식 때 옆자리에 앉아 서로의 대학원 생활 얘기를 했고, 종화는 효민의 교수가 행했던 부정함을, 효민은 종화의 학과에서 벌어진 파벌 싸움에 분노했다. 공감과 동정은 사랑으로 쉽게 몸을 바꾸어 마침내 둘은 연인이 되었다.

"너랑 나 정도 실력이면, 금방 자리 잡아. 프랜차이즈에 수수료 뜯기느니 우리 둘이 학원 차리면 되잖아."

종화는 제자리에 안주하는 지금이야말로 마이너스 상태인 거라고 효민을 설득했다. 2년 차인 효민은 월급의 정점을 찍었고 따르는 학생들도 많았다. 종화가 봐둔 평촌 학원가 정도면 시작하기에 그리 나쁘지 않은 선택이었다. 딱 2년만 고생하면 둘의 이름을 딴 학원 브랜드가 탄생할지도 몰랐다.

"왜 연락이 안 돼. 인테리어업자가 아직 입금 안 됐다는데."

"어, 오늘 입금하려 했어."

"지금 어디야."

"나 지금 우리 은사님 만나. 그때 말했잖아, 오픈 때 특강 도와주신다고 한 철학과 교수님."

종화의 거짓말이 몸집을 부풀리는 것을 효민은 눈치채지 못했다. 그 일이 있고 1년이 지나서야, 그에 대한 사랑이 한 톨도 남지 않게 되어서야, 그때의 행동이 드디어 의심스럽게 느껴졌다. 종화는 사업을 하려면 어느 정도 과시가 필요하다며 명품 정장을 맞추고 차를 바꿨다. 효민이 집필한 논술 문제집의 감수를 요청해야 한다고 돈을 가져갔다가, 얼마 뒤에는 감수는 필요 없다며 받은 돈을 학원 가구를 사는 데 썼다고 말을 바꾸었다.

그래도 학원과 인테리어 업체에 계약까지는 했던 걸 보면, 처음부터 효민에게 사기를 치려던 건 아니지 않았을까? 자기만의 학원을 차리면서 어깨가 솟고 허영심이 생기다 보니, 자기도 모르게 끓어오르는 욕심을 주체하지 못했던 걸까? 종화가 효민 외에도 자기 친구와 지인에게 꽤 많은 돈을 빌려 왔다는 것도, 아주 나중에야 알았다. 그때의 종화가 어떤 마음이었는지 효민은 수백 번을 생각해 보아도 알 수 없었다.

반년에 걸쳐 천천히 효민의 돈과 영혼을 갉아먹던 종화는 결국 자취도 없이 사라졌다. 그의 오피스텔에 찾아간 효민은 텅 빈 방을 보다가 주저앉아 울었다. 그때, 종화의 아내에게서 전화가 왔다.

"누구세요? 누구신데 저희 남편한테 자꾸 전화를 남

기세요?"

　그가 유부남이라는 사실까지 알게 되자 효민은 이젠 울음이 아닌 웃음이 나왔다. 질끈 감고 있던 눈을 뜨니 눈앞이 나락이었다.

4

"거봐요, 없잖아요!"

403호의 철제 우편함을 뒤적이던 효영이 영광을 보며 말했다. 잔뜩 찡그린 효영의 얼굴을 보며 영광이 멋쩍은 표정으로 사과했다. 늦지 않을 거라며 호언장담했지만 이미 언니가 편지를 가지고 간 것이다.

"이제 4시인데 벌써 퇴근하신 건가."

"점심시간에 두고 간 거면 들어갈 때 가지고 갔을지도 몰라요."

"제가 올라가서 한번 볼까요. 우편 발송 잘못된 거 있다고."

영광의 말이 끝나자마자 원장이 로비로 내려오면서 둘을 빤히 보았다. 분리수거용 봉투를 든 채였다.

"누구신데 저희 학원 우편함을 보시는 거죠?"

"어, 죄송합니다. 혹시 4층 학원 선생님이세요?"

"네, 원장입니다."

원장은 효영에게 언니 얘기를 듣고 효민이 가벼운 몸살로 조퇴했다는 소식을 전했다. 효영은 금세 침울해진 얼굴로 효민이 괜찮은지 연거푸 물었다. 심각한 상태는 아니었지만 조금 거짓말을 해도 좋을 것 같았다. 60대를 바라보는 원장의 감 같은 거였다.

"그렇게 걱정되면 직접 가 보면 되잖아요."

"아, 그게…….."

"올라오실래요? 인사 기록 카드에 효민쌤 주소가 있거든요."

15평 남짓의 작은 교습소였다. 선생님실은 상담용으로 마련한 넓은 데스크와 마주 보고 붙여 둔 작은 테이블 두 개, 책장 하나가 겨우 들어가는 크기였다. 원장이 서류를 뒤적이며 효민의 인사 기록 카드를 찾았다. 그동안 효영은 테이블 위에 올려 둔 수업 기록장을 보았다. 익숙한 글씨체로 '효민쌤'이라고 적혀 있었다. 원장이 그런 효영을 흘끗 보더니 말했다.

"그거 읽어도 돼요."

"어, 아니에요. 그냥 봤어요."

효민이 두 손을 흔들며 거절하는 것을 보고는, 원장이 파일철에서 인사 기록 카드를 꺼냈다. 이력서 위쪽에 효민이 지내고 있는 자취방 주소가 나왔다.

"너무 오버 스펙이라 안 뽑으려고 했어요. 그래도 뭐 사연이 있으니 서울에 자리를 못 잡고 내려온 거겠거니 싶어서."

"고맙습니다."

효영이 고개 숙여 감사를 표했다. 영광도 효영 옆에서 고개를 끄덕였다.

"원체 자기 얘기를 안 하는 사람이었는데, 이렇게 떡하니 동생이 있었네요. 서울에서 왔다고 했죠? 멀리서 온 김에 언니랑 얘기 잘하고 가요."

◇◇◇◇

목욕 바구니를 들고 목욕탕을 나온 효민이 언덕길 아래를 내려다보았다. 왼편으로 낮은 담과 1층짜리 벽돌집이 줄줄이 늘어서 있었고, 진하늘색 지붕 사이로 듬성듬성 주홍색 지붕도 보였다. 키가 작은 벽돌집 뒤로는 3층이나 4층짜리 빌라가 비교적 세련된 외관으로 삐죽이 솟아 있었는데, 꼭 부루마블의 건물 모형 같았다.

"기왕이면 어디 섬 같은 데에 떨어져도 좋았을 텐데."

보드게임 한쪽 모서리에 붙은 '무인도'를 떠올리며 효민이 작게 웃었다. 한 번 들어가면 두 개의 주사위를 던져 같은 숫자가 나올 때까지 세 번은 쉴 수 있었다. 인간의 인생에도 무인도가 필요하다고, 효민은 생각했다. 가족과 친구에게 이만한 핑계가 어디 있을까. 나 지금 무인도에 떨어졌어. 불운이 찾아왔나 봐. 딱 세 타임만 쉬고 일어날게, 하고.

중턱까지 내려오자 오른편으로 농협마트와 빵집, 정육점, 떡볶이집이 점점이 보였다. 옹기종기 뭉쳐 있는 가게 구역 너머로는 넓게 펼쳐진 짙푸른 바다가 있었다. 저 멀리 손톱만큼 작게 보이는 선박이 느릿느릿 움직이는 걸 보면 마음이 편해졌다. 느리게 움직이는 것들에는 이상하게도 자기 확신이 있는 것 같았다. 분명히, 이 방향이야, 라고 말하는 듯한.

뜨끈한 물에 몸을 담그고 나오니 몸살기가 가셨다. 그냥 엄살이었나 보다. 효민은 차가운 바닷바람을 맞으며, 발개진 왼손을 주머니에 넣었다. 손바닥 크기의 편지봉투가 만져졌다.

"하여간 누가 애들 아니랄까 봐."

한 시간 전, 남자아이 둘이 효민에게 장난을 치겠다고 우편함에 든 편지를 훔쳐 달아났다. 가져오지 않으면 숙제를 두 배로 내겠다는 효민의 호통에 까르륵거리며 웃던 남자애들이 다시 복도를 가로질러 달려왔다. 아이들은 양손을 싹싹 빌고 용서해 달라며 우는 연기를 했다. 효민이 고개를 절레절레 흔들자 아이가 끄트머리가 구겨진 편지봉투를 내밀었다. 부드러운 크림색상의 봉투였는데, 입구를 봉하는 윗부분은 진회색이었다. 마치 정장 모자를 쓴 듯 단정한 모양새였다. 효민은 왼쪽 아래에 가는 펜으로 써진 글자를 읽었다.

'언니에게'

내리막길 중턱에 선 효민은 다시 한번 효영의 글자를 읽고 봉투를 주머니에 넣었다. 언덕길을 조금만 내려가면 효민이 종종 바나나우유를 사 먹는 구멍가게가 있었다. 1월의 바닷바람은 무시할 수 없을 만큼 차가웠지만, 효민은 동생의 편지를 탁 트인 곳에서 읽고 싶었다. 마침 구멍가게 앞에는 할머니들이 자주 애용하는 널따란 평상도 있었고.

아무나 쓰라는 듯, 체크무늬 담요 한 장이 평상에 떡하니 놓여 있었다. 바나나우유를 사서 앉은 효민이 빨대를 쪽쪽 빨며 담요를 무릎에 덮었다. 막상 편지를 꺼내 펼치는 마음이 가볍지만은 않았다. 아주 조금은, 왜 이제 와 답장을 해 준 건지 원망스러워 효민 자신도 놀랐다. 처음부터 효영에게 답장 같은 걸 바랄 자격이 없다고 생각했는데도.

'욕이나 잔뜩 써 놓은 거 아냐?'

애써 입꼬리를 올린 효민이 용기를 내 편지지를 펼쳤

다. 노트처럼 줄이 쳐진 편지지 위에 하트를 물고 날아
가는 제비의 모습이 앙증맞게 그려져 있었다. 총 세 장
의 편지지에 글자가 꽉꽉 차 있었다. 글자의 간격이 좁
고 글씨가 전부 엉망이어서 동생이 쓴 편지가 맞나 싶
었다. 하지만 효영이 일곱 살 때부터 느꼈던 언니와의
차별 에피소드를 읽자, 의심할 여지가 없었다. 좁은 자
간처럼 효영이 자기 옆에서 숨도 쉬지 않고 쏟아내는
말들이 귀에 들리는 것 같았다.

언니가 나 중학교 2학년 때 내 팬픽 맘대로 읽은 거 기억나? 거기에
빨간펜으로 틀린 글자 다 표시해서 침대 위에 올려놨잖아! 그거 읽은
엄마랑 아빠가 날 얼마나 놀랐는데, 내가 언니 머릿채 잡았다고 나만
뭐라 그러고, 만날 나만 언니한테 져 줘야 하고. 상처받은 건 난데 왜
언니가 사과받아? 공부 잘하는 게 벼슬이야? 나도 내가 가고 싶은 학교,
한 번에 붙었어. 영화감독은 뭐 쉬운 줄 알아? 언니가 따뜻한 데서 고
상하게 공부할 때 나는 현장 나가서 수십 명 되는 스태프들 일일이 챙겨
가면서!

누가 봐도 술김에 쓴 글이었다. 효민은 웃지도 울지도 못할 표정으로 동생의 절규와 분노를 한 글자씩 읽어 내려갔다. 어떤 건 정말 미안했고 어떤 건 효민도 억울했다. 서울대에 합격한 날, 효영의 부모는 중국집에서 축하를 나누며 효민에게만 핸드메이드 울코트를 선물했다. 40만 원이 넘는 브랜드 코트였다. 입을 삐죽대던 효영이 결국 아무 말도 못 하고 짜장면 그릇에 얼굴을 묻고 꾸역꾸역 면을 집어 먹던 장면이 떠올랐다.

　　효민은 과외 알바로 번 돈으로 제일 먼저 효영에게 줄 울코트를 샀다. 하지만 효영은 어떤 마음이었는지 한 번도 자기가 사 준 울코트를 꺼내 입지 않았고, 대학생이 되어서는 겨우내 검정 롱패딩 하나만 몸에 걸치고 다녔다. 단정하게 코트라도 하나 사 입으라는 엄마의 잔소리에 효영은 예술을 하는 사람이 코트는 사치라며 으스대듯 말하고는 했다.

그렇게 잘났으면 끝까지 잘난 척하고 살 것이지! 똑똑한 척은 다 하더니 왜 사기나 당하냐고. 왜 그깟 멍청한 남자한테 속아서 쪽팔리게 구는 거냐고. 나한테 절대 사과하지 마, 답장도 하지 마. 이제 나한테 편지 보내면 다 찢어버릴 거야!

생각보다 거친 표현에 효민의 눈이 동그래졌다. 나라고 이렇게 살고 싶었을까. 효민도 효영에게 섭섭한 일들이 혀끝까지 차올랐다. 효영만 앞에 있다면 종일 떠들 수도 있을 만큼이었다. 없는 살림에 공부만 하라며 늘 용돈을 쥐여 주는 아빠를 보며 어떻게든 집안에 도움이 되어야 한다는 압박을 느꼈다. 고졸인 엄마는 가방끈 긴 딸 자랑이 삶의 낙이었다. 동네 사람 만날 때마다 곧 있으면 딸이 교수가 된다고 말하고 다니는 걸 보면 까짓것 엄마 소원 한번 못 들어주나 싶었다.

그런 마음이 짐으로 변하고 있었다는 걸 효민도 이제야 알았다. 넘어지고 나서야. 엉엉 울고 도망치다가 한껏 수치심을 느끼고 나서야.

"읽지 마아아아!"

효민이 자기도 모르게 붉어진 눈시울을 손끝으로 닦고 있을 때였다. 언덕 아래에서 우렁찬 목소리가 들렸다. 옷소매로 콧물을 닦은 효민이 몸을 슬쩍 일으켜 언덕 아래를 내려다보았다.

"읽지 말라고!"

뜨거운 입김을 훅훅 불며 효영이 달려오고 있었다. 무릎을 높이 들고 촐싹대며 뛰는 모습에 효민은 눈물이 쏙 들어갔다.

"우효영?"

으어허허. 짐승 울음소리까지 내며 달려온 효영이 효민의 손에 쥐고 있던 편지를 낚아챘다.

　"언니 읽으라고 쓴 거 아니거든?"

　씩씩거리는 효영이 편지지를 구기듯 접어 패딩 점퍼 주머니에 넣었다. 얼굴은 이미 새빨개진 채로, 찜질방에 갇혀 있다 나온 사람 같았다.

　"네, 네가 보낸 거잖아. 학원 주소까지 써서."

　"그냥 술김에 언니가 짜증 나서 몇 자 적은 거고! 원래 보낼 생각 없었어!"

　효영이 패딩 주머니 입구를 세게 끌어 쥐고 입술을 꽉 깨물었다. 꼭 효영이 중학교 2학년 때 쓴 팬픽을 들켰을 때 표정이었다. 억울하고 창피하고 그렇지만 모든 것이 이미 일어나 버린 일이라 어쩔 수 없다는 걸 자신도 안다는 표정. 효민이 동생을 귀엽다고 느끼는 순간이었다.

　"그래도 내 거니까 내놔. 봉투에 내 거라고 쓰여 있잖아."

　효민이 '언니에게'라고 적힌 편지봉투를 효영의 눈앞에 들어 올리며 말했다. 효영은 고개를 절레절레 저으며 시선을 돌렸다. 효민은 헛웃음이 나올 지경이었다.

　"넌 뭐 언니가 둘이야? 유치하게 굴지 말고 빨리 내놔라. 나도 너한테 쪽팔린 거 무릅쓰고 열 통도 넘게 편지 보냈잖아!"

"누가 보내래? 혼자만 감성에 젖어서 징징대기는! 잘 못은 언니가 했으면서!"

"뭐? 빨리 내놔! 안 내놔?"

결국 효민이 먼저 효영의 패딩을 그러쥐었다. 놀란 효영이 몸을 콩벌레처럼 말며 평상에 엎드렸다. 효민은 효영의 옆구리를 쥐어짜듯 잡으며 주머니를 찾았다. 효영도 양발로 언니의 허벅지를 밀어내며 필사적으로 방어했다. 마구잡이로 손을 뻗던 효민은 결국 바닥에 뒹굴던 무릎담요 자락을 밟고 미끄러졌다. 몸이 순식간에 휘청이면서 평상으로 떨어지기 직전, 효민은 효영의 패딩 주머니를 잡아당겼다. 턱! 하고 패딩이 찢어지는 소리와 함께 오리털이 허공으로 붕붕 떠올랐다.

효영은

　　슬로우 모션으로 찍은,

　　　　언제 봐도 좋아해 마지않는
　　　　　　영화 속 장면들을 떠올렸다.

<포레스트 검프>의 오프닝에서
　　깃털이 휘날리는 장면이나,

　　　　<빅 피쉬>에서 허공에 뜬 팝콘이
　　　　　　멈춰 있는 장면 같은.

　　아름다운 것들이
　　'현재'라는 시간에 찰싹 붙어
　　멈춰 있는 풍경을 보는데
　　자기도 모르게 입꼬리가 근질거렸다.

재채기처럼 참을 수 없는 웃음이 터져 나올 것 같았다.

　　그렇게
　　　　소곤소곤 내리는 눈처럼,

하얀 오리털이 효영과 효민의 머리와 어깨에

　　　　살포시

　　　　　　내려앉았다.

"야, 우효민! 미쳤냐!"

"으악!"

효영의 절규와 땅바닥에 떨어진 효민의 신음, 엉망진창이 된 패딩 구멍으로 후드득 튀어나오는 오리털. 순간, 한겨울의 바닷바람이 구멍가게의 골목길 사이로 불어왔고, 민들레 홀씨처럼 바람을 탄 오리털은 두 자매에게서 열 걸음쯤 떨어져 서 있던 영광의 발치까지 날아왔다.

"하아, 이걸 다 언제 치우냐."

처음으로 입을 연 영광이 양손으로 마른세수를 했다. 바닥에 누워 있던 효민이 영광 쪽을 돌아보았다. 영광의 손에는 '죽'이라는 글자가 크게 써진 봉지가 들려 있었다. 반대 손에는 약국 종이봉투가 있었고.

"뭐예요? 효영이 남친? 아파요?"

"남친도 아니고 아픈 것도 아니에요. 언니분께서 몸살이라고 해서 효영 씨가 사 오자고 했어요."

효민은 그제야 효영이 학원에 갔다가 자기가 아프다는 소식을 듣고 집까지 찾아온 걸 알았다. 자취방으로 올라오던 길에 구멍가게 평상에 앉아 절대로 보여 주기 싫은 편지를 읽고 있던 자기를 발견한 걸 테고.

357

"일단 별로 안 아프신 거 같아 다행이긴 하네요. 그래도 샀으니까 드세요."

영광이 효민에게 죽 봉지를 건네주었다. 양손으로 잡은 플라스틱 통이 여전히 뜨끈했다. 그제야 효민은 속초의 차가운 바닷바람이 느껴졌고, 못난 언니가 아프다는 소식에 죽을 사 들고 온 효영의 온기를 알아챘다. 그 뒤로는 속수무책으로 눈물이 뚝뚝 흘렀다.

"아니. 왜, 갑자기 찾아와서, 어, 어엉."

"뭐야. 왜 울어! 우효민 진짜 끝까지 창피하게⋯⋯."

효영까지 훌쩍이자 구멍가게 주인인 할머니가 유리문을 열고 고개를 빼꼼히 내밀었다. 영광이 평상 주위에 떨어진 오리털을 손바닥으로 쓱쓱 모으며 어색하게 인사했다.

"할머니, 죄송합니다. 저희가 다 치우고 갈게요!"

◇◇◇◇◇

30분 뒤, 셋은 속초 바다가 널따랗게 펼쳐진 횟집 거리를 걸었다. 잘 있는 거 봤으니 그만 올라간다는 효영을 효민이 기어코 붙잡았다. 남친도 아닌 사람을 두 시간 넘게 운전을 시켰으니 뭐라도 대접해서 보내는 게 도리라고 했다.

노을이 지는 시간이었다. 보드라운 솜구름이 노을빛을 받아 살구색으로 연회색으로 분홍색으로 몸을 뒤섞으며 시시각각 색이 변했다. 글월에서도 이런 하늘을 본 적이 많은데. 손가락으로 구름을 간질이듯 긁으면 손자국을 낼 수 있을 것처럼, 그렇게 하늘이 가깝게 느껴지던 날이 떠올랐다. 효영은 무심코 앞서 걷는 효민을 보았다. 검정 롱패딩을 입고 있는 언니의 모습을 본건 처음이었다. 모자까지 푹 눌러쓴 뒷모습이 의외로 귀엽게 느껴졌다.

셋이 마주 앉은 곳은 파도 소리가 고스란히 들리는 조개구이집이었다. 조개구이 대(大)자에 석화 중(中)자, 새우튀김 다섯 마리. 효영과 효민은 처음처럼을, 운전해야 하는 영광은 사이다를 시켰다.

"너무 많은데. 우리 셋이야."

"너 석화도 좋아하잖아. 많으면 남겨. 내가 다 싸 갈게."

효영의 말에 효민이 주문을 무를 생각이 없다는 듯 말했다. 한창 고래고래 싸우고 나서 조개구이집이라니. 영광은 자매의 관계란 무릇 연인의 관계와 다를 바가 없다는 생각이 들었다.

"효영이가 좋아하는 거예요, 아니면 영광 씨가 효영이 좋아하는 거예요?"

"네?"

"아님 둘 다?"

영광이 눈을 동그랗게 뜨고 효민과 효영을 번갈아 보

앉다. 효영은 대꾸도 하지 말라는 듯 얼굴을 찌푸렸다.

"이러려고 붙잡았어? 그냥 조용히 먹고 갈래."

"알았어. 안 물어볼게."

툉명스레 말해 놓고는 또 술잔을 부딪치는 둘이었다. 영광은 어서 빨리 이 이상한 광경에 익숙해져야겠다는 생각이 들었다.

"그 남자는 잡았어? 그 사기꾼."

"지난달에 연락 왔어. 일단 가지고 있는 돈 먼저 보낸다더라."

"얼마?"

"천만 원."

효영이 명치 깊은 곳에서부터 한숨을 내쉬었다. 둘은 또 말없이 술잔을 비웠다. 마시는 속도가 꽤 빨랐다.

"누굴 놀려? 겨우 그거 준다는 거야?"

"아내도 보통이 아니더라. 날 불륜녀로 몰아세워서 민사 소송하겠대. 그럼 한 이천만 원쯤 내가 토해내야 한다네."

"진짜 불륜이었어?"

"그럴 리가. 싹 다 사기당한 거지. 사랑까지."

"아우."

안타까움과 분노를 꾹꾹 눌러 담은 소리가 자기도 모르게 잇새로 새어 나왔다. 효영은 효민의 빈 잔에 소주를 따라 주었다. 언니가 진짜 불륜을 한 건 아니어서 다행이라는 생각과, 사기꾼 자식이 언니의 마음까지 가지고 놀았다는 사실에 열불이 났다.

"네 말이 맞아. 고상하게 책상 앞에 앉아서 공부나 했지, 세상 돌아가는 거 하나도 몰랐어. 내 마음 좀 이해해 준다 싶으니까 아무것도 의심 안 했어. 멍청하게."

효영은 비닐장갑을 낀 손으로 가리비를 열고 조갯살을 발라 효민의 입에 넣어 주었다.

"안주 먹으면서 마셔."

"엄마 수술 날 진짜 찾아가려고 했는데, 내가, 진짜⋯⋯ 문 앞까지 갔었는데⋯⋯."

결국 효민이 조개가 든 입을 우물거리며 눈물을 터뜨렸다. 이번엔 효영이 언니처럼 효민의 손등을 부드럽게 쓰다듬으며 달랬다.

"집으로 와. 여기서 혼자 고생하지 말고."

이제 집으로 올 시간이라는 말을 얼마나 하고 싶었는지 언니는 알까. 효영이 다시 울컥하는 마음을 숨기려 소주를 한 잔 비웠다. 앞에 있던 영광이 이제 그만 마시라는 듯 소주병을 자기 쪽으로 옮겼다. 불판 앞이어서인지, 분노 때문인지, 아니면 술 때문인지. 얼굴이 불콰해진 두 자매가 영광을 원망스럽게 쳐다보았다. 영광도 지지 않겠다는 듯 말했다.

361

"여기까지 왔는데, 그만 마시고 바다나 보면 안 돼요?"

길을 따라 가로등이 점점이 켜진 백사장 위를 걸었다. 노을이 이미 지고 난 시간이라 진한 파랑의 바다가 어느새 먹처럼 짙어졌다. 바닷가를 따라 늘어선 가게 조명들까지 있어 눈앞이 그리 어둡지는 않았다. 나란히 선 자매로부터 세 걸음쯤 떨어져 걷는 영광이 자매의 뒷모습을 골똘히 보다가 휴대폰 메모장을 열었다.

쏴아- 쏴아- 거칠게 들어왔다 사라지는 파도 소리에 효영은 정신이 번쩍 들었다. 아무 일도 일어나지 않을 것 같던 평화로운 연희동에서 속초까지 정신없이 달려온 것을 다시 한번 실감했다. 열심히도 왔다. 편지를 찾으러. 아니, 언니를 찾으러.

"미안해. 잘난 것도 없는 언니 때문에 너 혼자 섭섭했던 거, 다."

"몰라. 난 그 편지에 쓴 말, 다 잊었어. 나야말로 언니가 제일 힘들 때 밀어내서 미안해. 그날 병원에서 한 말, 후회하고 있어."

효민이 말없이 효영의 손을 잡았다. 둘 다 바닷바람에 온기를 빼앗겨 얼음장처럼 손이 차가웠지만, 손을 잡고 걸으면 걸을수록 따뜻한 기운이 번졌다.

"넌 지금이 좋아? 편지 가게 일도 좋고?"

"응, 좋아. 편지도, 글월도."

효영은 선호가 제안한 것들을 얘기했다. 글월 2호점

의 정직원으로 지내면서 퇴근 후에 시나리오를 쓰겠다는 계획이었다. 효민은 진지하게 효영의 말을 들으며 고개를 끄덕였다. 너라면 충분히 해낼 거라며 응원도 해 주고, 감독 일을 관두겠다고 결심한 얘기에는 안타깝다는 표정을 지었다. 그러다 조용히 바람을 맞고 걷던 효민이 말했다.

"너 고2 때 나한테 돈 빌려서 캠코더 산 거 기억나?"

"기억나지, 그걸로 말도 안 되는 영상을 다 찍었는데."

"연기반 친구들 불러서 찍은 것도 있잖아. 우리 동네 놀이터에서 무슨, 어떤 애 하나가 접신한 내용이었는데."

"어이없지? 분신사바 하다가 죽은 가수가 접신하는 스토리였어."

효민이 생각난다는 듯 콧물을 들이마시며 웃었다. 쉬지 않고 부는 바람에 귓바퀴가 떨어져 나갈 듯 아팠지만 웃음을 멈출 수는 없었다.

"그거 엔딩 크레딧에 언니 이름 있었어. 유일한 내 영화의 투자자 우효민."

"그래. 그건 좀, 감동이더라."

효민과 효영이 멈춰 서서 바다를 향해 고개를 돌렸다. 저 멀리 하얀 등대와, 불빛을 받아 진녹색으로 빛나는 밤바다를 보았다. 하얀 거품이 백사장 위로 빠르게 올라왔다가 물러서기를 반복했다. *싸아아- 싸아아-.*
속이 뚫릴 듯 경쾌한 파도 소리가 났다. 바닷물이 또 다른 바닷물을 껴안듯, 상처 입은 마음을 또 다른 마음이 껴안았다. 효민이 효영의 손을 꼭 잡고 앞서가며 말했다.

"됐다. 이제 따뜻한 데로 가자."

발이 폭폭 빠지는 백사장을 두 자매가 가로질렀다. 보폭이 같은 두 쌍의 발자국이 겨울을 지나고 있었다.

에필로그

우리는 항상 서로에게
감동을 주려 노력했다

Geulwoll Shop Log   **Letter Service in Seoul**

— 일자: 2월 7일_평일

— 날씨: 맑지만 몹시 추운 날씨

— 근무자: 서연우

— 방문 인원: 82명

— 카드 매출: 970,000원

— 현금 매출: 31,800원

— 총 매출: 1,001,800원

— 온라인숍

: 자사 홈페이지 18건

— 입고 내역

: 오토 젤펜 30자루

: 제비 책갈피 15개

— 필요한 비품

: 양면테이프

— 특이 사항: 성수점 오픈 3일 차입니다. 옆 가게에 팝업스토어가 열려서 손님이 꽤 방문한 것 같습니다. 디자이너의 도자기 오브제를 파는 것 같은데, 걱정보다는 소란스럽지 않아 저희 쪽 가게 문도 계속 열어 두기로 했습니다. 오전에 나비넥타이를 맨 민재 형이 다녀갔어요. 아직도 제 정체는 모르지만요~ :^) 1월 1일 자 경향신문을 꺼내면서 효영 누나가 오면 전해 달라고 하더라고요. 펼쳐봤더니 올해 신춘문예 소설 부문에 당선되셨더라고요. 그동안 친구들과 축하주를 마시느라 글월에 올 시간이 없었다네요. 요즘엔 종이 신문 구하는 게 쉽지 않아 편의점만 일곱 군데를 돌아다니셨다고 합니다. 결국 꿈을 이루셨네요. 역시 멋진 형이에요!

효영은 성수점에 출근하자마자 어제 연우가 남긴 업무 일지를 읽었다. 그러고는 카운터에 올려 둔 경향신문을 펼쳐 민재의 인터뷰 기사와 소설이 실린 면을 찾았다.「안개 바다 위의 방랑자」라는 제목의 단편 소설이었다. 삶의 염증을 느낀 샐러리맨이 우연히 거실 벽에 걸어 둔 회화로 들어가 환상적인 모험을 경험하고 돌아오는 이야기였다. 소설에는 현실로 돌아온 주인공의 허무가 담겨 있었는데, 그래도 잠시나마 환상을 만났다는 감각이 주인공에게 어떤 위로처럼 남았다.

작가가 누군지를 알아서일까? 효영은 민재와 소설 속 주인공이 무언가 닮았다는 생각이 들었다. 잠시 외출하고 돌아온 연우가 신문을 읽고 있는 효영을 보며 말했다. 작가 인터뷰 속에 민재는 당장 일을 관둘 생각은 없지만 첫 책을 출간하는 것을 목표로 계속해서 소설을 쓸 예정이라고 했다.

"부러워요, 형이 작가가 되었다는 게."

"아직 어리면서 뭐가 그렇게 부러워."

이제 겨우 스무 살이 된 연우의 말에 효영이 헛웃음을 쳤다. 수백 번 실패하고 이제야 제 방향을 찾은 선호도 있는데 말이다.

"전 사실 싫증을 자주 느끼거든요. 초등학생 때는 수영선수 되겠다고 전지훈련 다녔고, 중학생 때는 산악

자전거 선수 하겠다고 국토대장정하고, 고등학생 때는 그림 그리겠다고 입시 미술 다니고……."

"연우야, 너 진짜 재미있게 살았다!"

효영이 진심으로 연우를 부러워하며 말했다. 아직 어린데, 싫증 느끼는 게 뭐가 나쁜가. 어릴 때부터 내내 영화감독만 꿈꾸던 자기와는 또 다른 삶일 거였다.

"그냥 하고 싶은 거 다 해. 그러다 보면 온 세상 사람들이 뜯어말려도 하고 싶은 게 꼭 생길 거야."

"정말로요?"

"정말이라니까."

연우는 슬쩍 휴대폰을 들어 뭔가를 누르더니 효영에게 내밀었다. 운동화나 모자, 패딩 등의 패션 아이템을 리뷰하는 연우의 개인 유튜브 채널이었다.

"요즘 영상 편집 배워서 업로드 중이에요. 일단 숏폼 위주로 제작하고 있는데, 아직까진 재밌어요."

"우와, 바로 구독한다!"

효영이 연우의 채널을 구경하고 얼마 지나지 않아 오픈 시간이 되었다. 연우가 카운터에 서서 손님을 응대하는 동안, 효영은 카운터 뒤편에서 편지지를 포장했다. 성수점은 연희동보다 도시적인 분위기가 한층 더 느껴지는 곳이었다. 3층짜리 모던한 디자인의 연회색 건물은 1층이 카페, 2층이 의류 편집숍, 3층이 소품숍

369

이었다. 글월은 3층에 입점해 있었는데, 편지 가게를 향해 복도를 지나가다 보면 향초나 오일, 비누 향이 은은하게 풍겼다. 저마다 문을 열어 둔 소품숍에서 흘러 나오는 것이었다.

연희동은 나무로 만든 가구와 린넨 천, 계절에 따라 달라지는 꽃들이 햇볕을 따뜻하게 머금는 곳이었다. 그와 비교해 성수점은 그레이색 스틸로 만든 직사각형의 진열장으로 꾸며져, 자연적으로 발생하는 녹이나 부식을 그대로 드러내 시간의 흐름을 담았다. 차가운 물성을 지닌 스틸로 만든 보관 랙에 익명의 편지를 진열하니, 마치 타인의 마음을 냉장고에 넣어 보존하는 느낌이 들었다.

"여긴 뭐 하는 덴가요?"

"펜팔은 어떻게 하는 거예요?"

"이렇게 써도 답장이 와요?"

글월을 모른 채 호기심만 가지고 찾아온 손님을 보면 반갑고 고마운 마음과 함께 확실히 성수에서 첫 단추를 끼우고 있다는 것이 실감 났다. 연우는 낮고 조곤조곤한 목소리로 펜팔 서비스를 설명했다. 효영도 손님에게 필요한 편지를 척척 추천해 주었고, 늘 그렇듯 펜팔을 쓰러 온 손님을 위해 가게에 흐르는 음악을 줄여 주었다. 새로운 장소에서도 편지를 최우선으로 위한다는 마음은 변함이 없었다.

"문영은 가수 새 음원 올라온 거 들었어? 떠나간 자기 고양이를 위해서 만든 거래."

점심시간이 조금 지나 성수점에 온 선호가 말했다. 최근에 영은에게 디엠을 보내고 팔로우까지 했다며 은근히 자랑도 했다. 효영은 1월 초에 찾아온 영은을 떠올렸다. 맑고 초롱초롱한 눈으로 새 앨범을 준비하고 있다며 편지를 쓰고 간 날이었다. 좋은 노래를 기다리겠다는 효영의 말에 영은이 부드럽고 깊은 목소리로 꼭 그러겠다고 답했다. 진심은 목소리에 담긴다는 말처럼, 영은의 목소리는 늘 솔직하고 진실하게 느껴졌다. 가수로서 굉장한 장점이라는 생각이 들었다. 목소리에 진심을 담을 줄 안다는 것.

"슬픔을 슬픔에서 멈추지 않고, 뭔가를 만들어 낸다는 게 멋지지 않아?"

선호는 자기의 말에 취한 듯 글월에 흐르는 음악에 맞추어 팔을 하늘하늘 흔들었다. 효영은 금방이라도 손님이 들어올까 선호의 팔을 잡아 내렸다.

"잘하고 있는 거 확인했으면 빨리 연희동으로 가시죠? 신입 혼자서 고생하게 두지 말고."

"왜 그래? 혼자서도 잘하고 있는데. 그리고 걔 경력직이나 마찬가지거든?"

연희동 본점에도 새 얼굴이 들어왔다. 바로 우체국 직원이었던 정주혜. 바리스타인 남자친구를 따라 커피를 배우러 갔다가 커피와 사랑에 빠져 버렸다고 했다. 곧장 우체국을 관두고, 글월에서 주 3일 알바를 하면서 바리스타 자격증을 준비하는 중이었다. 글월에서 일 년쯤 지내다가 연희동 근처에 카페를 차릴 거라고 했다.

"경력인……가? 하기야 주혜 성격이면 누구나 좋아하겠지."

피식 웃은 효영이 혼잣말처럼 말을 이었다.

"인생이 노잼이라면서 징징거릴 때는 언제고, 요즘은 제일 재미있게 사네."

"내가 뭘 하고 싶은지만 잊어버리지 않으면 돼. 그럼 좀 더디고 절룩대도 다 제 갈 길 가더라고."

선호는 부쩍 어른스러워져 있었다. 원래도 어른이긴 했지만 뭔가 세상을 좀 더 통달한 느낌이랄까. 최근 들어 아내 소희가 과장으로 승진하면서 선호도 자기 인생에 어떤 미션을 달성한 것 같다고 했다. 자기와 결혼하고 아이가 생기면서 소희가 원하는 삶에서 점점 멀어지는 게 아닐까 걱정했다고. 그래서 더 열심히 아이들을 키워 소희가 사회에서 마음 편하게 자기 능력을 충분히 발휘할 수 있도록 노력했다. 그 결과가 도착해 선호는 요즘 무척 감사한 삶을 보내고 있었다.

"아무튼 고맙다, 효영아. 너 아니었으면 혼자서 여기까지 못 왔어."

효영이 선호를 보며 활짝 웃었다. 효영이야말로 선호 덕분에 여기까지 오게 된 거라고 말하고 싶었다. 글월에 와서 효영은 자기가 햇빛을 머금은 편지지를 좋아한다는 걸 알게 되었다. 만년필로 종이 위를 쓱쓱 긋는 느낌을 좋아한다는 것도, 편지지 위에서 말라 가는 잉크의 향이나 연필심 냄새를 좋아한다는 것도 알게 되었다. 이뿐인가? 사람마다 편지봉투를 여는 방식이 다르다는 것, 누군가는 작은 입술을 오물거리며 문장을 읽는다는 것과, 누군가는 단어마다 눈꺼풀을 끔뻑이며 문장을 음미한다는 것을 알게 되었다. 얼핏 정적으로 보이는 글월의 풍경을 현미경처럼 들여다보면 숨겨진 다채로움을 흠뻑 느낄 수 있었다. 사랑한다는 건 자세히 들여다보는 일이었다. 아낌없이 시선을 보낸다는 뜻이었다. 효영도 글월 속에서 자기가 더 나은 사람이 되었다는 자부심이 샘솟았다.

선호가 떠나고 난 뒤에는 1층 카페로 은채가 찾아왔다. 연우에게 양해를 구한 효영이 설레는 마음으로 계단을 타고 내려가 카페 문을 열었다.

"네가 나한테 그런 장문의 편지를 보낼 줄은 몰랐다. 의외네."

속초 여행이 끝나고, 효영은 은채에게 긴 편지를 보냈다. 그간 언니와 있었던 일들을 자세하게 적다 보니 편지지가 모자랄 정도였다. 집으로 돌아오는 길, 영광의 차 안에서 효영은 그제야 은채 생각이 났던 것이다. 자기 일로 바빠 친구의 우울을 제대로 봐 주지 못한 게 미안했다.

"난 그만큼의 답장을 써 줄 자신이 없어서 커피라도 사 주려고 불렀어. 요즘 아이스크림 가게에서 알바하느라 오른쪽 손목이 시큰거리거든."

"됐어. 편지라기보다는 반성문으로 읽어 줬으면 좋겠는데."

효영의 말에 은채가 작게 웃었다. 낮은 테이블 양쪽에 아이스아메리카노가 담긴 유리잔이 놓였다. 잔을 들자 얼음이 달그락거리는 소리가 났다.

"그런 일이 있었는데 왜 한 번도 얘기 안 했어. 혼자 속만 상했겠네."

"입 닫고 사는 게 집안 내력이야. 나, 언니랑 하나도 안 닮은 줄 알았는데 이번 일 생기면서 느꼈잖아. 무슨 일 생기면 입부터 닫는구나, 우리 둘 다."

"가족이 그렇지, 뭐."

은채가 아메리카노를 마시며 웃었다. 은채도 최근 다 된 줄 알았던 캐스팅이 엎어지면서 우울의 시기를 보냈다고 했다. 생활비가 모자라 다니던 연기 학원도 관두었더니 꿈에서 백 걸음 정도 멀어진 기분이 들어 서글펐다고. 곧 있으면 서른인데 연기 말고는 하고 싶은 것도, 능력도 없는 자신이 어떻게 살아갈지 막막하기만 하다고 했다.

"희한하게 이런 말들을 다 펜팔 친구한테 썼지, 뭐야. 엄마한테는 연기로 성공할 거라고 호언장담하고 나와서 힘들다는 소리를 못 하겠더라고."

그래도 항상 자기를 응원해 주는 펜팔 친구를 만나 다행이라고 했다. 자주는 아니지만 그 후로도 달에 한 번은 편지를 주고받는 사이라, 최근까지도 힘을 얻고 있다고.

"종이 만지는 일을 한대서 뭔가 궁금했는데, 알고 보니까 대학교 앞에서 복사실을 운영하시는 분이더라고. 30대 중반이라고 했나? 아이도 하나 있대."

이건 무슨 소리인가 싶었다. 효영이 알기로 은채의 펜팔 상대는 주혜가 유일했다.

"요즘 좀 친해져서 펜팔 쓸 때마다 내가 언니라고 부르고 있어. 역시 인생 선배라 해 주는 조언이 다르더라."

"그쪽도 네가 몇 살인지 알아? 그래도 언니라 하는데 가만히 있어?"

"응. 왜?"

효영이 어색하게 웃으며 고개를 저었다. 정주혜 뻥쟁이. 노잼 시기를 이겨 내기 위해 거짓말하는 재미를 붙인 건가. 어쨌거나 '주혜 언니'의 조언 덕에 은채가 잠시나마 위로를 받았으니 조용히 있어 주기로 했다.

"그러네. 넌 누가 보낸 건지 알지?"

"흐흠."

"누구야. 사실 언니가 아니라 오빠인가? 잘생긴 오빠?"

"난 몰라. 아무것도 몰라."

은채가 쳇 소리를 내며 입을 삐죽 내밀었다. 아메리카노가 반쯤 줄어들자, 은채가 효민 언니는 어떻게 지내고 있는지 넌지시 물었다.

"언니는 사기죄로 그 남자 고소. 그 남자 아내는 언니를 상간녀로 고소."

"뭐? 그쪽에서 기어코 불륜 소송을 건 거야?"

"응. 언니 말고도 그 남자 고소한 사람이 한둘이 아니래. 그래서 그런가? 아내가 언니한테서 한 푼이라도 더 뜯어내려고 혈안이 되었다는데?"

"뭐 그런 일이 있냐. 근데 거긴 이혼도 안 하고 사나 봐?"

효영이 어깨를 으쓱하고 말을 이었다.

"그쪽은 그쪽 사정이 있겠지. 우리가 알 바는 아니고."

은채가 화가 치민다며 입에 얼음을 넣고 부득부득 씹었다. 그렇지만 효영은 편안한 표정으로 말을 이었다.

"난 잘되었다 싶어."

"뭐가?"

"언니가 이번 소송 꼭 이겨서 억울함을 풀겠다고 이 갈았거든. 요즘 우리 우효민 법 공부한다? 언니 공부 시작하면 끝까지 가는 거 알지?"

"뭐야, 진짜?"

"변호사 비용 대겠다고 서울 와서 다시 일타 강사 자리 노리고 있어. 요즘처럼 살아 있는 기분을 느낄 때가 없었대."

"푸하핫! 미안. 웃으면 안 되는데."

카페의 전면 유리창으로 2월의 햇살이 들어왔다. 크리스마스가 지나갔고 새해가 찾아왔고, 2월이 찾아왔다. 이제부터가 진짜 한 해의 시작인 것 같았다. 효영이 은채의 손등에 자기 손바닥을 올리며 말했다.

"난 늘 네 성격이 부러웠어. 슬프면 울고 화가 나면 소리 지르고."

"언제는 과하다며."

"물론 술 마시면 과한 건 맞지만, 하하. 그래도 넌 너한테 오는 감정을 모른 척하지 않잖아. 그게 진짜 강한 거잖아."

"아니, 안 강해."

은채는 아무 말 없이 빨대로 컵을 휘저었다. 네모난 얼음들이 차르르 소리를 내며 빙글빙글 돌았다.

"매일매일 두려워. 아무것도 아닌 채로 새해가 온 것도 징글징글하고. 나랑 연기 실력은 비슷한 것 같은데 잘나가는 또래 배우 보면 질투도 나고. 그때 시사회에서 감독한테 눈도장 한 번 더 찍을걸, 학교 동문이라고 말이라도 걸어서 오디션 없냐고 물어볼걸. 주저하다가 이 기회도 놓친 것 같고 저 기회도 놓친 것 같고. 그렇게 집에 오면 내가, 내가 그렇게 한심할 수가 없어, 효영아."

은채가 티슈로 코끝을 닦았다. 킁킁대는 소리에 효영도 괜히 코끝이 시큰해지는 듯했다. 꿈 많던 시절에 은채를 만나 벌써 스물아홉이 되었다. 정신없이 영화를 위해서만 달려온 시간을 지나, 글월 속에서 효영은 시간이라는 감각을 새롭게 발견했다. 한 해는 서른여 종의 꽃이 글월의 화병에 머물다 지나간 시간, 만 삼천여 명의 손님이 방문한 시간, 그중에서 이천여 명의 손님이 펜팔 편지를 쓰고 간 시간이 담겨 있었다. 무엇 하나 소중하지 않은 날이 없었다.

"우리 2학년 때, 수업 끝나고 네 자취방에서 <마티아스와 막심> 본 거 기억나? 그때 너 자비엔 돌란에 미쳐 있었잖아."

효영의 말에 은채가 조용히 고개를 끄덕였다.

"감독이 그랬지? 우리는 늘 서로의 삶에 감동을 주려고 노력했다고."

"맞아. 내가 제일 좋아하는 말."

은채가 천천히 미소 지었다. 감독의 말이 은채가 현실을 이겨 내며 연기를 하는 힘이 되었다는 걸 효영도 알고 있었다. 당장 무언가를 도울 수는 없지만, 어둠 속에서 더듬거리는 손을 잠시라도 잡아 줄 수 있는 친구가 되고 싶었다. 어색한 위로와 손길이 은채에게 진실로 다가갈 수 있도록 효영은 은채의 눈을 응시했다. 아주 잠깐이라도 은채의 삶에 감동이 되기를 바라면서.

효영이 건물 밖 카페 앞마당에 서서 은채를 배웅해 줄 때였다. 은채가 효영과 성수점의 건물을 번갈아 보다가 말했다.

"난 처음에 네가 편지 가게에 온 게 선호 선배한테만 잘된 일이라고 생각했어."

효영이 다음 말을 기다리자, 은채가 효영을 꼭 끌어안고 말했다.

"근데 지금 보니까 꼭 그런 것만은 아닌 것 같네?"

효영은 손을 들어 은채의 등을 토닥였다. 은채에게도 효영 자신에게도, 고생했다고 말해 주고 싶은 시간이 조용히 뒤로 물러나고 있었다.

2

"형, 아침."

영광이 실눈을 뜨자 동생 상현이 보였다. 상현은 곧바로 침실의 암막 커튼을 활짝 젖혔다.

"아우, 눈부셔. 넌 사람이 왜 이렇게 매정하냐."

"아침 먹어. 집에 있었으면 형, 엄마한테 등짝 스매싱 맞았어."

"그러니까 등짝 스매싱 안 맞겠다고 나온 건데 왜 이렇게 매정하냐고."

영광이 이불을 던지듯 젖히고 일어났다. 침실 문을 열자 부엌에서 청국장 냄새가 흘러나왔다. 연화아파트에 들어오고 영광의 집에 청국장 냄새가 난 건 처음이었다. 아직도 머리는 비몽사몽이었지만 입에 침이 고이는 걸 보니 밥 먹을 준비는 되어 있었다.

"넌 안 먹어?"

영광이 숟가락으로 청국장을 퍼서 밥그릇에 폭폭 비비며 물었다. 상현이 한심하다는 듯이 엉망진창으로 어질러진 거실을 보다가 말했다.

"난 이미 먹었지. 한 시간 전에."

상현은 이미 11시가 넘었다고 했다. 영광이 일어날 기미가 안 보여 먼저 아침 식사를 끝냈다.

"넌 피 한 방울 안 섞였으면서 왜 날이 갈수록 우리 엄마 같아지는 건데?"

"재혼 가정에 그런 말은 좀 실례 아닌가?"

"뭐 어때, 가족인데."

"그런가."

상현이 식탁 앞에서 일어나 거실로 향했다. 소파에 걸쳐 둔 옷가지를 한곳에 모으고, 테이블 위에 널브러진 과자 봉지와 음료수병을 비닐봉지에 넣었다.

"놔 둬. 밥 먹고 내가 치울게."

"이래서 엄마 못 오게 막았구나. 만화 그린다고 너무 막 사는 거 아냐?"

"만화가 아니라 웹툰."

영광의 가족은 상현까지 포함해 웹툰에 관심이 별로 없었다. 그나마 엄마가 영광의 데뷔작을 10화까지 건성으로 본 정도. 그래도 서운하다는 생각은 들지 않았다. 조금 무뚝뚝해도 영광의 가족은 서로에게 느슨한

믿음 정도는 갖고 있었다.

"아빠 다음 주부터 다시 일해. 이제 돈 보내지 말래."

"다행이네. 건강 돌아오셔서."

"그런 말은 좀 직접 해 주면 안 되냐?"

엄마의 재혼 후 8년이 지났다. '아버지'라고 하긴 했지만 실제로 이렇게 부른 건 열 손가락에 꼽을 정도였다. 엄마나 상현을 통해서 서로의 근황을 묻는 정도가 각자가 할 수 있는 최선이었다.

영광이 늦은 아침을 먹는 동안 상현은 소파에 앉아 영광이 쓴 새 웹툰의 기획서를 읽었다. 몇 달째 쥐고 있던 웹툰을 또 한 번 엎고, 이번이 마지막이라는 생각으로 기획서를 썼다. 바로 어제 PD에게 3페이지짜리 기획서를 보냈는데, 처음으로 반응이 좋았다. 이대로만 나온다면 작가의 개성을 충분히 살린 상업 작품이 나올 거라고 했다. 모든 게 다 효영의 덕분이었다. 당사자는 그날 겨울 바다 앞에서 언니와의 회포를 푸느라 아무것도 몰랐겠지만.

"재밌네. 이런 걸 그리고 있었구나."

"기다려라. 형이 이번에 제대로 성공해서 우리 동생 유학 보내 줄게."

밥그릇을 싹싹 비운 영광이 흐뭇하게 웃으며 상현을 보았다. 상현은 관심 없다는 듯 페트병으로 가득한 비닐봉지의 입구를 묶었다.

"됐고. 새 작품 나오면 결혼이나 하래. 엄마랑 아빠가 형 집에 간다니까 이 말 좀 꼭 전하라더라."

영광이 고개를 저으면서 밥그릇을 들고 싱크대로 갔다. 그릇에 물을 받으며 상현이 하는 말을 들었다.

"난 엄마한테 잘할 테니까 형은 아빠한테 좀 잘해. 아빠도 다 큰 아들 대하는 건 처음이잖아."

"알았어. 이번 설에는 꼭 본가에 갈게."

현관을 나서는 상현을 배웅할 때였다. 털모자를 폭 눌러쓴 상현이 영광에게 물었다.

"근데, 진짜 만나는 사람 없어?"

◇◇◇◇

크리스마스트리가 치워진 자리가 괜히 휑하게 느껴지는 연희동 글월이었다. 영광은 두 번째로 만난 주혜에게 눈인사하고 진열대로 향했다. 새해 인사 카드로 짧게 몇 마디만 건넬까, 진지 모드로 긴 편지를 써 볼까. 효영을 떠올리면 하고 싶은 말이 많은 건지 하고 싶은 말이 없는 건지, 아니면 결국 하고 싶은 말은 단 하나뿐인 건지 알 수 없었다.

글월 단골손님 중에 태국 여행 다녀온 분이 있어서, 건망고를 잔뜩 주셨어요. 나중에 들르면 가져갈래요?

요즘 통 안 보이십니다? 작업이 바쁜가요?

언니 12시에 법원 가거든요.
오늘은 언니랑 점심 먹기로 해서. 죄송!

방금 하준이랑 소희 언니가 왔어요. 하준이 연애편지 쓰겠다고 엽서를 3개나 가져갔는데, 다 다른 여자 친구한테 보내는 거예요, 글쎄!

선호 사장님 집에 놀러 왔어요.
하율이 많이 컸죠?

효영에게 받은 메시지를 다시 읽다가 잠이 드는 날이 많아졌다. 요즘은 고래 문진이 없어도 잠을 잘 자는 편이었다. 속초 여행 날, 영광은 효영과 효민의 이야기를 옆에서 지켜보며 새로운 아이디어를 떠올렸다. 보내지 못한 편지들이 잠들어 있는 거대한 우체국에서 벌어지는 이야기였다. 이곳의 우체부는 편지를 배달하는 것이 아니라 편지가 어디에도 가지 못하도록 감시하는 감시자로 일했다. 그런데 어느 날 우체부의 주머니에서 우표 한 장이 떨어졌고, 밤이 되자 팔다리가 생긴 편지 중 하나가 바닥에 떨어진 우표를 집어 몸에 붙인다. 다음 날 아침 아무것도 모르는 우체부가 우체국 문을 열자, 우표가 붙은 편지는 마법의 힘을 이용해 하늘을 날아 우체국을 탈출한다.

책임감이 강한 우체부는 사라진 편지를 쓴 당사자를 찾아 나선다. 발신자는 20대 여성. 편지가 도망쳤다는 우체부의 말에 사색이 된 여자는 우체부에게 편지를 꼭 되찾아와야 한다고 소리친다. 그렇게 현실과 판타지 세계의 경계를 넘나들며 사라진 편지를 찾아다니는 두 남녀의 모험기다. 마법의 힘이 존재하는 판타지적 설정이 있지만, 이 세계에 존재하는 인물과 그들의 갈등은 현실 세계를 그대로 가져왔다. 전작에서 회사원의 일상을 세밀하게 그려 독자들의 사랑을 얻은 만큼 현실적 공감을 이어가면서, 우체부와 여자의 로맨스를 덧입혀 새로운 작품을 만들고 싶었다.

이번에야말로 영광은 자기가 가장 잘하는 걸 찾은 것 같아 하루하루가 신이 났다. 눈만 뜨면 웹툰을 그리는 통에, 본의 아니게 효영의 메시지에 짧게 답하거나 만남을 미루기도 했다.

미안한 마음이 들어 그간의 일들을 담은 편지를 쓰

게 된 것이다. 영광은 붉은색 테두리가 있는 클래식한 디자인의 편지지를 골랐다. 빨간색으로 효영과 영광이 만들었던 크리스마스의 풍경을 다시 한번 기억해 주길 바라는 마음을 담았다.

"성수점도 한번 가 보셨나요?"

주혜가 종이 영수증을 적으면서 영광에게 물었다.

"아뇨. 아직요."

"언제 가실 건데요?"

영광이 뭐라고 말하려다 머뭇대는 사이, 주혜가 멈칫했다. 영수증에 오자를 남긴 것이었다. 한숨을 푹 쉰 주혜가 카운터 아래에서 휴지통을 집어 들었다. 휴지통 안에 수십 장의 구겨진 영수증이 보였다.

"사장님이 보면 화나시겠죠? 전 왜 이렇게 손으로 글자를 쓰면 오자가 많이 나는지."

"괜찮아요. 천천히 쓰세요. 그냥 볼펜으로 긋고 다시 쓰셔도 되고요."

"효영 언니는 예쁜 글씨로 잘만 쓰던데."

"맞아요. 효영 씨 글씨가 예쁘죠."

주혜가 피식 웃고는 영광을 올려다보았다. 영광은 온 김에 편지를 쓰고 가겠다고 했다. 테이블에 앉아 편지지를 꺼낸 영광이 심호흡하고 천천히 글자를 적었다.

◇◇◇◇

　효영은 글월 성수점의 다섯 번째 날을 홀로 마무리하고 있었다. 진열대 위에 흐트러진 책을 다시 반듯하게 놓았고, 연필심이 뭉툭해진 연필을 연필깎이로 뾰족하게 깎았다. 테이블 위에 놓인 램프를 끄고 편지지와 필기구의 재고를 확인한 뒤 업무 일지를 썼다. 그러다 문득 휴대폰을 켜 새로 온 메시지는 없는지 확인했다. 효영이 기다리던 메시지는 없었다.

　속초에서 집으로 돌아오는 차 안에서, 영광은 동생 상현의 이야기를 했다. 스물한 살에 만난 열세 살짜리 꼬마에게 영광은 입도 뻥긋하지 못했다. 이미 어른이 된 영광과 달리 상현은 이제야 사춘기가 시작된 참이었다. 영광은 자기의 말과 행동이 상현에게 어떤 식으로든 상처가 되지 않을까 걱정했다. 영광은 엄마가 상현에게 충분한 사랑을 줄 수 있도록 엄마에게 아무런 걱정도 끼치지 않기 위해 애썼다. 그런 마음이 영광에게도 부담이었다는 걸, 영광은 효영과 효민을 보고 나서야 알았다고 했다.

　효영은 그날을 떠올리며 은은한 미소를 지었다. 7시가 지나 사위가 고요했다. 이미 대부분의 소품숍이 문을 닫았을 시간이었다. 효영은 코트를 입고 언니가 새해 선물로 준 체크 목도리를 둘렀다. 글월의 문을 나서

자 신발 앞코에 뭔가가 걸렸다. 익숙한 디자인, 글월의 편지봉투였다.

봉투를 줍자, 손끝에 몇 겹의 편지지가 만져졌다. 겉면에는 아무런 글자가 없었다. 효영은 복도를 둘러보다가 편지봉투를 열었다.

TO. 효영 씨께

차영광입니다. 며칠 연락을 주고받지 못해서 메시지를 보내려다가, 생각해보니 효영 씨께 한 번도 편지를 쓴 적이 없다는 생각이 들었어요. 효영 씨가 성수동으로 가고 나니 이제야 편지를 써야겠다는 생각이 드네요. 편지라는 건 결국 어느 정도는 물리적인 시공간의 거리가 있어야만 가능한 것 같아요. 편지 위에 잉크가 마르기도 전에 옆 사람한테 건네는 건 아무래도 멋이 없잖아요.

속초를 다녀오고 나서, 그날의 내가 충분히 멀어질 때까지 기다리는 시간이 필요했어요. 어떤 감정은 눈앞에 너무 찰싹 붙어 있어서 왜 그런 감정이 들었는지 알 수 없을 때가 있으니까요. 지금은 어느 정도 정리가 된 것 같습니다. 그래서 용기를 내 편지를 쓰게 된 거고요.

저는 요즘 새 웹툰을 그리고 있습니다. 드디어 PP검도 저도 만족하는 기획이 나왔어요. 짧지 않은 시간이었지만 글월 덕에 견딜 수 있었던 것 같아요. 눈을 뜨자마자 거실 커튼을 열면 글월의 창 안쪽에서 무언가를 열심히 적는 사람들이 보이거든요. 아직 세상에는 이야기가 있다. 세상은 이야기로 굴러간다. 이런 생각을 하면서 마음을 다잡은 날이 꽤 많답니다.

게다가 효영 씨 덕분에 이제 고래가 없어도 잠을 아주 잘 자는 사람이 됐습니다. 언젠가 고래 문진의 무게처럼 누군가의 가슴에 묵직한 무언가를 남기는 사람이 될 수 있다면 얼마나 좋을까. 요즘은 매일 이런 마음으로 그림을 그려요.

고마워요, 효영 씨.
성수에서 펼쳐질 효영 씨의 새로운 일상에 편안함이 깃들기를 기원할게요.
하고 싶은 말이 아직 남았는데 정말 하고 싶은 말은 만나서 하려고 이만 편지를 줄여요.

P.S. 요즘 연락이 뜸했지만, 다시 만나면 너무 어색해하지 않기로 해요!

FROM 영광

효영은 영광의 이름까지 다 읽고 나서 활짝 웃었다. 오랫동안 기다리던 답장이 도착하면 이런 기분이 드는 걸까. 당장 답장을 쓰고 싶었다. 그동안 실없이 주고받던 효영과 영광의 메시지를 한데 모으자 딱 한 줄의 문장만 남았다. 함께 일상을 나누고 싶다고.

곧장 글월 안으로 돌아간 효영이 영광에게 보낼 편지
지를 골랐다. 테이블에 앉아 램프를 켜고 펜을 집었다.
버섯 모양의 램프가 효영의 마음처럼 은은하게 빛났
다. 부드럽게 미끄러지는 볼펜이 편지지 위에 '영광에
게'라는 글자를 만들었다. 조금쯤 두근거리는 마음을
진정시키며 다음 문장을 적으려던 때였다. 글월의 문
이 열리고 손님이 찾아왔다. 말끔한 모습의 영광이었
다. 고개를 돌린 효영이 따뜻한 미소를 지으며 그를 맞
이했다.

"어? 스타일이 많이 바뀌셨네요?"

영광은 그레이색 청바지에 검정 목티, 다크 브라운
계열의 코듀로이 재킷을 멋지게 걸치고 있었다.

"아무래도, 성수의 분위기를 맞추다 보니……."

영광이 성수 글월을 말없이 둘러보았다. 빈티지 우표
가 담긴 유리 트레이와 반듯하게 놓인 만년필과 편지
지들, 효영과 선호가 열심히 고르고 골랐을 편지 관련
서적들. 벽에 걸린 직사각형의 철제 랙에는 읽어 줄 이
를 기다리는 편지가 구획마다 사선으로 누워 벽에 몸
을 기대고 있었다. 영광은 직선이 만들어 내는 안정감
이 마음에 들었다. 성수 글월은 확실히 연희와는 또 다
른 매력을 품고 있었다.

"뭐 하고 있었어요?"

영광이 카운터로 다가와서 묻자 효영이 편지지를 등 뒤로 숨겼다.

"답장요. 지금 읽으면 안 돼요. 잉크가 마르기도 전에 옆 사람한테 건네는 건 멋이 없다면서요."

"알았어요. 그럼 다 쓰고 잉크가 마를 때까지 얌전히 있을게요."

영광이 창가에 놓인 테이블에 앉아 책을 꺼내 읽기 시작했다. 효영은 자꾸만 영광을 향해 고개가 돌아갔다. 그리 오래 떨어져 있었던 것도 아닌데, 유학이라도 다녀온 애인을 다시 만난 듯한 이상한 기분이 들었다. 애인이라니. 효영이 편지지 속으로 도망칠 것처럼 고개를 푹 숙였다. 펜을 쥔 손에 자기도 모르게 힘이 들어갔다. 머릿속에서는 고래 문진이 효영을 놀리듯 허공에 몸을 뒤집어 점프하는 중이었다.

"천천히 써요. 답장을 기다리는 시간도, 뭔가, 설레네요."

영광이 나지막이 건네는 말에, 효영은 새초롬히 입을 모았다가 미소를 지었다. 펜 끝으로 드디어 진심을 다해 하고 싶은 말이 고였다. 편지로만 말해야 할 것 같은, 꼭 전하고 싶은 말이 천천히 편지지 위로 떠올랐다. 이 번엔 늦지 않게 답장을 보낼 수 있어 참 다행이라는 생각을 하면서 효영은 다음 문장을 적었다.

추신

차원을 넘어온 손님들

극 중 영광, 은아, 원철, 주혜, 민재, 효영, 영은이 뽑았던 일곱 통의 펜팔 편지는, 2024년 1월 18일부터 2월 18일까지 한 달간 글월 연희점과 성수점을 찾아 『편지가게 글월』에 실릴 펜팔을 쓰고 응모해 주신 손님들의 편지입니다.

현실 세계에서 차원을 넘어와 소설 속 손님들에게 말을 건네주신 일곱 분, 감사합니다.

영광이 받은 편지

DATE: 2024. 01. 28
TIME: PM 4:52
WEATHER: 맑음 0°

책 읽기를 좋아하는, 다정한, 유쾌한, 글쓰기를 좋아하는, 외로운, 예의 바른,

차분한, 성숙한, 못된, 음악을 사랑하는, 산책을 좋아하는

etc. 생각이 너무 많은

안녕. 만나서 반가워! 나는 이번에 20살이 된 전 지원 이라는 해! :)
이렇게 만나게된 것도 참 굉장한 우연이라고 생각해. 운명은 너무 갔나? ㅎㅎ
지금 편지를 쓰고 있는데 오늘 날씨는 구름 한 점 없이 푸른 하늘이야. 너는 어떤 날씨
좋아해? 나는 오늘같이 맑은 날도 좋지만 비가 내리는 하늘을 좋아해. 비가 내리면
복잡한 마음, 힘든 일, 복잡한 생각이 모두 씻겨내려가는 기분이야. 비가 그치고 맑은 하늘
나타나듯이 내게 힘든 일도 곧 행복한 일로 찾아오지 않을까 하는 ! 그런 기분이 들어서! 음
이 편지를 읽은 너는 어떤 사람일까? 어느것을 좋아할까 궁금하다. 어쩌면 나와 비슷할까.
나는 사실 고등학교 1학년 때 되어서 돌아가셔서 그 뒤로 매일 매순간마다 수많은 생각을
하면서 살아왔어. 항상 우주를 떠도는 기분 같을까. 근데 어디에서 읽었는데 불행하게
죽은 사람은 다음생에는 꼭 행복하게 태어난대. 꼭 그랬으면 좋겠더라고. 아 아몬 내가
해주고 싶은 말은 인생을 생각보다 단순하게 복잡하게 만드는건 것 같아. 그래서 좋게
좋은거다 단순하게 생각해도 좋다. 라는 말을 해주고 싶었어. 너무 주저리더니. ㅎㅎ
이 편지를 읽은 너는 행복했으면 좋겠어. 인생은 행복하려고 사는거잖아! 나사랑 우린도
여기까지네! 읽어줘서 고마웠어. 너가 어떤 사람인지 다음에 꼭 알 수 있으면 좋겠다.

2024. 01. 2
— 전

안녕하세요 😊 골목골목 사이사이 걸어다니는 것을 좋아하는 🌸 입니다. 오늘 날씨가 조금 쌀쌀하지만

그래도 연희동에 와서 길몬이 이 것 나름대로 좋아요. 에뜨랑드 티도 덕고, 역시 예쁘고 맛난 디저트는

기분을 행복하게 만들어주는 힘이 있어요. 디저트 좋아하세요? 저는 표즘 스콘이 좋더라구요 🍞😋 며

이 편지를 받게 될 분의 나이, 삶이 궁금해지네요. 에게 오늘 하루 어떠셨나요?

저는 요즘 기분 아니 감정이 오락가락 해요... 하하 이 시기도 한때로 지나가겠죠.

2024년 을 해는 좋은 나의 다음에 집중하며 그 것을 피하여 흘러가는 시간으로 채울려는데.

받는 이 분은 어떻게 살고계세요? 또는 어떻게 살아갈 생각이에요?

저는 이번에 국내 해외 여행도 하고 조금더 다양하고 새로운 골목들 찾아다니며, 다양한 음식 맛보고

지인들과 좋은 시간 보내면서 행복한 시간으로 가득 채울거랍니다. 아! 기차여행 꼭 즐기고에요. 🚂

받는 이 분도 하루하루 모든 하루들을 최고의 행복함과 편안함으로 보내길 바라요 ～🌙

내가 지금 원하는 것이 무엇인지에 집중하고 선택하는 삶을 사는 것. 저도 색깔(?) 담이 안죽지만

좋은 것 같더라구요 💙

제 올 한해 계획은 등산·운동·독서·봉사·여행·행복... 요정도네요. 어때요? 많은가요? 적당가요?

사실 저한테는 많은거에요 ㅋㅋ 저 되게 게으르거든요. 침대 밖지에서 벗어나 다양한 것을

경험하는 시간을 갖는게 저의 계획이자 목표입니다. 🐢😴

아! 요즘 저 뜨리에 빠졌는데 그 중에서도 목공을 보다우 스크랩북 만들기에 빠졌어요.

달걀 폭에서 유부랑 섞은 후에 강한 불에 달걀물 보고 안 돼요? 기다보다가 바르게 휙휙 걸게

🍳 8 판주걱 (뒤집고)으로 저어주다가 그 외중에 파마나 치즈 뿌려주면 반 좋았다 보그면 아주

본온죽 독한한 맛난 스크램블이 완성 된답니다 😊 안에 다친 생파 봉지도 맛있네. 취향껏 재료 넣어

먹을수 있어서 재미있는데 저는 우유, 모짜렐라 치즈는 필수템 !! (참고, 소리드는 생맵 !!)

제가 좋아하는 가게 하나 추천 해드릴까요? '오리지널팬케이크 하우스 '라고 체인인데 여기 오믈렛 맛있

답니다 ㅎ 달걀 요리 얘기가 나와서 좀 추천해주기 ㅋㅋㅋ

달걀 좋아하시면 추천..! 이미 아셨으면 죄송 😅

받는 이 분. 저의 편지를 받게 되는 것도 인연인데 받는 이 분의 한해가 행복으로 가득차길

바래요 💙 ㅡ 슬픔에서 행복으로 바꾸고 싶은 🌸 이가

원철이 받은 편지

PENPAL SERVICE

느긋한, 책 읽기를 좋아하는, 아름다움을 쫓는, 따분한, 그리움이 많은,
외로운, 따뜻한, 동성에게 끌리는, 음악을 사랑하는, 산책을 좋아하는

안녕.

창 너머에 빽빽히 쌓인 지붕들이 보이는 곳에서 몇 자 쓴다.
날씨는 조금 따사롭고 쌀쌀해. 얼마간 걷다보면 송글송글 땀이 맺히다가
잠시 멈추어 서면 금세 식어버리고 마는 날씨랄까. 물기를 가져오지 않
잘했지. 그랬더라면 송글송글이 아니라 주룩주룩이 될 뻔 했다.
감기 걸리기에 딱 좋은 날씨인데, 내 걱정은 안 하겠지. 그래서 나도
더이상 네 걱정을 안하려고 해 꽉 근데 난 오늘도 네가 사주었던 향
뿌리고 집을 나섰어. 선물받았는데 이게 내 취향이 되다니, 어지간히
너의 모든 것을 좋아했나보다 참 우습지. 결국 같은 하늘 아래 다른
살아갈 우리인데, 그게 뭐 십하다. 이런 인연도 없는 거지. 그렇지
이제 괜찮으니까 그만 가. 나한테서 정말 영원히 떠나버려
널 찾기 어려운 곳에서 너의 날들을 즐기며 살아봐. 그런 너를
나는 뭐 아쉬운 하늘을 쳐다볼게.

PENPAL SERVICE®

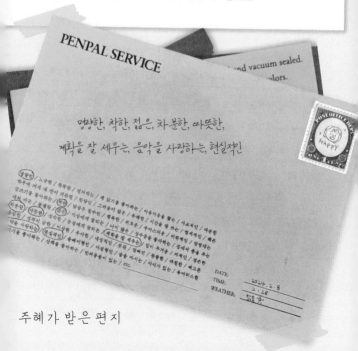

돌아오는 따스한 햇볕이 저를 참 기분좋게 하던날, 누군가에게 저도 그런 사랑이 되어 이렇게 마음을 적겁니다. 역칠한, 온전히 저의 힘으로 비행기티켓을 끊고 파리와 판다를 다녀왔어요. 것들을 온전히 상향하는것에 기대앟 걱정이 앞서던 거에게 이번여행은 많은것들을 알려 다. 새로운 도시.. 새로운 사람들.. 새로운 풍경.. 모든것이 다 새로움투성인 속에서 부딪쳐보고, 나가고, 계획했던것들을 실행해내고 완과하고 하는 과정들이 생각보다 너무 재있고 거에요! 제가 몰랐던 저의 새로운 모습을 발견해나가며 잠시 좁아졌던 저의 대가 넓어진것같아 참 신기하고요 갑진경험이었어요. 이력걸보면 우려는 해볓지 그렇지 생각보다 잘 해별 사람이더라구요. 우리 걱정하기보다 즐기고, 새조움에 도, 앞이 행복해요. 그런 사랑의 터칠 저멀리 어디선가 늘 응원하고 기도할게요.

2024. 2. 8. Thurs

PENPAL SERVICE®

PENPAL SERVICE

...nd vacuum sealed.
...lors.

명랑한, 착한, 젊은, 차분한, 따뜻한,
계획을 잘 세우는, 음악을 사랑하는, 현실적인

DATE: 2024. 2. 8
TIME: 2:25
WEATHER: 맑음 ☼

주혜가 받은 편지

민재가 받은 편지

명랑한, 사교적인, 한량인, 행복한, 댑뱅대는, 예의바른, 따뜻한, 겸손한,
성격이 급한, 꼼꼼한, 올빼미형인, 산책을 좋아하는, 반려동물이 있는

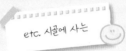

etc. 시골에 사는

1월 27일 토요일. 서울을 떠났던 나는 2개월여만에 친구를 만나러 왔다.
한동안 추위와 독일이 계속되었던 만큼 두꺼운 웃차림으로 말이다.
서울을 떠나기 전 머릿속에는 "그만"이라는 말이 계속 맴돌았다.
무엇을 그만하라는 건지 모르겠지만 나를 둘러싼 것들에게서 벗어나고
싶었나보다. 그렇게 직장도 친구들도 서울의 온든 것들을 뒤로한 채
반가인 시골로 향했다. 시골에서의 나는 새로운 일을 하게 되었고
가족들과 강아지들과 함께 하며 보다 안정된 삶을 살아가고
있다. 미래를 생각하면 현재의 시간이 옳은가 의문이 들기도
하지만 몸과 마음이 더 건강해진 지금의 내가 좋다.
길고 긴 인생에서 나는 어떻게든 답을 찾고 살아가겠지.
그 시간 속에서 나를 잃지 말아야지. 행복해야지.
오랜만에 만나 반가운 나의 친구에게도 행복이 가득한 새해가
되기를 바래본다.   1/27 서울에 사는 내가.

PENPAL SERVICE®

효영이 받은 편지

「다이펀이 잇스쳐입지」라는 영화를 아세요? 「다이펀이 카세트 스토리」라는 제목으로도 알려져 있는 영화예요.

영화 속 주인공이 운영하는 카페에, 여러 사람들이 각자의 이야기가 담긴 물건을 놓고 갑니다. 손님들은 그 물건을 구경하고 있다는 대화 까지 받아가기도 하지만, 요즘같은 건 그저 영화 속 이야기라 싶어 실망했던 적이 있어요.

그 영화에 대한 그리움이 저를 그곳을 이끌었답니다. 서로의 이야기를 주고받을 수 있으니 얼마나 안락한 공간인가요. 편지 봉투에 있는 키워드 중, '그리움이 많은'에 가장 먼저 눈길이 가더라구요.

저도 그리움이 많은 사람이에요. 운전에도 쉽게 정을 쏟고 흔적이 시간이 자꾸 꺼내봅니다. 가만히 앉아서 편지를 쓰는 것도 저에게는 그리운 염려 중 하나예요. 어느 순간부터는 컴퓨터라 핸드폰 글씨가 많이 대체된 것 같았어요. 그래서 지금 여기, 눈원에 가만히 앉아 건너편에 앉은 지 좋은은 속삭거리는 소리를 들으며 오는 이에게 제 이야기를 적어보는 순간이 참 좋아요.

오래동록 기억에 남고 그리워질 순간을 보내고 있는건 아닐까요. 멀찍이가 끝나갑니다. 얼마도 보는 분이셨지만 이 글을 읽으시는 지금, 제가 느끼는 행복과 편안함이 건네이라요 같도. 그래서 오늘과 내일이 종일 기분 좋은 날들이 되기를 바랍니다.

24년 1월 21일.

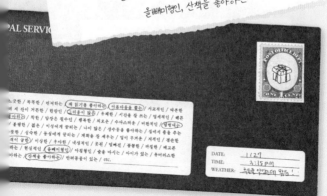

POST OFFICE DEPT · ONE CENT

DATE: 1/27
TIME: 3:15 PM
WEATHER: 흐림 않았는데 많음 !

영은이 받은 편지

이 시간이 영원했으면 좋겠어요. 당신은 어떤 시간 속에 있나요? 나랑은 다른
삶이겠죠. 다른 사람들은 어떤 생각을 하며 살아가는지 모르겠어요. 무슨 생각하고
있어요? 궁금한 게 많은데 물어볼 수 없어 슬프네요. 우리집엔 고양이와 강아지가 각각
한 마리씩 있어요. 고양이는 아메리칸 숏 헤어와 페르시안이 섞인 찬로 그렇게 귀엽지 않아요
강아지는 말리즈인데 벌써 6살이나 먹었네요. 강아지가 워낙 순해서 둘이 싸움도 치고
나름 잘 지내고 있어요. 이 친구들은 나에게 많은 기쁨을 주었는데, 그래서 나는 고
맙다고 말도 하고 표현도 해줄 수 있는데, 나는 그들을 알 수 없어요. 무슨 생각을
하는지, 어디가 어떻게 아픈지, 오늘 하루는 어땠는지 궁금한 게 참 많은데 물어볼
대답을 들을 방법이 없어요. 그럴 땐 참 미안하고 가슴이 먹먹한데, 지금도 그래요.
당신은 어떻게 살아가고 있는지, 힘든 건 없는지, 내가 도와줄 수 있는 건 없는지
궁금해요 나봐요. 전에 만난 적은 리가 없는데 오랜 친구에게 편지 쓰는 것 같아요.
왜 그러지?ㅎㅎ 처음 해보는데, 왜지 모르게 익숙하고 편안한 느낌이에요. 제가
또 이걸 쓸 수 있게 된다면 꼭 다시 올게 쉬네요 어떻게 지내요?

PENPAL SERVICE®

번뇌하는, 그리움이 많은, 현실적인, 반려동물이 있는

부치지 못한 편지

비록 함께하지 못했지만 응모해 주신 스물일곱 분의 손님들, 감사합니다. 따뜻한 응원과 솔직한 마음이 담긴 편지들이었지만 작품의 맥락과 캐릭터에 맞추기 위해 편지를 선별할 수밖에 없었다는 말을 전합니다.

아쉬운 대로 짧은 지면을 빌려, 여러분이 주신 문장으로 '부치지 못한 편지'를 보냅니다.

여러분께서 보내주신 편지로 한 권의 책에 비로소 '완성'이라는 단어를 붙이게 되었습니다. 감사합니다.

『편지 가게 글월』 덕에 소중한 편지를 복에 겨울 정도로 많이 받았습니다.

전부 소설에 싣지는 못하였지만, 보내 주신 편지는 모두 세 번씩 읽었습니다.

2024년 1월 28일을 지내고 있는 한 여자아이와 친구가 된 기분도 느끼고,

'물에 햇살이 비쳐 빛을 만들어 내는, 윤슬'이라는 단어를 좋아하는 분 덕에

오랜만에 '윤슬'이라는 단어를 입 밖으로 발음해 보았습니다.

영어 학원에서 초중생을 가르치며 첫 알바의 힘듦과 기쁨을 느끼는 누군가와,

'아직도 안정을 추구하고 울타리를 벗어나지 못해 이게 맞나 싶기도 한'

누군가에게는

비슷한 고민은 아닐지라도 우리 모두 고민을 안고 살아간다는 점에서

위안을 얻으시길 바란다는 또 다른 누군가의 마음을 전달해 드리고 싶습니다.

'아무도 너의 상처를 알아주지 않아도 아무도 너를 위로하지 않아도

나만은 꼭 작은 늪에서 머지않아 예쁜 꽃으로 성장할' 거라는 누군가와,

가장 좋아하는 가수의 말을 인용하며 '사랑에게는 충분히 승산이 있대요.'

라고 쓴 누군가의 문장을 읽으며 저도 깊은 위로를 받았습니다.

'공부를 잘하지도, 한소희만큼 예쁘지도 않지만 행복해요'라고 쓰인 편지와,

방황과 우울의 시간을 지나 '늦은 오후 커튼 사이로 밀려오는 햇살'을 보며

'아, 행복은 이런 건가? 행복의 기준은 누군가가 정하는 게 아니라

일상의 모든 순간 내가 발견하고 느끼는 만큼 내게 다가오는 거구나라고

깨달은 분의 편지 덕에 미소 짓고, 공감했습니다.

끝까지 제 마음속 숙제처럼 남은 문장은 '사랑하고 결핍하기를'입니다.

결핍은 사랑을 만들고 사랑은 결핍을 껴안아 주지만

그 사이에 '주저하는 마음이 저를 외롭게 할 때가 많거든요.

보내 주신 편지를 읽는 내내 무척이나 행복했습니다.

'그것이 곧 잊혀질 사소한 기억이라고 해도

누군가의 기억 속에 남는다는 것은 아주 근사한 일아니까요.'

감사합니다.

당신이 보낸 귀한 글월은 오래도록 마음속에 간직하겠습니다.

p.s. 최강 한파에 정신 못 차리는 경상도인께 '화이팅'을 외칩니다.

FROM 다정함의 힘을 믿는 작가, 백승연

부치지 못한 편지

나는 2024. 1. 29을 지내고 있는 한 여자아이

올에 햇살이 비쳐 빛을 만들어 내는, 윤슬이 정말 예뻐더라구

안녕하세요. 어떻게 지내시나요? 저는 방학이라 집에서 알바하면서
지내고 있어요. 영어학원에서 초등생들을 가르치고 있는데 애들이 말을
무척이나 안 들어서 쪼끔 힘든 것 같기도 하고. 그래도 아이들 특유의
순수함과 귀여움을 보며 잘 버텨내고 있는 것 같아요.

원가 다른 모습을 보여줘야 하지 않을까 싶기도 하고 진로도 걱정해야 할 것
같구요. 하지만 아직 저는 영글음이 없어. 어빠와 지내고 싶은 어린 아이인
것만 같은데. (사실 연애도 한 번도 하지 못했답니다 ㅎㅎ) 아직도
안정을 추구하고 울타리를 벗어나지 못해 이게 맞나 싶기도 하고.

            이 편지를 읽으실 분은 비슷한 고민은 아닐지라도 우리
모두 고민을 안고 살아간다는 점에서 위안을 얻으시길 바랍니다.
                                            - 정말 너무너무 추운 날, 이
                                                 긍정 함께
                                                        담
                                                  사랑을 담아 보냄

            아무도 너의 상처를 알아주지 않
아무도 너를 위로하지 않아도 나만은 꼭 작은 늪에서 머지않아 예쁜 꽃

    제가 정말 좋아하는 간주 사라에게는 충분히 승산이 있대요

공부를 잘하지도, 한소희 만큼 예쁘지도 않지만 행복해요.

저는 자주 방황하고 우울해지고 아무래도 불안함에
자주 새벽을 푼 눈으로 지새우는 날이 많았어요. 그러다 문득
늦은 오후 커텐 사이로 밀려오는 햇살을 보고 깨달았던 것 같아요.
아, 행복은 어디쯤가? 행복의 기준은 누군가가 정하는게 아니라 일상의
모든 순간, 아주 가까이에서 내가 발견하고 느끼는 만큼 내게 다가오는거구나

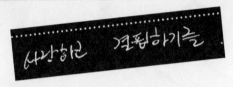

사랑하고 결핍하기를

가 슬픔을 방문하는 마지막 날에 당신께 편지를 보낼수 있어서 기분이 좋습니다. 그것이 곧 잊혀질 사소한
것이라고 해도 누군가의 기억 속에 남는다는 것은 아주 근사한 일이니까요.

된 꿈이 없던 학교 과를 위해 본격적인 시험준비를 하게 되었습니다. 쉽지
일이라는 사실을 안고 잘 풀리지 않을 수도 있지만, 세로운 시작을 앞둔 지금은
, 설렘 반 민 것같아요. 이 팸플릿 보게 되신다면 '하이팅!' 이라는 저에게
외쳐주길... 제가 꼭 그 응원으로 힘을 내볼게요 ㅎㅎ

PS 두서없는 편지인 것 같지만, 재밌게 행복하게 읽었다해요.
          - 2024. 1. 24. 수
          최강한파에 정신 못차리는
          경상도인이... ㅇㅇ -

about. 편지 가게 글월

https://www.geulwoll.kr

Letter Shop 연희

13:00 – 18:00(Mon – Sun)

+82) 2–333–1016

(03698) 서울 서대문구 증가로 10, 연궁 403호 글월

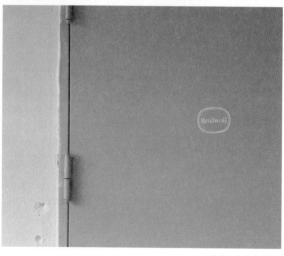

실제 공간 사진입니다.

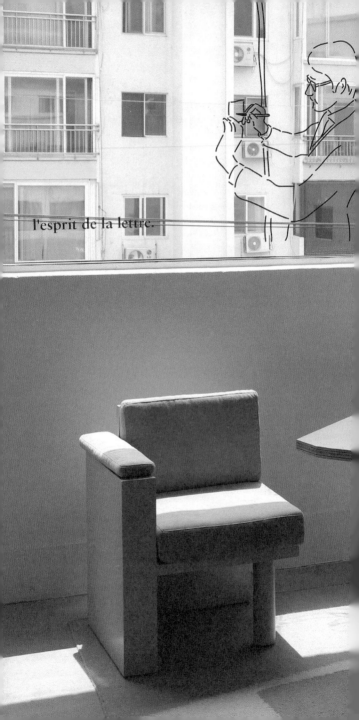

l'esprit de la lettre.

l'esprit de la lettre.

Letter Room 성수

12:00 – 19:00(Mon – Sun)

+82) 2–499–1016

(04787) 서울 성동구 연무장17길 10, LCDC SEOUL A동 302호

실제 공간 사진입니다.

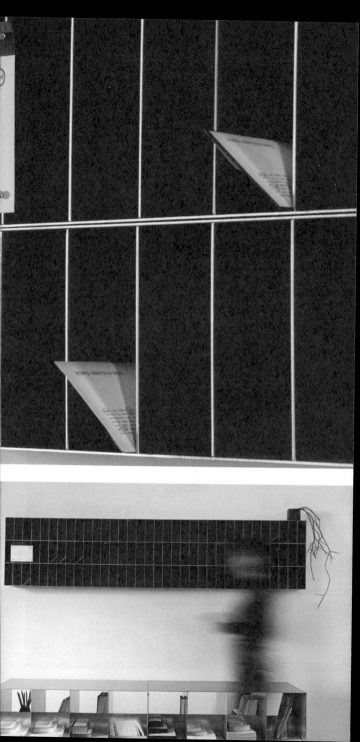

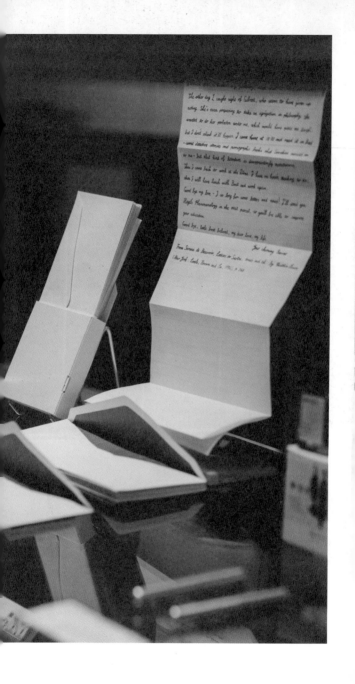

같이 읽고 싶은 이야기
텍스티(TXTY)

텍스티는

모두가 같이 읽고 싶은 이야기를

만들고 제안합니다.

읽고 나면

주변에서 벌어지는 일에 관심이 생기고

다른 이들과 나누고 싶어지는 이야기를 만들겠습니다.

계속해서

이야기의 새로운 재미를 발견하고

이야기를 통한 공감이 널리 퍼지도록 애쓰겠습니다.

텍스티의 독자라면 누구나

이야기 곁에 있도록 돕겠습니다.

편지 가게 글월

초판 발행	2024년 5월 2일
초판 3쇄 발행	2024년 10월 14일

지은이	백승연(스토리플러스)

기획	㈜투유드림 글월
IP 총괄	신도형 조민욱
책임 편집	조민욱
IP 제작	유수정 박혜림 김하명
IP 브랜딩	홍은혜 유수정 텍수LEE
IP 비즈니스	조민욱 김하명
경영지원	박영현 박인영 김미성
교정·교열	김화영
일러스트	박혜미
디자인	그리너리케이브
북-음	최희영
인쇄	금비피앤피
배본	문화유통북스

발행인	유택근
발행처	㈜투유드림
출판등록	제2021-000064호
주소	(02810) 서울특별시 성북구 종암로13길 16-10
대표전화	02-3789-8907
이메일	txty42text@gmail.com
인스타그램	@txty_is_text
홈페이지	https://www.toyoudream.com
ISBN	979-11-93190-04-3(03810)
정가	17,600원

차원을 넘어온 손님들
김성미, 노하, 이류경, 전지원, 정미선, 허지원, 최자은 님
『편지 가게 글월』의 일부가 되어 주셔서 감사합니다.